KB250701

FANTASY FRONTIER SPIRIT
이성현 판타지 장편 소설

ARCHIMAGE OF
IMMORTAL

불멸의 대마법사 9

이성현 판타지 장편 소설

초판 1쇄 찍은 날 § 2012년 11월 1일
초판 1쇄 펴낸 날 § 2012년 11월 5일

지은이 § 이성현
펴낸이 § 서경석

편집부장 § 권태완
편집책임 § 박우진
디자인 § 이혜정

펴낸곳 § 도서출판 청어람
등록번호 § 제1081-1-89호
등록일자 § 1999. 5. 31
어람번호 § 제1-1482호

주소 § 경기도 부천시 원미구 심곡2동 163-2 서경B/D 3F (우) 420-822
전화 § 032-656-4452 팩스 § 032-656-4453
http://www.chungeoram.com
E-mail § chungeoram@chungeoram.com

ⓒ 이성현. 2011

ISBN 978-89-251-3057-6 04810
ISBN 978-89-251-2640-1 (세트)

※ 파본은 구입하신 서점에서 교환하여 드립니다.
※ 저자와 협의하여 인지를 붙이지 않습니다.
※ 이 책은 도서출판 청어람과 저작자의 계약에 의해 출판된 것이므로,
   무단 전재 및 유포·공유를 금합니다.

9

Resolve

[완결]

이성현 판타지 장편 소설

FANTASY FRONTIER SPIRIT

불멸의 대마법사

ARCHMAGE OF IMMORTAL

도서출판 청어람

CONTENTS

제73장 　어쩔 수 없는 선택 　7

제74장 　도약을 위한 준비 　35

제75장 　터닝 포인트 　61

제76장 　비틀어진 신앙심 　91

제77장 　슬픈 기적 　119

제78장 　목적의 변화 　151

제79장 　신의 이름에 맞서는 자들 　171

제80장 　공중도시 바르디아 　199

제81장 　타락의 종착점 　221

제82장 　나의 영원한 친구여, 안녕히…… 　249

제83장 　희생이 아닌, 모두를 살리는 길로 　267

최종장 　불멸의 대마법사 　299

Epilogue 　마리에타의 편지 　321

불멸의 대마법사를 마치며 　343

Chapter 73
어쩔 수 없는 선택

1

　죽음의 군대로 인해 황폐한 대지로 변해 버렸던 성지가 정화된 지 어느덧 보름이라는 시간이 흘러갔다.

　20년 넘게 지속된 대륙 전쟁 이후 다시금 사람들에게 공포를 안겨주었던 베릭쿠스와 죽음의 군대의 등장에 지쳐만 가던 이들은 신의 목소리를 듣고 교황령을 정화시킨 교황의 등장을 두 팔 들어 환영했다.

　평소 같으면 신의 목소리라는 단어에 코웃음만 쳤겠지만, 오랜 시간 동안 계속된 전란 속에서 사람들은 이성적인 판단보다는 지금 상황을 획기적으로 타개할 강한 '무언가' 가 등장하기를 기다렸다. 교황이 직접 성지를 뛰어 방주로 만들고 교황령 내의 죽음의 군대를 일순간에 소멸시킨 장면은 공포가 아닌 환희로 받아들여졌다.

평민, 귀족 가릴 것 없이 수많은 인파가 공중도시 바르디아로 가기 위해 교황령으로 몰려들었다. 교황은 신의 선택을 받은 자들만이 성지에 발을 디딜 수 있다고 말한 뒤, 선별된 자들만 받아들였다. 그리고 선택받지 못한 자들 역시 신의 가호 아래 행복을 보장받을 권리가 있다고 말하면서 원래 성지가 있던 자리에 새로운 도시를 건설하기 시작했다. 급기야 원(元) 성지에는 5만 명에 가까운 인구가 밀집된 신도시가 건설되었다.

그동안 많은 이들을 괴롭혔던 베릭쿠스의 침략이 없는, 그리고 두려움에 빠뜨렸던 죽음의 군대도 없는 신도시는 활기에 가득 찼다. 그들은 매일 성당에 모여들어 신과 교황 안드레아의 이름을 부르짖으며 찬양하기 바빴다.

한편, 대륙을 나누어 가진 각 왕국의 수뇌부는 공중도시 바르디아의 등장과 교황 안드레아의 움직임을 유심히 살피기 시작했다. 나르디안의 사망과 동시에 베릭쿠스의 활동이 중지되었다는 기쁨을 누리기엔 베르시아 교단의 움직임이 너무나 눈에 띄었기 때문이다.

2

베르시아 신성력 1394년 8월 20일.

　발렌시아 왕국의 수도 프란디스 성은 평소와 달리 삼엄한
경계가 펼쳐져 있었다. 성문이 굳게 닫혀져 있었고, 예전보다
세 배에 가까운 병력이 성 주위와 안에 배치되어 그 누구의
출입도 불허했다. 이는 각 나라의 수장들이 모여서 비밀리에
회의를 진행할 예정이었기 때문이다.

　성 중앙에 위치한 회의장에는 거대한 원탁이 자리 잡았고
그 주위에 왕들이 자리를 잡고 앉아 침묵을 지키고 있었다.
회의의 주최자인 발렌시아 왕국의 현 왕 줄리앙은 주인 없는
빈 자리들을 살피며 계속 기다려 봤지만, 이미 예정된 시각보
다 한 시간이 지나간지라 더 이상 늦추기엔 무리였다.

　"이 자리를 빌어 먼 곳에서 오시느라 고생하신 여러분들께
감사를 표합니다."

　참석자들의 대부분은 귀찮다는 표정을 지으며 인사치례
대신 빨리 회의를 진행하라는 눈치만 주고 있었다. 개중에는
얼마 전까지만 하더라도 베릭쿠스에 합류해 대륙을 공포에
빠뜨렸던 와이번 라이더를 떠올리며 페르디어스 왕국의 여왕
헬레이나 3세에게 반감 어린 시선을 내비치기도 했다.

　"표정들을 보아하니 본론부터 들어가는 게 좋겠군요. 그러
면 예정대로 회의를 진행하도록 하겠습니다."

　줄리앙은 자리에서 일어나더니 하녀들에게 지시해 원탁

한가운데에 거대한 대륙전도를 펼쳤다. 그는 지휘봉을 꺼내 교황령이 그려진 부분을 가리켰다.

"현재 대륙을 뒤덮고 있는 죽음의 군대가 발생했던 지역은 바로 여기입니다. 그리고 근처에 있는 졸다크 왕국과 케이서스 공화국이 가장 심각한 피해를 입고 있는 상황이라는 건 다들 아시리라 믿습니다."

말이 심각한 피해이지 실제로는 거의 모든 국민들이 피난을 떠나 아무도 살지 않는 황폐한 대지로 바뀐 지 오래였다.

쥴리앙은 교황령을 가리킨 지휘봉 끝을 천천히 오른쪽으로 움직이며 직선을 그렸다.

"현재 죽음의 군대는 칼루아 왕국을 거치며 점점 동쪽으로 진군 중입니다. 발렌시아 왕국 입장으로선 지원 병력을 보내고 싶지만 칼루아 왕국 내 상황을 고려한 결과 피난민을 받아들이는 정도에서 그칠 수 없다는 점 양해 바랍니다."

쥴리앙의 말에 칼루아 왕국 대표로 참석한 베이루트 장군은 쓴웃음을 지으며 어쩔 수 없다는 걸 받아들였다. 베릭쿠스가 모습을 드러낸 이후 지금 이 순간까지도 칼루아 왕국 내 권력다툼이 지리멸렬하게 이어지는 상황이라 베이루트 장군이 이끄는 병사들만이 죽음의 군대와 맞서고 있었기 때문이다.

"만일 이렇게 시간이 흘러간다면 죽음의 군대는 대륙 동부마저 완전히 장악할지 모릅니다. 그러니 여러분들께서는 부담이 되시더라도…….”

“그깟 죽음의 군대 따위 뭘 두려워한단 말입니까?”

쥴리앙의 말을 도중에 끊고 일어선 남자는 카르도니아 왕국의 왕 고르디아 2세였다.

“이미 교황 안드레아가 신의 힘을 빌어 교황령을 정화했습니다. 공중도시 바르디아에서 뿜어져 나온 신성한 빛의 위력을 다들 알고 있지 않습니까? 앞으로의 일은 베르시아 교단에 맡기고 우리들은 각자 다스리는 나라만 관리하면 될 거라고 봅니다. 굳이 이런 회의까지 열면서 모두 모일 필요는 없다고 보는데…… 제 말이 틀렸습니까?”

고르디아 2세의 말에 참석한 자들 대부분 고개를 끄덕이며 수긍했다. 쥴리앙은 태평하게 행복한 미래가 찾아올 거라 믿는 왕들의 얼굴을 보면서 속이 타들어갔다.

‘교황의 속셈이 뭔지 모르고 다들 속 편한 소리만 하는군. 그렇다고 제이워드에게 보고 받은 내용을 말했다간 허튼 소리라며 코웃음만 칠 테고.’

사실 쥴리앙 본인도 서클 0의 세 가지 마법을 모두 이용해 ‘신’이 되려고 하는 교황의 야심에 대해 들었을 때 반신반의했다. 하지만 제이워드의 성격상 허무맹랑한 이야기를 전달할 리 없고, 교단이 비밀리에 베릭쿠스와 접촉하고 있었다는 사실을 알고 있었던 터라 교황의 음모를 어떻게든 막고자 했다. 이번 회의도 한 나라의 왕이라는 지위를 이용해 할 수 있는 일을 하고자 하는 의도에서 비롯되었다.

"그것보단 우선 먼저 매듭지어야 할 일이 있다고 봅니다."

고르디아 2세는 오른손을 불쑥 내밀더니 쥴리앙의 오른편에 앉아 있는 헬레이나 3세를 가리켰다.

"와이번 라이더로 인해 입은 피해 보상을 다들 모인 김에 확실하게 결론짓는 게 어떻습니까? 베릭쿠스도 사라졌겠다, 죽음의 군대야 교단이 알아서 해결할 테니 말이죠."

"옳은 말입니다. 이렇게 모두 한 자리에 모일 기회 자체가 드무니 마침 잘 되었군요."

"저 여자를 왜 편하게 앉도록 놔두었는지 이해가 안 갑니다. 당장 감옥에 가두어놔도 시원찮을 판국에……."

많은 이들이 와이번 라이더에 당했던 기억을 떠올리며 목소리를 높이기 시작했다. 헬레이나 3세는 자신에게 쏟아지는 비난에 그저 고개를 숙이며 입을 다물 뿐이었다.

"자자, 모두 진정하시길 바랍니다."

"지금 진정하게 생겼습니까? 발렌시아 왕국이야말로 와이번 라이더로 인해 큰 피해를 입었다고 들었습니다. 그럼에도 마치 딴 나라 일인 마냥 이번 전쟁의 가해자를 떡하니 옆에 앉혀 놓은 것입니까?"

"혹시 모종의 거래가 두 국가 간에 오고 간 것이 아닙니까?"

"해명을 부탁드립니다!"

이제는 줄리앙을 향한 비난이 마구 쏟아지기 시작했다.

그는 두 눈을 지그시 감더니 숨을 크게 들이마셨다. 애초에 예상된 일이었기에 당황하지 않고 다른 이들이 흥분을 가라앉힐 때까지 인내심을 가지고 기다렸다.

얼마 지나지 않자 회의장 안의 목소리가 서서히 사그러들었고, 감았던 눈을 뜬 줄리앙은 얼굴이 붉게 상기된 참석자들을 향해 차분하게 이야기를 이어 나갔다.

"베릭쿠스로 인해 각 나라가 입은 피해를 정산해야 한다는 점에선 저도 동감하는 바입니다. 그러나 그건 어디까지나 '완전히' 이번 사태가 진정된 후에 거론되어도 충분하다고 봅니다. 무엇보다 당시 와이번 라이더를 이끌던 팰컨 왕자는 페르디어스 왕국을 버리고 교단에 귀의한 상태라는 걸 명심해 주십시오."

그의 설명에 분을 이기지 못하고 이를 갈던 자들의 표정이 다소 수그러들었다.

"그리고 방금 전 정화라는 말을 꺼내신 걸로 알고 있습니다만…… 그렇게 정화된 교황령이 현재 어떤 상황이라는 것 역시 알고 계십니까?"

"교황령 내에 득실거리던 죽음의 군대를 일거에 소멸시키지 않았습니까?"

"네, 그리고 동시에 교황령은 진짜로 황폐한 대지가 되어 버렸습니다. 풀 한 포기 찾아보기 힘든 곳으로 말이죠."

"……."

쥴리앙의 지적에 고르디아 2세는 굳게 입을 다물었다.

"엄연히 자신이 다스리는 영토를 대의를 위해 희생시킨 교황 안드레아의 결단에 박수를 보낼 수 있을지 모릅니다. 하지만 만약에 여러분의 나라에 그 '정화'를 시도하려고 한다면 어떻게 하실 작정입니까? 아무것도 없는 폐허를 보며 기뻐할 수 있는 자신감이 모두 있습니까?"

거의 대부분 '왕'의 신분에 있는 자들이기에 자신들의 영토가 쑥대밭이 될지 모른다는 가정에 고심하기 시작했다.

죽음의 군대에 의해 짓밟히거나, 그 죽음의 군대가 사라지는 대신 황폐한 대지를 돌려받게 된다는 두 개의 선택지 모두 왕들에겐 쉽게 고를 수 있는 성질의 것이 아니었다.

"그렇다면 다른 해결책이 있다는 말입니까?"

"그걸 찾기 위해 귀하신 여러분들을 이 자리에 모은 것입니다. 실제로 발렌시아 왕국에선 죽음의 군대가 국경선 안으로 들어오지 못하도록 막는 데에는 성공했습니다. 만약 다른 왕국의 도움을 받는다면 시간이 오래 걸릴지라도 죽음의 군대를 소멸시킬 수 있다고 판단됩니다. 굳이 그 '정화'라는 것에 기대지 않고 말입니다."

"끄응……."

고르디아 2세는 쥴리앙의 말을 이해했음에도 자신의 의견이 부정당했다는 불쾌감에 인상을 찌푸렸다. 사실 고르디아

2세가 다스리는 카르도니아 왕국에는 아직까지 죽음의 군대가 진입하지 않은 터라 그들에 대한 경계심이 적은 점도 컸다.

"지도를 보시면 현재 죽음의 군대가 점령한 지역이 검은색으로 칠해져 있습니다. 이 자리에 참석하신 분들 모두의 힘을 합한다면…… 죄송합니다."

쥴리앙은 하던 말을 멈추고 자신에게 다가온 하녀의 보고서를 받아 들었다. 그리고 순간 놀란 눈으로 읽었던 내용을 반복해서 주시했다. 보고서를 들고 있는 그의 두 손은 부들부들 떨고 있었다.

"이, 이게 어떻게 된 일이지?"

3

베르시아 신성력 1394년 8월 23일.

"그, 그게 사실입니까?"

오를레앙은 놀란 나머지 마시던 찻잔을 식탁 위에 떨어뜨렸다. 식탁보를 적신 차에서 뜨거운 김이 모락모락 피어 올랐다.

"죽음의 군대가 갑자기 발렌시아 왕국 동쪽에서 발생하다니! 그것도 우후죽순으로! 믿을 수 없습니다!"

발렌시아 왕국에서 급하게 날아온 와이번 라이더가 보고한 내용은 발렌시아 왕국의 서쪽이 아닌 동쪽에 죽음의 군대가 대규모로 발생했다는 이야기였다. 그들이 현재 빠른 속도로 수도를 향해 진군 중이라는 사실까지 접하자 오를레앙은 흥분을 감추지 못하고 목소리를 높였다.

그의 목소리에 함장실 안 분위기는 급속도로 무거워졌다. 비공정의 조정을 담당하고 있는 하녀들 전원이 발렌시아 왕국 출신인지라 그녀들의 마음은 초조할 따름이었다.

"지금이라도 당장… 아니지, 그랬다간 바르디아의 움직임을 파악하기 힘들고……."

오를레앙은 애써 침착함을 되찾기 위해 마음을 가라앉혔지만, 불안한 기색을 감추지 못했다. 그런 그를 레이지는 입을 굳게 다물고 지켜볼 뿐이었다.

'역시 그 사실을 알려야 할 때가 온 건가?'

레이지가 교황의 의도를 파악한 지 보름이 넘는 시간이 흘렀지만, 혹시라도 또 다른 가능성이 있을지 모른다는 판단에 다른 이들에게 알리기를 보류했다.

하지만 아무리 생각해도 그 외의 다른 방향으로의 전개를 떠올리지 못했다. 영혼을 전이할 이계의 인간과 교황 안드레아 본인을 제외하고는 모든 인간을 소멸시키려는 끔찍한 발생은 점점 확신으로 굳어졌다.

"계속 입 다물고 있을 생각은 아니겠지?"

함장석에 앉아 있던 엘레노어는 정화를 확인한 그날 이후 계속 침묵을 지키던 레이지에게 넌지시 말을 건넸다. 워낙 충격적인 장면을 목격한 터라 승무원들 대부분 필요 이상의 대화는 자제하며 자신의 임무에만 충실했지만 레이지의 경우는 달랐다. 뭔가 깨달았지만 그걸 입 밖으로 내기 두려워한다는 이미지를 풀풀 풍겼기에.

"이제까지 너와 함께한 사람들을 생각해서라도 혼자 고민하는 건 그만둬. 교황이 왜 저런 짓을 하는지 알아야 어떻게 대응할지 고민이라고 할 수 있잖아? 내 말 틀려?"

"……."

그녀의 말이 옳다고 레이지는 마음속으로 인정했지만 여전히 망설임은 남아 있었다. 이전처럼 방에 홀로 틀어박히진 않았지만 잠들기 위해 침대 위에 누울 때마다 그의 시야에 들어오는 천장은 현재의 심정을 대변하는 듯 여러 색깔이 뒤섞인 그림으로 변모하곤 했다.

"무엇보다 말이야, 네가 떠올릴 수 있는 생각을 타인이 절대 추측할 수 없다고 착각 중인 건 아니겠지?"

"그렇다면 너도?"

레이지의 눈동자가 살짝 커지며 엘레노어를 정면으로 바라보았다.

"하지만 네가 직접 말하기 전까지 참고 있는 중이야. 우리들을 이끄는 네 입에서 나와야 그만큼 설득력이 있으니까."

"터무니없는 이야기로밖에 인식될지도 모르는데?"

"애초에 지금 교황이 벌이고 있는 일 자체가 터무니없어."

레이지는 더 이상 망설일 필요가 없었다.

그는 엘레노어의 오른쪽 어깨에 손을 살며시 얹더니 결심을 굳혔다.

"비공정에 탑승한 인원 모두를 소집시켜 줘, 지금 당장."

4

"……이상이 제가 내린 결론입니다."

레이지의 말이 끝나자 비공정 내 식당 안에는 고요만이 감돌았다. 그 어떤 이도 입을 열지 못하고 굳게 다물고서 각자의 생각에 잠겼다.

"신이 되고자 하는 야망을 위해 자신과 단 한 명의 인간만을 남겨두고 모두를 소멸시킨다는 발상을 믿기 힘들 분들도 많을 겁니다. 하지만 정화라는 이름하에 지금 교황이 하고 있는 행동을 달리 설명할 방도가 없습니다."

교황 안드레아가 성지라 일컬은 공중도시 바르디아에서 뿜어져 나온 거대한 빛의 기둥은 일순간에 교황령의 반 이상을 죽음의 대지로 바꾸었다. 식당에 따로 설치한 소형 전광판에 출력되는 황폐한 대지는 이전까지만 하더라도 울창한 숲이 자리 잡던 곳이었다. 비록 죽음의 군대가 도사리며 살아 있는 인간들을 눈에 띄는 족족 죽이곤 했지만.

"교황 안드레아가 발표한 내용 그대로 '신의 목소리'를 듣고 행한 기적이라 믿는 분은 이 자리에 없으리라고 봅니다."

레이지의 말에 탁자에 둘러앉은 이들은 동시에 고개를 끄덕거렸다. 특히 교단의 성직자이기도한 쉐스는 감히 신의 목소리를 빙자해 자신의 야망을 숨기려 한 교황의 행태에 이를 악물었다.

"하지만 앞으로 교황의 행보에 따라 어떤 일이 벌어질지 예측하기 힘듭니다. 단지 그가 원하는 목적대로 일이 진행된다면 마지막 결과 하나만큼은 확신할 수 있습니다."

파멸.

모두의 머리에 똑같은 단어가 떠올랐고, 분위기는 무거워지기만 했다.

"이제까지 헤쳐 온 고난과는 비교도 할 수 없을 거대한 벽이 앞을 가로막을 게 분명합니다. 앞서 지겹도록 여러분께 이야기한 내용의 반복일 수 있겠지만, 단호한 결의가 필요합니다."

이전에 멸망시켰던 제국의 목표는 어디까지나 대륙의 지배였지 파멸은 아니었다. 그렇기에 택할 수 있는 수단에는 한계가 분명했다.

하지만 교황 안드레아가 목표로 하는 '단 한 명의 인간을 제외한 모두의 소멸'은 제국이 20여 년이 넘게 진행했던 대류 전쟁에 비하면 훨씬 간단하면서도 짧은 시간 내에 마칠 수 있다. 물론 시간을 한 번 되돌리면서 판을 마련하기 위한 준비기간은 길었지만, 목표를 드러낸 이후 결과가 나오기까지의 과정의 유리함은 부정할 수 없다.

레이지는 두 손을 탁자 위에 올려놓고 착석한 이들의 얼굴을 찬찬히 훑어보았다. 대부분 놀란 나머지 멍하니 앉아 있는 가운데, 펠튼은 혼자서 고개를 설레설레 젓고 있었다.

"펠튼님, 뭔가 하실 말씀이 있으십니까?"

"잠깐만! 잠시 생각을 정리할 시간을 주게나!"

펠튼은 오른손으로 턱을 괴더니 두 눈을 질끈 감고서 고민하기 시작했다. 그렇게 한 3분이 지난 후에야 펠튼은 입을 열었다.

"서클 '0'의 마법이라는 것 자체만으로 받아들이기 힘든데, 신(神)이 되기 위해 인간 모두를 죽인다고? 그것도 교단의 수장인 교황이? 레이지…… 자네, 진심으로 하는 말인가?"

"펠튼님처럼 의구심을 가질 사람이 분명히 나올 거라 예상했습니다. 게다가 제가 방금 전 말했던 가정이 틀릴 가능성은 분명히 존재합니다."

다른 이들과 달리 서클 0의 존재 자체에 대해서 몰랐던 펠튼으로선 레이지가 한 말을 쉽사리 받아들이기 힘들었다. 이제까지 제이워드의 '제자'라는 타이틀을 달고서 행동했던 레이지에게 전면적으로 협력했지만, 이번만큼은 이의를 제기하지 않을 수 없었다.

"그러나 제가 보름이 넘게 심사숙고한 결과 내린 판단입니다. 지금 당장 믿지 않으셔도 상관없습니다. 시간이 흐르면서 교황의 야심이 전면적으로 드러남과 동시에 제 말이 틀린지 아닌지 결정날 테니까요."

"흐음……."

"원하신다면 길레터 왕국으로 돌아가셔도 좋습니다. 지금 제가 한 말을 증명하는 거의 유일한 방법은 시간이 흘러가는 것, 그거 하나밖에 없는 것이 현실입니다."

레이지의 대답에 펠튼은 다시 한 번 생각에 잠겼지만, 의구심만 더욱 커져 갈 뿐 확실한 결론은 끝내 나오지 않았다.

"지금 이 자리에 함께한 분들에게 다시 한 번 말씀드리겠습니다. 만약 제 이야기가 허무맹랑하다 생각되시는 분들은 비공정을 떠나도록 배려해 드리겠습니다. 내일 이 시각에 이 자리에 다시 모이는 분들만 저와 뜻을 함께하는 것이라고 생각하겠습니다."

그 말을 끝으로 레이지는 회의를 끝마쳤다. 여전히 레이지의 말을 믿기 힘들다는 표정으로 많은 이들이 식당 밖으로 천천히 걸어 나갔다. 물론 레이지 이전 제이워드였을 때부터 동료였던 이들은 그가 터무니없는 이야기를 꺼낼 리 없다고 믿고 그의 의견을 말없이 긍정했다.

승무원 대부분이 빠져나간 뒤 식당에 남아 있는 이는 레이지와 페일 단둘뿐이었다.

"참으로 흥미로워. 세 가지 서클 0의 마법으로 그런 결론을 유추할 수 있다니 말이야. 역시 괜히 제이워드의 제자가 아니었나 보군?"

의외로 페일은 그의 의견을 순순히 받아들이며 살짝 감탄까지 했다.

"넌 내 말을 믿나?"

"믿고 안 믿나를 떠나 교황이 성지에서 보여준 정화는 진짜 맘만 먹으면 대륙 전체를 완전히 소멸시킬 수 있는 위력을 지니고 있어. 그런 힘을 지닌 자라면 대륙을 통째로 손아귀에 쥐고 흔들려는 야심을 품을 수밖에 없지. 안 그래?"

"굳이 잡다한 설명을 더 늘어놓지 않아도 되니 편하군."

"무엇보다 내 목적은 어디까지나 역사에 절대 지워지지 않도록 이름을 남기는 것에 있어. 네 말대로 교황이 세계를 파멸로 이끌려 한다면 그 야심을 막는 쪽에 서야 내 목적에 부합되잖아? 물론 세상을 구한다는 거창한 사명 같은 건 지니지 않으니 기대하지도 말라고."

이미 비공정에 합류하기로 결심한 순간부터 페일에게 선악의 구별은 무의미해진 지 오래였다. 그가 원하는 목적만 성취한다면 많은 이들의 지탄을 받든 환영을 받든 간에 아무런 상관이 없었다. 결과적으로 페일의 그러한 사고관은 레이지에게 가장 큰 힘이 될 가능성까지 지니게 되었다.

"이제 앞으로 어떻게 할 계획이지?"

페일은 레이지의 맞은편에 앉더니 고개를 앞으로 쓰윽 내밀었다.

"너라면 계속 설득을 반복하며 더 많은 이들이 남도록 안간힘을 쓰기보단, 계속 전진할 타입이지."

"우선 엘번 섬으로 돌아가 교황이 어떻게 행동할지 지켜볼 작정이다."

"그냥 가만히? 시간이 지날수록 상황은 교황 쪽에게 점점 더 유리하게 돌아갈 텐데? 타이밍이 어긋나면 전 세상을 구원할 구세주와 싸울 입장에 처할지도 모른다고."

"물론 완전히 손을 놓고 지켜본다는 의미는 결코 아니다. 발렌시아 왕국을 비롯해 페르디어스 왕국과 길레터 왕국에 부탁하여 정화라는 핑계로 교단이 접근해 오는 걸 최대한 저지할 계획이다. 단, 그런 정치적인 부분에 내가 직접 뛰어들 여력이 안 된다는 이야기지."

"직접 뛰어들어도 시원찮을 판국이라고 보이는데?"

사실 페일의 말이 틀린 건 결코 아니다. 이미 몇 달 전 길레터 왕국에서 겪은 일만 해도 레이지의 정치적 입지가 의외로 모자랐던 탓이다.

"난 효율적인 방법을 택한 것뿐이다. 어차피 정치적인 방법으로는 시간을 끄는 수준에 불과해. 근본적인 방법은 결국 교황을 죽이는 방법밖에 없다. 교황의 목적이 대륙의 인간 모두를 소멸시킴에 있는 이상, 교황에 대한 경외심이 어느 순간부터 공포로 돌아서는 때가 분명히 올 거다. 그때까지 힘을 키우면서 참는 수밖에 없어. 지금은 뛰어오르기보단 움츠릴 단계야."

이전 시간대의 교황은 신성력과 마법 두 가지 힘만 가지고도 당시 아크메이지의 경지에 도달했던 샤를로트를 압도했다. 지금은 오러의 힘마저 소유해 트리플 클래스가 되었을지도 모르는 교황을 상대로 무작정 달려들 수는 없는 노릇이다. 레이지는 조금이라도 더 자신을 단련한 뒤, 엘레노어에게 부탁한 마법이 완성되기를 기다리는 쪽을 선택했다.

"그런 의미에서 너에게 부탁 하나 하고 싶은데……."

"부탁이 아니라 명령이겠지."

페일은 여전히 자신의 손목에 채워져 있는 마나 억제용 팔찌를 들이밀며 코웃음을 쳤다.

"현재 비공정에 탑승한 인원 중 매직 유저로서 가장 큰 가능성을 지닌 사람이 누구라고 생각하냐?"

"가능성? 가능성이라……. 의외로 쉬운 질문이잖아?"

마법사로서의 종합적인 능력을 감안한다면, 엘레노어와 레이지가 가장 극한에 오른 상태다. 그 다음으로 서클 6에 해당하는 자는 페일과 펠튼, 그리고 마리에타, 이렇게 세 명이다.

"엘레노어의 제자인 마리에타라는 아가씨잖아?"

"잘 알고 있으니 이야기가 쉽게 풀리겠군. 그녀를 단련시켜 줘."

"내가?"

전혀 의외의 제안에 페일은 두 눈을 가늘게 뜨며 레이지를 응시했다.

"가르치는 것 하나만큼은 엘레노어님이 인정할 만큼이라던데, 내 말이 틀렸나?"

"호오, 그 애가 그렇게 말했단 말이지?"

비록 마법사로서의 능력만을 따진다면 엘레노어나 레이지나 페일을 넘어섬은 분명하다. 그러나 그 둘은 아크메이지라는 경지에 스스로 도달할 정도의 끈기와 자질을 지녔지만, 자신이 익힌 것을 남에게 전수하는 부분에 있어서는 페일에 비해 한참 부족한 것 역시 사실이다.

"지금은 한 명이라도 더 강해지는 것만이 교황과의 결전에서 이길 가능성을 높이는 길이야."

"하긴……. 아직 스무 살도 안 되었는데 서클 6을 충분히 넘어서는 마나까지 소유했겠다, 실전 경험만을 제외하면 센스도 제법 훌륭한 편이고, 가르칠 맛이 나는 아가씨임은 분명하지."

페일은 예전 엘레노어를 가르쳤을 당시를 떠올리며 가볍게 미소를 지었다. 아직 어린 소녀였던 그녀로부터 무궁무진한 가능성을 엿보고 흐뭇함과 동시에 질투를 느꼈던 적도 있었다. 하지만 앞으로 기껏해야 10년밖에 못 사는 운명을 지닌 그에겐 질투라는 감정 따위 조금도 남아 있지 않았다.

"그러면 그 아가씨를 가르쳐야 하고, 비공정의 제어 시스템도 계속 손봐야 하고……. 하루 8시간밖에 없는 활동 시간이 꽤 촉박하게 돌아가겠어. 정신없이 바빠지겠는걸?"

페일은 뻐근해진 목을 천천히 돌리면서 일어섰다. 그리고 식당 밖으로 나갔다. 홀로 남게 된 레이지는 팔꿈치를 탁자에 대고 이마를 감싸 쥐었다.

'교황이 공포의 대상으로 인식될 그 타이밍이 좀 더 빨리 다가온다면 좋겠건만, 그건 지금의 내가 어떻게 조절할 수 있는 성격의 문제가 아니야. 쉽게 말로 내뱉긴 했지만 역시 참고 기다리려니 손이 근질거려.'

지금 당장에라도 공중도시에 비공정을 이끌고 쳐들어가고 싶은 심정이었지만 그는 계속 감정을 억누르며 이성적인 판단에 매달리는 중이었다. 자신 혼자만이 아닌, 뜻을 같이하는 자들과 함께 싸우는 이상 그 어느 때보다 머리를 차갑게 할 필요성이 존재했다.

'오늘도 제대로 자긴 글렀어.'

보름 동안 마음 편히 잠들어본 적이 없는 레이지는, 오늘밤도 역시나 거의 뜬 눈으로 밤을 새야 함을 직감하고 가볍게 웃었다.

다음 날 식당에 모인 인원은 그 전날 소집시켰던 사람들과 변동이 없었다.

'예상 외로 단 한 명의 이탈자 없이 일이 진행될 줄은 몰랐어. 최소한 트레이지아 공주 측이나 오를레앙 왕자 쪽에선 각자 조국으로 돌아갈 줄 알았는데 말이지.'

전날 발렌시아 왕국이 위기에 처했다는 보고를 받은 오를레앙은 어느새 흥분을 가라앉히고 엄숙한 표정으로 자리에 앉아 있었다. 트레이지아 공주는 평소와 다를 바 없이 표정을 읽을 수 없는 얼굴로 정면만을 응시했다.

"다시 한 번 선택의 기회를 드리겠습니다. 앞으로 우리들이 걸어갈 길은 이 자리에 함께한 자들을 제외한 모든 인간들에게 적대시 당하며 신의 뜻을 저버린 배교자로 몰릴지도 모르는 고난일지도 모릅니다."

레이지는 살짝 으름장을 놓은 뒤 주변의 반응을 지켜보았다. 여전히 무거운 공기가 식당 안을 지배했지만, 어제와는 달리 망설이는 표정은 눈에 띄지 않았다.

"흠흠, 솔직히 난 아직까지도 자네가 했던 말을 다 받아들이긴 힘드네."

어제 유일하게 레이지에게 반론을 제시했던 펠튼은 헛기침을 하며 자리에서 일어섰다.

"하지만 말일세, 이제까지 자네가 한 행동들을 고려해 본다면 절대 터무니없는 행동은 하지 않았다는 것 정도는 알 수 있지. 난 자네에게 또 한 번 걸어보기로 결심했다네."

펠튼은 말을 마치고 도로 앉았다.

다른 이들은 대답 대신 조용히 고개를 끄덕이면서 펠튼과 같은 의견임을 나타냈다.

"그렇다면 모두 저와 뜻을 함께하겠다는 의미로 받아들이겠습니다."

레이지는 두 손을 탁자 위에 올려놓고선 몸을 앞으로 숙였다.

"저희들의 목표는 단 하나, 공중도시 바르디아를 추락시키고 교단의 수장인 교황 안드레아의 척결입니다. 단! 곧바로 행동으로 옮기기엔 아직 이릅니다."

순간 레이지는 탁자 위에 올려놨던 두 손을 강하게 움켜쥐었다.

"어떤 식으로든 교단과 적대할 수밖에 없는 입장인 이상, 많은 이들의 비난에서 자유롭기엔 불가능합니다. 그렇다고 여기 있는 분들을 제외한 모두를 적으로 돌리면서까지 지금 당장 교단에게 칼을 겨눌 정도로 전 어리석지 않습니다. 교황의 야망이 완성 단계에 가까워질수록 사람들은 맹목적인 믿음에서 차츰 벗어나 이성을 찾을 게 뻔하고……."

교황의 목표가 자신과 이계에서 소환할 단 하나의 인간을 제외한 모든 인간의 죽음이라면, 정화로 인해 죽음의 군대뿐만이 아닌 보통의 인간들도 소멸될 것임은 분명하다. 한동안 죽음의 군대만을 소멸시키며 교황이 자신의 입지를 굳건히 다지는 동안은 참고 기다려야 한다.

"……그런 고로, 당분간 엘번 섬에 머물며 각자의 힘을 키울 때입니다. 지금 당장 엘번 섬으로 출발하도록 하죠."

말을 마친 레이지는 해산 명령을 내렸다. 페일과 메이드들이 줄을 지어 식당 밖으로 나갔고, 다른 이들 역시 함장실 쪽으로 발걸음을 돌렸다.

남은 이들은 레이지와 엘레노어, 그리고 프레드릭 이렇게 세 명뿐이었다.

"휴우……."

레이지는 길게 한숨을 내쉬더니 마법으로 식당 밖으로 소리가 새어 나가지 못하도록 마나의 벽을 얇게 둘러쳤다. 제이워드였을 때부터 함께했던 두 명과 편하게 이야기를 나누기 위해서였다.

"제이워드, 그동안 정말 고생 많았어."

"앞으로가 더욱 고생이야, 엘레노어. 이탈자가 없으니 입단속할 필요가 없어져서 편하다는 점 하나만이 유일한 위안거리로군."

예전 같으면 레이지의 옆에 달라붙으며 친근하게 말을 건넸겠지만, 전 시간대의 일을 알게 된 이후 차가워진 그에게 엘레노어는 일부러 거리를 두었다.

"그 마법은 아직 멀었어?"

"……."

무엇보다 레이지와의 사이가 예전 같지 않은 가장 큰 이유는 방금 그가 언급한 '마법' 때문이었다.

"만약 네가 끝내 완성시키지 않는다면 내가 직접 만드는 방법도 있어."

"알아, 알고 있다고!"

엘레노어는 목소리를 높이더니 오른손으로 두 눈을 감쌌다.

"신이 되려는 욕망을 이루기 위해 완벽한 파멸을 추구하는 인간과의 대결이야. 목숨을 내던질 각오 없이 이길 수 있다고 생각하진 않아."

레이지가 엘레노어에게 요구한 것은, 다름 아닌 그가 가진 모든 힘을 단 한 번의 일격에 소모시켜 특정한 '한 명'에게만 필살의 위력을 발휘하도록 설계된 마법이었다.

그 마법이 구현되기 위한 조건에는 레이지가 현재 소유한 오러 능력과 마나마저 완전히 소모시키는 수준을 넘어서서, 생명마저 포함되었다.

"내 말버릇 알지? 원하는 바를 이루기 전까진 절대 죽을 수 없다는 그거. 하지만 목표가 달성된 후라면 목숨 따윈 전혀 아깝지 않아."

레이지는 가르시아의 입을 통해 들은 '이전의 미래'에 대해 알게 된 후, 마지막 일격을 위해 목숨을 내던질 각오를 굳혔다.

이는 단순히 자신의 모든 힘을 내던진다면 아무리 트리플 클래스라 하여도 죽일 수 있다는 추측 때문만이 아니었다.

시간을 되돌리는 서클 0의 마법이 진행되었음에도, 시전자인 교황 본인을 제외하고 가르시아와 샤를로트가 덧씌워진 미래를 기억하는 기적이 일어났다. 그때 자신의 모든 힘을 바친 샤를로트의 행동에서 모티프를 얻은 것이다.

"지금까지 나는 수많은 동료들의 죽음 덕분에 끈질기게 생명을 이어갈 수 있었어. 이젠 내 차례가 온 것뿐이야."

"제이워드, 제발 그런 말은 하지 말아줘!"

엘레노어의 목소리는 거의 울먹임에 가까웠다. 그럼에도 레이지의 태도에는 조금의 변화도 보이지 않았다.

"그리고…… 또 한 가지 이유가 있어."

레이지는 오른손을 강하게 움켜쥐었다.

"이전의 시간에선 날 위해 평생을 복수 하나만을 바라보고 살아간 스승님이 있었지. 지금의 시간은 반대로 내가 스승님을 위해 모든 걸 다 바칠 때인 거야."

레이지의 확고한 결심을 드러내는 말에 두 남녀는 입을 굳게 다물 뿐이었다. 차라리 감정을 주체하지 못하고 분노에 휩싸여 내뱉는 말이라면 설득할 여지가 남아 있겠지만, 그 어느 때보다 차가운 눈빛으로 담담하게 입을 여는 그를 말리기엔 예전의 동료들이라도 역부족이었다.

"그러면 나 먼저 간다."

레이지는 자리에서 일어서더니 출구 쪽으로 걸어갔다.

그는 문을 열기 직전 뒤를 돌아 고개를 숙이고 있는 엘레노어를 흘낏 바라보더니 쓴웃음을 지었다.

'미안하지만 내 모든 것을 바칠 각오 없이는 교황을 이길 수 없어. 그렇다고 제이워드가 아닌 레이지인 지금의 나를 계속해서 믿어주고 따라온 너희들을 대신 희생시킬 순 없잖아?'

문이 닫히는 소리와 함께 레이지의 모습이 사라지자 엘레노어의 두 눈에서 눈물이 흘러내리기 시작했다.

프레드릭은 그런 그녀에게 오른손을 뻗었다가 이내 거두고 주먹을 움켜쥐었다. 지금으로선 그 어떤 말과 행동이라도 엘레노어의 슬픔을 거두기엔 무리였다.

Chapter 74
도약을 위한준비

1

베르시아 신성력 1394년 9월 2일.

공중도시 바르디아의 정중앙에 위치한 대성당 안은 수많은 신도들이 모여 미사에 참석 중이었다. 드넓은 교황령을 짓밟던 죽음의 군대를 단 일순간에 소멸시킨 '정화'로 인해 신도들의 신앙심은 시간이 흐를수록 깊어졌고 그와 동시에 교황 안드레아에 대한 믿음 역시 굳건했다.

그러나 지금 이 자리에 참석한 신도들의 눈빛은 평소와 달리 분노와 증오가 가득 실려 있었다. 미사를 직접 주도 중인 교황 앞에 오른쪽 무릎을 꿇고 앉아 있는 열 명의 남자는 언제 자신들을 덮칠지 모르는 신도들의 시선에 잔뜩 위축되어 있었다. 물론 그들 중 가장 덩치가 큰 남자 한 명만은 두려움을 느끼기는커녕 날카로운 시선으로 좌우를 훑어보았다. 그와 눈이 마주친 신도들은 순간 분노 대신 두려움에 휩싸여 슬그머니 물러섰다.

"고개를 드십시오."

교황의 말에 무릎을 꿇고 있던 남자들이 천천히 시선을 위로 향했다.

"여러분, 이들은 얼마 전까지만 하더라도 크루디아 제국이라는 망령에 빌붙어 많은 이들을 괴롭히고 학살했던 베릭쿠스의 일당들입니다."

20여 년간 지겹게 이어졌던 대륙 전쟁이 끝난 이후, 오래간만의 평화를 만끽하려던 사람들은 베릭쿠스의 등장으로 인해 다시 공포에 휘말렸다.

"죽여라!"

"신의 이름으로 저들에게 처절한 응징을!"

대성당 안이 떠나갈 정도로 신도들의 외침이 연달아 이어졌다. 그러나 교황이 천천히 두 손을 올리며 진정하라는 제스처를 취하자 언제 그랬냐는 듯 성당 안은 침묵이 감돌았다.

"이 자리에 계신 분들이 느끼는 분노는 당연한 감정입니다. 하지만 그들은 단지 대륙에 만연했던 악(惡)에 잠시 사로잡혔던 것뿐입니다. 그리고 뒤늦게나마 자신들의 잘못을 깨닫고서 자진해 이곳으로 왔다는 점을 명심해 주십시오."

물론 이는 안드레아의 계산 아래 이뤄진 일이었다.

제국 잔당들을 주축으로 결성된 베릭쿠스의 일원이었던 그는 적당한 때가 오면 전면적으로 협력하겠다는 의사만을 표한 뒤 계속 교단의 수장으로 활동했다. 베릭쿠스의 체계 자체가 그리 오래가지 못할 거라 예측했기 때문이다.

대신 아크메이지 바르가스와 밀약을 맺어 사자 부활 마법을 근간으로 한 계획을 조심스레 진행했고, 그 결과 죽음의 군대를 창조할 수 있는 능력을 거머쥐었다. 그후 예상대로 베릭쿠스가 뜻을 이루지 못하고 몰락하자, 잽싸게 주축 멤버 몇 명을 포섭해 성지로 데리고 왔다. '정화'가 완전히 이루어지기까지 성지를 보호해 줄 방패로서.

"그 어떤 인간이라 하여도 죄를 짓지 않고 살아가는 이는 없습니다. 그럼에도 제 앞에 무릎을 꿇고 스스로 뉘우치는 분들에게 돌을 던지시고 싶다면 말리지 않겠습니다. 단, 이제까지 그 어떤 죄도 짓지 않은 분들에 한해서……."

절대 만족될 수 없는 조건을 교황이 내세우자 신도들은 더 이상 분노를 겉으로 드러낼 수 없었다.

"제가 여러분들의 죄를 신의 이름으로 사해 드린 것처럼, 이들에게도 용서라는 은혜를 베풀고자 합니다. 지난 과오를 부끄러워하며 새로운 삶을 선택하려는 이들에게 있어서 여러분들의 용서와 신앙심은 가장 큰 힘이 될 것입니다. 지난번 정화(淨化)를 완성시킬 때 여러분들의 믿음이 큰 역할을 담당했던 것과 마찬가지로 말입니다."

'역할'이라는 단어에 성당 안의 모든 신도들이 눈빛이 확 바뀌었다. 그동안 제국과의 전쟁, 그후 베릭쿠스의 등장과 죽음의 군대로 인한 고통 속에서 시달리기만 했던 그들에게 '믿음으로 무언가를 이룰 수 있었다'라는 깨달음은 크나큰 자신감을 불러일으켰다. 그리고 자연스럽게 믿음 하나만 있으면 모든 고난을 헤쳐 나갈 수 있다는 확신까지 도달했다.

"용서하십시오, 그리고 믿어주십시오. 믿음만이 모든 것을 해결할 수 있습니다."

교황 안드레아는 인자한 미소를 지으며 신도들을 내려다보았다. 물론 웃음 뒤에 숨겨진 진짜 표정을 읽어낸 이는 아무도 없었다.

분위기가 가라앉으며 평상시와 다를 바 없는 미사로 진행되는 가운데, 베릭쿠스의 일원으로 이 자리에 참석한 퓨리언은 조심스럽게 고개를 옆으로 돌렸다.

'믿기 힘들군. 방금 전까지만 하더라도 엄청난 살기를 뿜어내더니만, 교황의 한마디에 모든 걸 용서했다는 표정이잖아?'

집단세뇌라도 당한 듯한 신도들의 인자한 표정은 그에게 결코 안도감을 주지 못했다. 차라리 비난을 들었으면 들었지 이런 식으로 아무런 일도 없었던 것처럼 넘어가는 건 상식적으로 이해가 불가능했다.

'아무래도 난 터무니없는 곳에 들어왔는지도 모르겠어.'

2

베르시아 신성력 1394년 9월 4일.

비공정 콜드란세호가 엘번 섬에 도착한 지 어느덧 일주일이라는 시간이 흘러갔다.

앞으로 있을 교단과의 전쟁을 대비하기 위해 레이지와 마리에타를 제외한 비공정의 마법사들은 설계도를 놓고 서로 머리를 맞댔다. 그리고 지금보다 성능을 더 올리기 위해 보강 및 개조 작업이 바쁘게 진행되었다.

프레드릭과 가르시아는 예전 오두막이 있는 해안가에서 아침부터 밤늦게까지 대련에 몰두했다. 두 사람의 실력 모두 극에 달했는지라 대련이 치러지고 나면 모래사장은 완전히 쑥대밭이 되어버리기 십상이었다.

그들의 훈련장소 정반대 쪽에 위치한 숲에선 또 다른 대련이 매일 진행되었다. 하루 네 시간에 불과한 대련이었지만, 마법사들끼리의 대결이라는 성격상 시간이 흘러갈수록 숲은 황폐화되어 사라지기 일보 직전이었다.

*   *   *

화르륵!

강렬한 불길이 치솟아 오르며 수십여 그루의 나무를 휘감았다. 나뭇잎들이 순식간에 재가 되어 아래로 후두둑 떨어졌고, 빠른 속도로 퍼져 나간 불길의 기세는 커져만 갔다.

"……디 카스(얼어붙어라)!"

주문이 완성되자 페일의 주변을 둘러싸고 있던 나무의 불길이 얼음 속에 갇혀 버렸다.

"이쪽일까? 아니면……."

페일은 마리에타가 눈속임용으로 설치한 '미끼'를 하나씩 둘러보면서 그녀의 진짜 위치를 파악 중이었다.

"호오, 그 짧은 시간 동안 다섯 군데나 설치하다니 대단한데? 완성도도 그럭저럭 쓸 만한 편이고 말이야."

나무나 돌 같은 사물에 자신의 마나를 불어넣는 방식의 미끼는 자신이나 상대방 둘 다 위치를 파악하기 힘든 지역의 전투에서 종종 사용된다. 특히나 활활 타오르는 불길과 짙은 연기가 시야를 가리고 있는 상황일수록 유용하다.

"하지만 말이지……."

페일은 블링크를 연달아 구사하더니 순식간에 100미터 밖에 있던 거대한 나무 뒤로 이동했다. 그러더니 줄기 한가운데에서 빛나고 있는 손바닥만 한 크기의 마나를 발견하고는 움켜쥐어 소멸시켰다.

"우선 하나."

그 다음부터 페일의 움직임이 잽싸게 바뀌었다.

그는 자신의 몸을 얇은 물로 감싸 활활 타오르는 나무 사이를 아무런 부상 없이 빠져나갔다. 그리고 마리에타가 곳곳에 설치한 미끼를 하나씩 발견했다.

"아가씨, 내 목소리 들리지? 미끼란 말이야, 그냥 무작위로 설치한다고 다 통하지 않아. 최소한 하나 정도는 전혀 의외의 장소에 설치해야지. 구체적인 내용은 나중에 설명하기로 하고……."

페일은 오른손을 들어 올리더니 뒤를 향해 손바닥을 돌렸다. 그와 동시에 형성된 마나의 장벽이 페일의 몸을 감쌌다.

휘이이잉!

날카로운 바람이 나무들을 통째로 베어내며 빠른 속도로 날아갔다. 하지만 페일이 방금 전 구사한 마나의 장벽에 막혀 위로 튕겨 올라가다가 사라졌다.

"우선 흥분부터 가라앉히는 게 좋겠어. 내 말에 반응하지 않고 침착하게 기회를 노린 건 훌륭하지만, 주문을 외우면서 살짝 흥분한 티가 나! 덕분에 마법이 완성되기까지 걸린 시간이 미세하게 느려졌다고."

그는 마리에타를 꾸짖으면서 뒤를 돌아보았다.

당연히 그녀는 도로 수풀 속에 모습을 감추고 기척을 숨겠다.

"이제부턴 내가 미끼를 여러 군데 뿌려 놓을 테니 잘 찾아봐. 단, 내가 설치한 건 좀 다를 거야."

3

두 시간이 흐른 후, 완전 녹초가 된 마리에타가 나무에 등을 기댄 채 미끄러지면서 주저앉았다. 온몸이 땀으로 흠뻑 젖었고 여기저기 묻어 있던 그을음이 땀과 섞여 주르륵 흘러내렸다.

"우선 말이지…… 아, 앉아서 듣도록 해."

반면 지친 기색조차 없는 페일은 그녀의 앞에 두 발로 서서 대련 도중 있었던 일을 머릿속에서 재빨리 정리했다.

"이미 지겹게 들어서 귀에 못이 박힐 정도겠지만, 다시 한 번 말하겠어. 마법사는 일단 전투에 돌입한 이후부터는 가장 넓은 시야를 가지고 전황을 파악해야 해! 본능에 의지하기보단 보고 듣고 느낀 것으로 빠르게 판단하라고! 두 번째 공격이 실패로 끝난 이유는 바로 그거야. 그다음부터는 뒤늦게 깨닫고 제대로 한 거 같지만, 이게 실전이었다면 그때 끝났다는 걸 잊지 말도록."

"네!"

"물론 아가씨가 수십 년 이상의 경험을 지닌 마법사라면 특유의 감이 생겼을지도 몰라. 그러나 아직 실전에서 마법을 써본 지는 이제 겨우 2년 남짓이지? 어설프게 애매한 감에 의존했다간 혹 가버릴 수 있다고."

페일은 임기응변에 강한 마법사다. 그만큼 짧은 기간 내에 세세한 부분까지 기억할 수 있는 능력에서는 레이지마저 능가한다. 덕분에 막 끝난 대련 과정에 있었던 일을 하나하나 꼭 집어서 설명하는 게 가능했다.

"그리고 나에게 벌써 두 번이나 당했지? 머리와 입으로 각기 다른 주문을 외우는 법도 있지만, 일부러 입으로는 가짜 주문을 외우면서 상대를 속이는 방법도 있다고! 보고 들은 것을 그대로 믿으라는 이야기가 아니야!"

"네, 명심하겠습니다."

"또 하나, 한번 기억해 놓았던 장소라고 해도 다시 도착했을 땐 어떻게 변했을지 몰라! 상황은 매초마다 바뀐다고! 눈앞에 있는 적만 바라보지 말고 주변을 매번 둘러보는 습관을 키워! 참고로 말하자면 29분이 지났을 시점에 네가 택한 마법은 말이야……."

숨 돌릴 여유조차 주지 않고 페일의 꾸중이 쏟아졌지만 마리에타는 조금도 기죽지 않고 그의 말을 귀담아 들었다. 집요하리만치 세세한 부분까지 지적하며 교정시켜 주는 페일의 교육 방식은 단기간에 실력을 끌어올리기엔 최상이었다.

그런 두 사람을 멀리 떨어진 나무 위에서 지켜보고 있는 이가 있었다. 페일의 대련이 잘 진행되는지 감시하기 위해 잠시 시간을 낸 레이지였다.

'역시 가르치는 능력만큼은 나를 훨씬 뛰어넘는군.'

레이지가 된 자신을 만나기 이전부터 어린 나이에 서클 5에 도달한 마리에타에게 마법사로서의 자질 자체는 충분하다 못해 넘치는 게 사실이다.

단, 같은 서클 5라 하여도 무수한 실전 속에서 생사를 오고 가며 익힌 경험이 그녀에겐 절대적으로 부족했다. 레이지와 함께 다니면서 빠르게 실전 경험을 쌓긴 했지만, 앞으로 있을 교단과의 결전에 내세우기엔 여전히 뭔가 모자라다는 판단을 레이지는 내렸다.

엘번 섬에 머무르는 동안 마리에타를 비공정의 보강 작업에서 제외시키는 대신 철저하게 마법 수련에만 몰두하도록 자리를 마련해 주었다. 페일과의 일대일 수련은 그런 의미에서 매우 효과적이었다.

"휴우, 그러면 난 비공정으로 돌아갈 테니 아까 지적했던 부분을 곱씹으며 마저 수련하도록 해."

"정말… 감사합니다."

"아가씨가 강해지는 게 진정으로 감사를 표하는 방법이야. 알겠지?"

그 말을 끝으로 페일은 공간 이동 마법을 시전하더니 순식간에 모습을 감추었다. 그의 모습이 사라지자 마리에타는 비틀거리는 몸을 이끌고 간신히 일어섰다.

"크윽……."

그녀의 입에서 신음 소리가 흘러나왔다.

타격 직전 위력을 적절하게 낮춘 페일의 배려 덕분에 마리에타의 몸에는 마법으로 인한 부상은 전혀 없었다. 추적을 떨치기 위해 이동하던 중 나뭇가지에 살갗이 찢기거나 돌부리에 걸려 넘어져 멍이 드는 수준에 불과했다.

하지만 두 시간 내내 팽팽한 긴장감을 유지해야 했기에 뒤늦게 몸이 축 처졌다. 게다가 페일이 지적해 준 사항을 잊지 않기 위해 항상 머릿속에 떠올리며 각인시키는 과정에서 정신적으로도 피로가 몰려왔다.

"고생이 많군요."

"레이지?"

4

"설마 보고 있었나요?"

"혹시나 해서 한번 들러본 겁니다. 두 시간밖에 안 되었는데 숲이 완전 난장판이 되었군요."

드넓은 숲의 반 이상이 불타 버렸고, 아직까지도 곳곳에서 연기가 피어오르는 중이었다. 그을음이 내려앉은 땅바닥은 원래의 색을 떠올리기 힘들었고 새까만 재가 바람에 실려 날아갔다.

"그에게 배울 만합니까?"

"이런 말 하면 당신과 스승님께 죄송할지 모르겠지만……
확실히 달라요. 마치 저에게 딱 맞춘 것처럼 요점을 가르쳐
주는 게 정말로 대단하더군요."

"아마 그도 당신과 비슷한 케이스여서 그럴지도 모를 겁니
다."

"비슷하다고요? 저하고?"

"원래 황실 전속 마법사로 근무하다가 대륙 전쟁이 발발하
면서 급하게 전투에 투입된 케이스죠. 엘레노어를 가르친 건
잠시 휴가를 받아 황실로 돌아왔을 때라고 들었습니다."

"전혀 몰랐어요. 저에겐 개인적인 이야기는 단 하나도 안
해서……."

스승의 복수를 위해 자진해 전쟁터에 뛰어든 제이워드에
비해, 페일은 어린 나이에 서클 5에 도달한 이후 황실에 머무
르며 연구에 치중하던 타입이었다. 그러다가 전쟁이 발발한
후 억지로 전쟁터에 끌려가 생사의 갈림길을 수도 없이 거쳐
갔다.

그는 모자란 실전 경험을 철저하게 조건 제약 마법에 몰두
하는 걸로 보충했다. 그리고 어느덧 제국에서 가장 강력한 마
법사 중 하나로 손꼽히기에 이르렀다.

하지만 운은 그리 좋지 못한 편이었다. 아버지 바르가스의

질투심 때문에 격전지에만 투입되는 일상을 반복하다가, 제이워드와 만나게 되었고 결국 패해 사망했다.

"제가 아크메이지가 되기 이전으로 친다면 가장 까다로웠던 두 명의 마법사 중 한 명이었죠. 만일 제가 죽이지 않았다면 대륙 전쟁 당시 최초의 아크메이지는 그가 되었을 겁니다."

레이지는 제이워드였을 때 만났던 페일의 모습을 떠올리며 주먹을 천천히 움켜쥐었다. 당시 자신보다 한 단계 높은 서클의 마나를 지녔고, 외우던 주문을 상황에 맞추어 즉각 변형시키는 변칙적 운용에 엄청난 고전을 치러야 했다.

"무수한 전투를 헤쳐 나가면서 그가 익힌 것들을 그대로 전수받는다면, 당신은 그 누구보다 강해질 수 있습니다. 순수한 마법사로 한정한다는 가정 아래에서."

"어차피 당신을 뛰어넘기란 불가능하잖아요? 아크메이지이자 동시에 워락이니."

"하지만 전 신성력까지 지닌 교황을 상대해야 합니다. 고작 서클 7에 도달했다고 절대 안심해서는 안 되죠."

"그렇죠……."

다른 마법사가 들었다면 서클 7이라는 말 앞에 붙은 '고작'이라는 단어에 발끈했을지도 모른다. 하지만 제이워드가 아닌 '레이지'와 가장 오랜 시간 동안 함께했던 그녀로서는 고작이라는 단어에 실린 무게감이 얼마나 막중한지 알고 있

도약을 위한 준비 49

었다.

"그런데 솔직히 의외였습니다. 당신이 직접 페일에게 가르침을 청할 줄은 예상 밖이었거든요. 제가 일부러 나서지 않아도 되었는데 괜한 곳에 힘을 들였던 것 같습니다."

"……."

돌연 마리에타가 입을 굳게 다물더니 고개를 옆으로 돌렸다.

"모두 당신 때문이에요."

"네?"

"지난번 스승님께 당신이 뭘 부탁했는지 까먹었나요?"

마나와 오러 능력을 포함해 생명까지 소모시키는 제약을 동반하는 '마법'의 개발을 부탁한 레이지가 마리에타는 원망스럽기만 했다.

하지만 그와 동시에 왜 레이지가 이렇게까지 극단적인 방법을 택하는지에 대해 골몰히 생각했다. 레이지가 대륙 전쟁 당시보다 훨씬 더 강한 힘과 동료들을 지녔음에도 교황을 상대하기 부족하다는 판단을 마리에타도 내렸다. 그리고 매번 부족함을 보인 그녀 자신이야말로 레이지의 불안감을 키운다는 자책으로 이어졌다.

"지난번처럼 두려워 떠는 모습 따윈 보이지 않겠어요. 전더 이상 당신의 발목만 붙드는 존재로 머물 수 없어요."

"왜 자신을 비하하는 겁니까?"

"당신처럼 목숨을 내던지려는 인간보다는 그쪽이 훨씬 나아요. 절대로 당신이 죽는 모습만큼은 보고 싶지 않아요."

마리에타는 두 손으로 나무를 붙들고 천천히 몸을 일으켰다. 레이지가 다가가 부축하려고 했지만 그녀는 고개를 가로저으며 거부했다.

"마나가 너무 소모되어서 잠시 어지러울 뿐이에요. 지금 당신에게 절 걱정할 여유가 있나요?"

"알겠습니다."

레이지는 말을 마치더니 자리를 떠났다. 마리에타는 그런 그와 끝내 눈을 마주치지 않고서 흐트러진 자세를 추슬렀다.

'당신은 항상 불멸이라고 말했죠? 그런 주제에 스스로 죽음에 뛰어드는 모습을 보고 있지만 않겠어요. 제가 강해져서 그 마법을 쓰지 않을 상황을 반드시 만들어낼 테니까……'

5

짝짝짝.

"두 사람 모두 대단한데?"

레이지는 박수를 치면서 모래사장 위를 걸어 두 남자에게 다가왔다.

"헉헉, 제이워드……."

"당신이로군."

서로 격렬한 대련 중이던 프레드릭과 가르시아는 갑자기 나타난 레이지를 보고 검을 내렸다.

"언제부터 보고 있었어?"

"한 10분 전부터? 너의 오러 어설트가 세 번 연달아 막히는 순간부터였을 거다. 무리가 가는 기술을 세 번 연속해서 쓴 너도 대단하지만 그걸 모조리 막아낸 당신도 참 대단해."

"별거 아닙니다. 사실 방어가 아닌 반격이었지만 검제라는 아명답게 모조리 피하시더군요."

두 사람의 격렬한 대련의 여파는 완전히 황폐화된 모래사장을 보는 것만으로도 충분했다. 가르시아의 몸에서 흘러내린 핏방울이 주위를 완전히 붉게 물들려 놨고, 두 남자의 검에서 뿜어져 나온 충격파가 매번 파도에 작렬한 결과 죽은 물고기들이 즐비하게 모래 위에 쌓여 있었다.

"그런데 오늘은 웬일로 여기에 왔어?"

"그냥. 한동안 혼자 수련하다 보니 기분전환 겸."

레이지는 몸을 숙이더니 모래를 한 움큼 쥐었다. 그리고 손가락 사이를 펼쳐 아래로 흘러보냈다.

"오래간만에 여기로 오니 처음 여기에 왔을 때가 떠올라."

"크루제이커 경에게 수련 받던 때 말이지?"

"그래, 오러가 그렇게 고달픈 길이라는 걸 체험했던 하루하루였어."

자신을 죽인 나르디안과 제국의 잔당들에 대한 복수심 하나만으로 엘번 섬에 도달했을 때와 지금의 상황은 너무나 달라져 버렸다.

복수의 대상은 베릭쿠스에서 베르시아 교단으로 바뀌었고, 크루디아 제국에 대한 증오는 어느새 진정한 적으로 드러난 교황을 향하기 시작했다.

하지만 단 한 가지, 그에게 있어서 단 하나뿐인 스승이자 은인인 샤를로트를 위한 복수만큼은 반드시 이루어내겠다는 각오만은 변하지 않았다.

"프레드릭, 고마워."

"응?"

뜬금없이 고맙다는 말을 꺼내는 레이지를 프레드릭은 이해할 수 없다는 표정을 지었다.

"제이워드였을 때는 물론이고 레이지인 지금의 나와 함께 와준 게 너무나 고맙다."

"새삼스럽게 왜 그래? 너답지 않게."

"확실히 제이워드답진 않지."

레이지는 쓴웃음을 지으며 두 눈을 지그시 감았다.

'아까 마리에타에게 한 소리 들어서 그런 걸까? 날 따라와 준 모든 이들에게 미안한 감정만 느껴지는군.'

레이지가 다시 눈을 뜨자 그의 시야 가운데에 가르시아의 얼굴이 자리 잡았다.

"가르시아님, 당신에게도 감사를 표하고 싶군요."

"프레드릭 경과 같은 대답을 하고 싶습니다만."

"데릭은 물론이거니와 동생인 당신까지 저와 함께한다는 사실에 이전부터 그렇게 말하고 싶었습니다."

"그건 당신의 복수가 완전히 끝난 이후에 해도 충분하다고 봅니다."

"네, 맞는 말이죠."

"혹시 형의 죽음이 마음에 걸려서 그런 거라면……."

"아닙니다."

레이지는 가르시아의 말을 도중에 끊으며 단호한 표정을 지었다.

'오히려 반대가 될 겁니다. 그때엔 그가 제 곁을 먼저 떠났지만, 당신마저도 그렇게 보낼 수는 없죠. 저세상에서 그를 다시 만날 때 체면이라는 게 있으니까요.'

레이지는 가볍게 미소를 짓더니 두 손을 탁탁 털며 모래를 털어냈다. 이미 할 말은 다 했기에 더 이상 그들의 수련을 방해할 수는 없었다.

"그러면 프레드릭, 너무 무리하지 마. 대련은 대련으로 끝나야지 실전처럼 부상 입으면 아무런 의미가 없어."

"가르시아님을 상대로 여유롭게 검을 휘두르기란 불가능해."

"검제라는 아명이 울겠다."

레이지는 등을 보인 채 손을 흔들며 수풀 안으로 걸음을 옮겼다. 그러자 프레드릭은 이야기하는 내내 꾹 참고 있던 고통을 이기지 못하고 털썩 주저앉았다.

"프레드릭 경!"

가르시아가 놀란 나머지 달려오자, 프레드릭은 손을 내밀더니 집게손가락을 세웠다.

"제이워드에게 들릴 수 있습니다. 목소리를…… 쿨럭!"

기침과 함께 입가를 타고 흘러나온 피가 목 주변을 붉게 적셨다.

"전에도 말했지만, 당신에게는 수련이 아니라 휴식이 필요합니다. 이대로 계속 무리한다면……."

"무리가 아니라 최선을 다하는 것뿐입니다. 당신의 형 데릭경이 했던 것처럼……."

그러자 가르시아는 입을 굳게 다물 수밖에 없었다.

"제이워드는 저에게 있어서 소중한 전우이자 동시에 절대 잃을 수 없는 친구입니다. 어차피 내 목숨이 그리 길지 못하다면 앞으로 더 오래 살아갈 친구를 위해 쓰는 게 당연하지… 않을까요?"

6

"흐음……. 아직까진 별다른 움직임은 보이지 않는다, 이 말입니까?"

"그렇습니다. 정찰 범위를 더 넓히는 게 좋을까요?"

"그러실 필요까진 없습니다. 와이번 라이더 분들의 피로를 감안한다면 지금의 정찰 구역을 확장했다간 무리가 올 게 뻔합니다. 더욱이 교단 측의 와이번 라이더들과 충돌할 가능성을 최대한 배제해야 하니⋯⋯."

오를레앙은 회의실 탁자 위에 대륙 전도를 펼쳐 놓고 레니와 토의 중이었다. 그러던 사이 방 안으로 들어온 레이지를 알아보고 오를레앙이 손을 흔들었다.

"어쩐 일이십니까? 당분간은 홀로 수련에 몰두하신다고 들었는데⋯⋯."

"일이 제대로 진행되는지 확인 차 들렀습니다. 그리고 전하도 뵐 겸 해서요. 그런데 지금 바쁘시지 않습니까?"

"아닙니다, 이미 오늘 치 일은 다 끝냈습니다. 검토야 나중에 해도 되니 문제없습니다."

오를레앙은 손짓으로 하녀를 불러 차를 준비시켰고, 레니는 두 남자에게 인사를 한 뒤 밖으로 나갔다.

자연스레 회의실에는 오를레앙과 레이지 단둘만이 남게되었다. 레이지는 차를 한 모금 들이킨 후 오른손으로 턱을 괴더니 창문을 응시했다.

"전하를 만난 지 어느덧 1년이 훌쩍 넘었군요."

"네? 겨우 1년밖에 안 되었습니까? 체감상으론 5년 정도라 생각했는데. 진짜 저희들이 정신없이 달려온 것만큼은 분명하군요, 하하하하!"

발렌시아 왕국이 죽음의 군대로 인해 짓밟히는 중이라는 걸 들은 이후 오를레앙의 태도는 꽤나 진지해졌다. 지금 그가 터뜨린 웃음은 실로 오래간만이라 옆에 있던 레이지마저도 살며시 미소를 지을 정도였다.

"부담되지 않습니까?"

"뭘 말이죠?"

"솔직히 말하면, 지금의 적은 제이워드 시절의 크루디아 제국과 비교도 할 수 없을 정도로 강합니다. 아크메이지이면서 워락인 제가 모든 걸 내던지겠다는 각오를 할 정도로 말이죠."

"세상을 구하는 일이 쉬우면 오히려 시시하죠! 아니, 세상이 아니라 이 넓은 대륙에 사는 무수한 미인들을 구하는 일인데 뭐가 두렵겠습니까?"

"진짜 오래간만에 들어보는 여자 이야기로군요. 역시 전하답습니다."

"아름다운 장미들을 위해서 가시에 손등 좀 찔리는 일에 불과합니다. 오른손이 너덜거리면 나머지 왼손을 내밀면 되는 거고요."

오를레앙은 살짝 윙크를 하더니 찻잔을 입에 대고 천천히 기울였다.

"이번 일이 끝나면 발렌시아 왕국으로 돌아가실 예정이죠?"

"마음 같아서야 레이지님과 함께 한 3~4년 정도 더 세상 구경을 하고 싶습니다만, 황폐화된 모국을 두고 마음 편히 돌아다닐 수만은 없는 노릇이죠."

순간 레이지의 시야가 흐려지더니 15년 전의 기억이 서서히 되살아나기 시작했다.

제이워드와 함께하고 싶었지만 모국을 위해 돌아가 버린 줄리앙의 아쉬워하는 표정이 선명하게 떠올랐다. 레이지가 눈을 감았다 다시 뜨자 예전 기억은 사라지고 원래의 회의장이 시야에 들어왔다. 하지만 줄리앙 대신 앉아 있는 오를레앙의 얼굴은 판박이였다.

"대신 제 결혼식에는 꼭 초대하겠습니다. 아마 그때쯤이면 아무리 저 같은 남자라도 한 송이의 장미에 정착했겠죠."

"그날이 오기를 기대하겠습니다. 반드시 참가하도록 하죠."

레이지는 미래에 있을 오를레앙의 결혼식을 떠올려 봤다.

교황을 처단하고 다시 찾아온 평화 속에서 한 쌍의 남녀가 성당 안으로 들어가는 장면과 많은 이들의 축복을 받으며 언약하는 모습이 순서대로 이어졌다.

하지만 그 둘에게 환호성과 박수를 보내는 이들 사이에 레이지의 얼굴은 존재하지 않았다. 애초에 이 미래를 위해 죽어 갈 사람이 바로 그이기에.

"꼭 오셔야 합니다! 예약석을 따로 마련해 둘 테니까요."

"네……."

그 뒤 레이지는 비공정과 엘번 섬을 돌아다니며 함께 행동했던 이들과 짧은 이야기를 나누었다.

유일하게 만나지 않은 이는 엘레노어였다. 그녀에게 떠넘긴 짐이 워낙 크다는 걸 알기에 별다른 이유 없이 만나기엔 부담스러웠다.

레이지는 엘번 섬 동쪽 해안가에 설치해 놓은 막사 안으로 들어갔다. 섬에 도착한 날부터 일부러 비공정이 아닌 이곳에 머무르는 이유는 의외로 간단했다. 철저하게 수련 그 자체에 몰두할 필요성을 느꼈기 때문이다.

한동안 다른 이들을 이끄는 입장에 있었던 터라 여러 모로 신경 쓸 부분이 많았던 것은 사실이다. 그러나 앞으로 남은 시간을 고려해 본다면 마지막 결전을 위해 더욱더 자기 자신을 강하게 만드는 방법만이 최선이다.

"흐음……."

레이지는 프로스트 엣지의 날 부분을 살피며 눈을 가늘게 떴다. 이곳에 오기까지 흠집 하나 없었던 마법 무기에 어느새 선명한 금이 길게 이어져 있었다. 단 일주일 사이 레이지의 혹독한 수련을 버티지 못해서였다.

"그러면 오늘도 시작해 볼까?"

바다 쪽으로 몸을 돌리자 레이지의 시야에 완전히 폐허가 되어버린 모래사장이 들어왔다. 막사를 중심으로 광범위한 지역이 초토화된 지 오래였다. 타나 남은 통나무들과 산산조각 난 바위들이 여기저기 흩어져 있었고, 큼지막한 구덩이 수백여 개가 파여져 있었다. 새까맣게 타버린 모래 위에는 레이지의 마법에 엉뚱하게 휘말려 죽은 갈매기들의 뼛조각이 즐비했다.

"하아앗!"

레이지가 오른손에 쥔 프로스트 엣지에 마나를 불어넣자, 푸른색 빛과 함께 차가운 공기가 주변으로 퍼져 나갔다. 죽어서 바다 위에 둥둥 떠다니는 물고기에 몰려들었던 갈매기들이 일제히 날갯짓을 하며 다급히 하늘로 날아올랐다.

Chapter 75
터닝 포인트

1

베르시아 신성력 1394년 10월 1일.

느린 속도로 하늘로 이동 중인 공중도시 바르디아가 졸다크 왕국의 국경선을 넘어선 지 5일째가 되었다. 그동안 두 번의 정화가 이루어졌고, 모든 것이 소멸된 대지 위에 교황이 직접 내려와 '축복'을 내렸다. 해당 지역의 죽음의 군대가 완전히 소멸되자 바르디아에 있던 신도들은 환호성을 지르며 자신들의 믿음이 계속해서 기적을 이루어냈다는 자부심에 가슴이 벅찼다.

"후후후……"

교황 안드레아의 웃음소리가 대성당의 지하 강당 안에서 잔잔하게 울려 퍼졌다. 그는 거대한 마나 코어 옆에 설치한 수정구를 통해 바르디아 바로 밑에서 건설 중인 '또 하나의 성지'를 살펴보면서 흡족한 표정을 지었다.

"이번에도 아무런 문제 없이 진행되는군. 아주 좋아."

예전 교황령의 경우와 흡사하게, 교황은 케이서스 공화국과 졸다크 왕국에 각각 새로운 '성지'를 지정해 피난민들을 위한 도시 건설을 지시했다. 많은 이들이 자신들도 돕겠다며 거액의 헌금을 모았지만 교황은 마음만으로 충분하다며 거절하고 교단의 돈으로만 도시건설을 완성시키겠다고 약속했다.

새로운 낙원을 찾아 몰려든 사람들은 교황을 칭송하며 독실한 신도로 거듭났다. 그리고 많은 이들이 새롭게 건설된 성지의 경비 역할을 자청했고, 교황은 이런 자들에게 성전사(聖戰士)라는 칭호를 하사했다.

"멀리 내다볼 줄 모르고 그저 눈앞의 행복만 바라보는 한심한 것들……."

교황 안드레아는 회귀 전과 회귀 후의 시간대를 두루 거치면서 100년이 넘는 인생을 살았다. 그 기나긴 시간 동안 그가 느낀 것은 인간이란 보잘 것 없는 존재에 불과하며, 그 존재에 자신이 포함된다는 사실에 증오심마저 느꼈다. 이는 신이 될 수 있는 방법을 발견한 이후에 급속도로 커져 갔다.

그러나 그는 현명하게 그 증오를 겉으로 드러내지 않았다. 목적을 이루기 전에 미리 적을 만들어봤자 계획에 차질이 생길 뿐이며, 이는 이전 시간대를 겪으며 얻은 교훈이었다.

대신 대외적으로 철저하게 '교황'의 입지에서 행동했다. 그리고 인간으로서 벗어나기 힘든 여러 욕망의 유혹을 그는 쉽게 벗어났다. 엄청난 금은보화, 아리따운 여인들, 그 누구도 우러러볼 수밖에 없는 지위 모두 그에게 아무 의미 없었다. 어차피 신이 된다면 손쉽게 얻을 수 있는 것들에 불과하다.

"이제 다른 지역에도 똑같이 인간들을 모아 놓은 뒤 대정화를 시도하면 돼. 신이 될 날도 머지않았어."

하지만 말과 달리 그의 표정은 살짝 일그러져 있었다. 이제까지 실수 한 번 없이 일이 진행된 건 아니지만, 2년 전부터 갑자기 모습을 드러낸 제이워드의 제자 레이지의 행보가 유달리 그의 심기를 거슬렸다. 특히 공중도시 바르디아와 함께 상공을 가로지를 수 있는 '비공정'을 소유했다는 사실만으로도 큰 변수로 작용할 수 있다.

"샤를로트, 그리고 제이워드에 이어서 레이지란 놈까지……. 절대 가만 놔둘 수 없어. 무엇보다 그 두 배교지와 함께하고 있는 이상, 나의 진짜 목적은 모르더라도 앞을 가로막을 것은 뻔해."

현재 발렌시아 왕국은 급속도로 늘어난 죽음의 군대로 인해 혼란 상태이고, 길레터 왕국의 경우 다시 한 번 사절단을 보내 전면적인 협력을 약속받은 상태이다. 그 외 대부분의 국가들은 하루라도 빨리 공중도시 바르디아가 자신들의 영토로 와주길 학수고대 중이었다. 단, 페르디어스 왕국의 경우 지형적 특색 때문에 죽음의 군대가 접근하기 힘들어 아직 영향권에 들어가진 못했다.

"지난번에는 부하들이 멍청하게 대응한 탓에 보고만 있었지만, 지금은 달라. 대륙의 유일한 희망으로 떠오른 내 말을 거부할 수는 없을 테니까!"

그는 이제 맘만 먹는다면 자신에게 있어서 유일한 불안요소인 레이지를 모두의 적으로 돌려세울 수 있는 입장에 섰다.

"레이지, 너 역시 너의 스승들이 왔던 길을 그대로 걸어가게 될 것이다. 어디까지 버틸 수 있을지 기대가 되는군. 후후후……."

2

베르시아 신성력 1394년 10월 10일.

"휴우……."

레이지는 길게 숨을 내쉬면서 오른손에 쥐고 있던 프로스트 엣지의 검끝을 천천히 아래로 내렸다.

그는 두 눈을 감고 불안정해진 마나의 흐름에 몸을 맡겼다. 프로스트 엣지에서 뿜어져 나오는 푸른색의 빛이 맥박에 맞춰 강해졌다 약해졌다를 반복했다. 최대한 마나의 움직임을 균일하게 유지하려던 기존의 방식과는 대조적이었다.

레이지는 오른손을 허리에 가져가더니 베이그란트의 서를 살짝 집었다. 그러자 체내의 마나량이 급증하면서 마나의 고저차가 훨씬 증폭되었다. 검신을 휘감은 오러가 강렬하게 솟아올랐다가 간신히 검을 감쌀 정도로 작아지기를 반복했다.

'평균적인 위력을 따지자면, 평소처럼 마나를 안정시킨 상태보다 확실히 약해. 그러나 가장 위력이 상승했을 때를 기준으로 삼으면 기존보다 두 배는 강해진 느낌이야.'

예전 제이워드일 때 복수의 대상은 제국이라는 거대한 집단이었으므로 특정 인물 한 명에 분노가 집중되진 않았다.

하지만 이번에는 다르다. 교황 안드레아라는 인물 한 명에 대한 살의가 극에 달한 만큼, 만약 그와 마주했을 때 이전처럼 냉정함을 유지하기란 불가능하다고 판단했다.

'분노가 마나의 안정을 붕괴시킨다면, 억지로 평정심을 유지하느라 힘을 소모하기보단 그 상황에 익숙해져야 해. 그렇다면 엘레노어에게 부탁했던 그 마법을 사용할 때에도 훨씬 더 강력한 위력을 보여주겠지.'

이전까지 그가 유지했던 마나가 잔잔한 호숫가라고 본다면, 엘번 섬에 온 이후론 높이 솟구쳤다 사라지는 파도와 같왔다.

'떠올려 보자. 내가 가장 분노해야만 하는 상황을⋯⋯.'

레이지는 개인 수련을 하기 전, 가르시아를 찾아가 이전 시간대의 가장 마지막 장면에 대해서 상세한 설명을 부탁했다. 이야기를 듣는 쪽이나 하는 쪽이나 담담한 자세였지만, 시간이 흐를수록 레이지의 마음속에선 격렬한 폭풍이 몰아치기 시작했다.

두 눈을 감은 레이지의 머릿속에 샤를로트의 얼굴이 서서히 떠오르더니 선명하게 자리 잡았다. 제국과의 전쟁을 위해 떠나기 전, 마지막으로 봤던 얼굴이 아닌 가르시아가 진실을 밝힐 때 그림으로 보여주었던 '이전 시간대'의 모습이었다.

안드레아의 헛된 야망을 저지하기 위해 모여든 네 명의 남녀가 허망하게 쓰러진 장면이 연상되자 검자루를 쥔 레이지의 오른손에 핏줄이 도드라지게 튀어나왔다. 안드레아의 마법에 압도되어 피를 토해내는 샤를로트의 고통 어린 표정을 떠올리자 두 팔이 부들부들 떨리기 시작했다.

불안정했던 마나의 흐름이 더욱더 격렬해지면서 프로스트 엣지를 감싼 오러가 원래의 푸른색이 아닌 붉은색으로 바뀌었다 원래대로 돌아가기를 반복했다.

'그때 만약 내가 살아 있었다면!'

레이지는 이전 시간대의 자신이 허무하게 죽었음을 자책하며 스승 샤를로트가 수십 년 넘게 가슴에 품었을 복수심마저 자신의 감정으로 흡수하기 시작했다. 항상 냉기를 품고 있던 프로스트 엣지가 원래의 성질을 완전히 잃어버리고 불길 속에서 오러를 뿜어내고 있었다.

"크윽!"

레이지는 가슴을 움켜쥐며 오른쪽 무릎을 꿇었다. 심장을 관통하는 듯한 고통이 연달아 이어지며 이마에 땀이 주르륵 흘러내렸다. 하지만 그는 마나의 순환 자체만큼은 계속 유지하면서 이를 악물었다. 만약 제어에서 벗어난 마나가 몸 밖으로 발산되어 빠져나가 버린다면, 예전 '진짜' 레이지가 쓰러졌던 원인이었던 '마나 컨트롤'의 실패로 이어지기 때문이다.

"으아아악!"

머리가 깨질 듯한 두통과 함께 레이지의 입에서 비명이 터져 나왔다. 그러나 레이지는 극심한 괴로움 속에서도 정신을 잃지 않고 '자신이 보지 못했던' 스승의 마지막 모습을 떠올렸다.

'이 정도 고통쯤이야……! 복수의 완성을 눈앞에 두고 쓰러졌던 스승님에 비한다면!'

레이지는 어금니를 악물더니 굽혀진 무릎을 천천히 피며 일어섰다. 입가에서 흘러내린 피가 모래 바닥 위에 툭툭 떨어졌다.

그렇게 10여 분이 흐르자 불규칙한 움직임을 보여주던 오러가 서서히 사그라들었다. 역동하던 마나의 흐름도 원래대로 돌아갔다.

레이지는 프로스트 엣지를 쥐고 있는 오른손을 유심히 살폈다. 화상을 입은 것처럼 붉게 달아오른 피부 위에 그을음이 덕지덕지 묻어 있었다.

시선을 앞으로 돌리자 새까맣게 탄 자국이 직선 형태로 길게 이어져 있었다. 프로스트의 엣지의 검끝이 가리키는 방향과 일치했다. 200미터나 넘게 이어진 그을음 자국을 보며 레이지는 적지 않게 감탄했다.

"그동안 노력한 성과가 드디어⋯⋯."

사실 기존의 마나 운용 방식을 써도 이 정도 위력을 발휘하는 건 그리 어렵지 않다. 마법으로 구현한다면 훨씬 더 강력하며 워락의 기술로 응용해도 마찬가지다.

하지만 지금은 그저 마나를 불안정하게 흩뜨리며 오러를 구현한 것에 불과하다. 그럼에도 이렇게 위력이 증가했다는 의미는 마법과 융합시킬 경우 훨씬 더 강한 힘으로 재탄생할 수 있다는 걸 시사했다.

"하지만 역시 몸에 부담이 너무 커. 프로스트 엣지도 간신히 버티는 수준이고."

마나 운용에 대한 지식은 제이워드였을 때의 경험을 그대로 물려받았지만, 마나를 담고 있는 그릇은 아직 스무 살도 안 된 레이지의 육체다. 수십 년간 마나를 운용했던 제이워드의 육체라면 훨씬 더 쉽고 고통을 유발하지 않고 전환할 수 있었음은 분명하다. 하지만 그럴 경우 오러를 구현할 수 없다는 단점을 무시할 수 없다.

"한 번 더 시도해 볼…… 흐음?"

레이지는 머리 위에 드리워진 그림자를 확인하고 고개를 위로 들어 올렸다. 비공정에서 날아온 한 기의 와이번 라이더가 레이지 위에서 맴돌며 천천히 하강을 준비 중이었다.

3

"아! 오셨군요."

먼저 회의실에서 기다리고 있던 오를레앙은 레이지를 보자마자 자리에서 벌떡 일어났다.

"이게 얼마 만입니까? 벌써 한 달이 훌쩍 지났습니다."

"그동안 전하께 잡다한 일을 떠맡겨서 죄송할 따름입니다."

사실 엘번 섬 내에 모두 머무르고 있었지만, 수련의 집중도를 높이기 위해 레이지는 홀로 섬 구석에서 지내며 타인과의 접촉을 피했다. 대신 비공정 내 관리를 오를레앙에게 맡겼다. 레이지를 만나기 전 발렌시아 왕국 내를 돌아다니며 업무를 담당했던 경험 덕택에 오를레앙은 계획된 일들을 비교적 수월하게 진행했다.

"전하의 얼굴을 보아하니 골치 아픈 일이 생긴 모양이로군요."

"어떻게 아셨습니까?"

"그야 진짜 급한 일이 아니면 절 그냥 놔두라고 말한 것도 있고, 슬슬 교황이 우리 쪽에도 손을 뻗을 시점이라고 예상했으니까요."

"되도록 저와 엘레노어님 선에서 해결해 보려고 했지만, 상당히 중요한 안건이라 레이지님을 빼놓을 수 없었습니다."

"어차피 너무 자리를 비워둘 수 없었으니 크게 신경 쓰시지 않아도 됩니다. 부탁한 것이 잘 되어가나 확인도 할 수 있으니……."

레이지는 자신을 말없이 응시 중인 엘레노어를 흘낏 바라보았다. 두 눈썹 사이를 상당히 찡그리고 있는 것으로 보아 여전히 마음이 풀리지 않은 상태였다.

"우선 현재 동향을 알고 싶군요. 보나마나 교황은 신(新) 성지들을 넓혔겠죠?"

레이지의 물음에 오를레앙은 고개를 끄덕거렸다.

죽음의 군대로 인해 초토화된 지역을 정화로 소멸시킨 뒤, 살아남은 인간들을 거주시킬 수 있는 공간이 생겼다. 교단에서는 그 지역을 신(新) 성지라 일컬었다.

"현지 신 성지의 분포는 어떻게 됩니까?"

"확인된 것만 총 네 곳입니다. 교황령과 케이서스 공화국,

그리고 졸다크 왕국과 칼루아 왕국에 각각 하나씩 건설되었습니다."

"벌써 칼루아 왕국까지 정화가 이뤄졌습니까? 바르디아의 이동 속도라면 아직 이를 거라 생각했는데……."

"그건 아닙니다만, 교단 측에서 미리 인력을 파견하여 수도를 중심으로 건설했다는 정보를 입수했습니다. 정화가 지닌 단점을 최대한 감추려는 의도라 판단됩니다만, 레이지님도 같은 생각이십니까?"

"아무리 죽음의 군대를 소멸시키기 위한 방법이라 해도, 괜히 휩쓸려서 죽는 인간들을 아주 무시할 수는 없을 겁니다. 미리 안전지대를 확보한 뒤 사람들을 피신시키고 그 후에 정화로 대지를 불태우는 식이라면 더욱 지지를 얻을 수 있겠죠."

처음에 막대한 힘으로 겁을 준 뒤, 안전한 보금자리를 제공해 주면서 자연스레 인간들이 한 곳에 밀집되도록 유도한다. 그 다음부터는 미리 성지를 건설해서 더 많은 인구를 수용하도록 이끄는 것이 교황의 계획이었다.

인간이란 보기보다 끈질긴 생존력을 지니고 있기에 정화로 인해 초토화된 지역에 극소수가 살아님을 가능성은 다분하다. 그렇기에 한 곳에 밀집해 모여들게 한 뒤 어떤 이유를 대서든 소멸시키는 게 확실한 방법이다.

"아마 이런 식으로 시간이 지나면 각 지역 별로 신 성지가 하나씩 생성될 것입니다. 그리고 대륙의 정화가 모두 끝난 이후엔……."

"안전하다고 여긴 성지가 죽음의 대지로 바뀌겠죠. 교황의 목적은 자신을 제외한 모든 인간의 죽음일 테니. 진짜 골치 아픕니다. 에휴……."

오를레앙 역시 교황이 다음에 취할 행동을 예측하고 있었다. 문제는 알면서도 어떻게 해결할 방법이 딱히 없다는 점이다.

발렌시아 왕국의 경우 교단이 제멋대로 지정한 성지 대신 수도를 과감히 개방해 피난민들을 수용하려 했다. 하지만 수도에서 멀리 떨어진 인구는 둘째 치더라도, 신 성지의 안정성이 널리 퍼진 상태라 위험을 무릅쓰고 타국의 성지로 떠나는 국민들이 적지 않았다. 무엇보다 세금을 한 푼 내지 않아도 신 성지에 머무를 수 있다는 달콤한 유혹에 수도 안의 국민들까지 몰래 떠나는 형국이었다.

'대가 없는 행복은 언젠가 닥칠 불행을 암시하게 마련이야. 왜 그걸 모르는 것일까?'

레이지는 인간들의 우둔함에 고개를 가로저었다. 인간의 본성이 가장 적나라하게 드러나는 전쟁을 오랫동안 겪은 터라 생각하면 할수록 어리석게만 보였다.

어차피 그의 목적은 사람들을 구하는 데 있지 않다. 단지 그의 목표가 결과적으로 수많은 인간들을 구할 뿐이다.

"하지만 그것보다 훨씬 더 골치 아픈 일이 있는 것 같은데, 틀립니까?"

"맞습니다."

오를레앙은 의자의 등받이에 양팔을 걸치고서 길게 한숨을 내쉬었다.

"일주일 전 교단 측으로부터 서한이 도착했습니다."

"역시 이쪽으로 마수를 뻗었군요. 구체적인 내용은?"

"현재 죽음의 군대로 더럽혀진 대지를 정화하는 과정에 있어서, 비공정을 소유한 레이지님의 협조를 부탁했습니다. 그와 동시에 배교자 두 명의 신변인도를 요구했습니다."

오를레앙은 탁자 위에 놓여 있는 편지를 집어 레이지에게 건넸다. 레이지는 편지를 단번에 쓰윽 읽더니 아무렇지 않게 등 뒤로 휙 던져 버렸다

"협조와 요청이라, 말만 그럴싸하군요. 명령과 강요로 바꿔야 할 것 같습니다."

단어 자체는 정중한 것들로만 골라 썼지만, 어조는 이전 길레터 왕국 때와 달리 강압적이었다. 그만큼 교황 스스로가 현재 입지에 대해 강한 자신감을 지니고 있다는 증거였다.

"참고로 열흘 전부터 대규모 선단이 다르한 항구에 정박 중이라고 보고 받았습니다. 정찰 도중 들켜서 다급히 돌아온 탓에 병력 전부를 파악하진 못했지만, 선박 수만 따진다면 100여 척 가까이 된다고 합니다."

"흐음, 확실히 많은 수이지만 그 배들로 엘번 섬을 포위한다 한들 하늘로 도망치면 그만 아닙니까?"

그렇다면 교황이 노리는 건 의외로 간단하다.

어차피 레이지가 자신이 제시한 조건에 응하지 않을 거라 판단하고, 도망치는 모습을 많은 이들에게 보여 공식적인 교단의 적으로 몰아세울 작정이라는 의미다.

"레이지님, 어떻게 하시겠습니까?"

오를레앙의 물음에 레이지는 입을 다물고 생각에 잠겼다.

'지금은 일단 물러서서 기회가 찾아오기를 기다릴까? 아니면 무리라는 걸 알면서도 밀어붙여야 할까?'

도망 자체는 그리 어렵지 않다. 단, 그 이후 비공정만 믿고 싸워야 한다는 부담을 안고 가야 한다. 어쩌면 발렌시아 왕국의 원조도 끊길 가능성이 농후하다.

하지만 오래 고민할 이유는 없었다. 어차피 하루를 고민하든 한 달을 고심하든 결론은 두 가지 중 하나밖에 도출되지 않으니까.

"교단 측이 제시한 부탁과 요청 모두 수락할 수 없습니다. 가능한 한 저희나 교단 측 모두 피해 없이 엘번 섬을 조용히 떠나는 쪽이 최선의 방안이라 볼 수 있습니다."

"괜찮겠습니까?"

"다르한 항구와 엘번 섬과의 거리는 그리 멀지 않습니다. 어쩌면 거의 근접했을지도 모릅니다. 요 한 달간 기후가 워낙 좋아서 이동하는 데에 무리도 없었고요. 비공정의 보강 작업은 어디까지 진척되었습니까?"

"3일 전에 모두 끝났습니다. 그 남자 덕분에 예정보다 훨씬 빨리 끝났다며 펠튼님이 감탄하실 정도더군요."

"마리에타님의 수련 진척도는 어느 정도입니까?"

"아, 전 마법에 대해서는 잘 모르니……."

오를레앙은 오른손을 옆으로 내밀며 엘레노어를 가리켰다.

그녀는 말없이 손을 까닥거리며 오를레앙에게 밖으로 나가라고 지시했다.

4

문이 닫히며 레이지와 엘레노어 단둘이 회의실 안에 남게 되자 방 안의 공기가 급속도로 무거워졌다.

10분 넘게 침묵이 이어지며 두 남녀는 서로를 바라보기만 할 뿐 입도 뻥긋하지 않았다. 결국 내내 인상을 쓰고 있던 엘레노어 쪽이 먼저 입을 열었다.

"너, 도대체 그동안 무슨 짓을 한 거야?"

"뭘?"

"시치미 떼봤자 소용없어. 마나의 흐름이 완전히 엉망진창이잖아."

엘레노어의 지적에 레이지는 쓴웃음을 지으며 오른손 집게손가락을 세웠다.

"잘 봐."

화르륵!

말이 끝나기 무섭게 가느다란 불길이 손가락을 휘감았다. 그리고 천장에 닿을 정도로 확 커졌다가 빠르게 사그라들었다. 엘레노어는 갑자기 자리에서 벌떡 일어서더니 레이지의 앞으로 다가갔다.

"너, 지금 소모한 마나량으로 저 정도 위력을 낸 거야?"

"단 1초 정도에 불과하지만 이제까지의 마나 운용 방식에 비하면 순간적인 화력만큼은 비교가 불가능하지."

"그래서 일부러 마나의 흐름을 망가뜨린 거야?"

"그래. 평균적인 위력은 오히려 감소했을지 몰라도, 가장 강한 순간의 위력은 기존보다 배 정도는 된다고 봐. 만약 네가 완성했을 마법을 이 방식으로 구현한다면…… 그 어떤 생명체도 살아남을 수 없을 거다. 상대가 듀얼 클래스든 트리플 클래스든 간에."

"하지만 그런 방식으로 계속 마나를 운용하면 몸이 망가진다고! 설마 모르고 그러는 건 아니겠지?"

"잘 알고 있어. 실제로 꽤 고통스럽거든."

레이지는 왼쪽 눈을 살짝 찡그린 채 거칠게 변한 마나의 흐름을 천천히 원래대로 되돌렸다.

"하지만 말이야, 이렇게라도 뭔가 활로를 모색하지 않으면 정화라는 이름하에 모두 죽고 말거라고. 안 그래?"

레이지는 방금 전 불길로 인해 뜨겁게 달아오른 오른손을 펼치더니 엘레노어를 향해 내밀었다.

"정 그 마법을 익혀야겠어?"

"그렇다는 이야기인즉, 완성했다는 의미로군."

"그래."

엘레노어는 탁자 위에 올려놨던 두루마리의 매듭을 풀더니 쫙 펼쳤다.

그러자 봉인되었던 마나가 발산되기 시작하더니 두루마리에 적혀 있는 룬 문자가 하나씩 빛을 발하며 문장을 이루었다.

"내 평생 이렇게 고통스럽고 슬펐던 적은 없었어. 지금이라도 늦지 않았으니 포기해. 제발 부탁이야."

엘레노어는 레이지의 두 손을 꼭 붙들며 애원했다.

레이지의 머릿속에 자연스레 제이워드였을 때의 기억이 떠올랐다. 그녀가 스스로 제이워드 돌격부대를 떠나기 전날 밤 보여주던 눈빛과 똑같았다.

레이지는 입을 굳게 다물고서 허리에 찬 베이그란트의 서를 풀더니 탁자 위에 턱하니 올려놨다.

"이게 너의 대답이야?"

"난 나 하나를 희생해서 모두를 살린다는 고귀한 생각 따원 하지 않아. 어디까지나 완전한 복수를 위해 움직일 뿐이지. 나 하나의 목숨으로 그걸 이룰 수 있다고 판단한 것에 불과해."

레이지는 베이그란트의 서를 펼쳤다. 그러자 두루마리에 적혀 있던 룬 문자들이 일제히 공중에 떠오르더니 한 글자씩 빈 페이지에 새겨지기 시작했다.

"뭔가 이상해. 다들 살기 위해 안간힘을 쓰며 노력 중인데 너 혼자만 죽음을 향해 달려가고 있어."

"생각해 보면 20년이 넘는 시간 동안 네 곁을 떠나간 이들이 무수히 많았지. 이제 내 차례가 온 거야."

분노를 힘의 원천으로 삼아 수련하던 때와 정반대로 냉정함만이 묻어나오는 레이지의 대답에 엘레노어는 더 이상 말을 잇지 못했다.

"내일 날이 밝는 대로 비공정을 가동시키겠어. 그 전까지 난 내 방에서 눈 좀 붙일 테니 나중에 봐."

레이지는 베이그란트의 서를 집어 들고서 자리에서 일어서려다가 멈췄다. 엘레노어의 가느다란 손가락이 그의 왼손을 붙들고 놓아주지 않았다. 잠시 후, 레이지의 손이 미끄러지듯 빠져나갔다.

레이지가 회의실을 나간 후, 문 밖에서 기다리고 있던 페일이 혀를 차며 안으로 들어왔다.

"분위기 한번 가관이네."

엘레노어는 이를 악물고서 고개를 푹 숙이고 있었다.

레이지에 대한 안타까움 때문이 아니라, 죽을 각오까지 하며 복수에 매진하는 그를 말리지 못한 자기 자신에 대한 분노였다.

"결국 그 녀석, '그 마법'을 가지고 갔지?"

"네⋯⋯."

"막상 오래 살고 싶어도 제한이 걸린 나 같은 인간이 있는 반면, 아직 스무 살도 안 된 주제에 죽고 싶어 안달이 난 놈도 있으니⋯⋯."

엘레노어가 처음 그 마법에 대해 말을 꺼냈을 때 페일은 레이지가 미친 거 아닌가 의심했다.

목숨을 버릴 각오로 증오에 휩싸인 인간은 그리 드물지 않다. 하지만 진짜 목숨을 대가로 발동되는 마법을 구현하는 것과는 성질이 다르다.

페일은 손을 벽에 대고 룬 문자를 짧게 읊었다. 그러자 회의실 전체가 반짝 빛나더니 걸려 있던 마법이 해제되었다.

"굳이 음성 제거 마법까지 펼쳐 놓을 필요가 있었어? 저 녀석이 무슨 마법을 요구했는지 다 알고 있는 판국에⋯⋯."

"⋯⋯."

"네가 정 말하지 않겠다면 더 이상 캐묻지 않겠어. 난 골치 아픈 일에 휘말리는 건 질색이야. 그나저나 네가 요청한 대로 고치긴 했는데, 정말로 괜찮겠냐?"

"그를 희생시키는 것보단 차라리 이쪽이 나아요."

"직접 그 마법을 구동시키지 않는 이상 들킬 가능성은 거의 없을 거다. 나름 철저하게 위장해 놨거든."

"그가 죽음을 피하려 하지 않는다면 차라리 제가 받아들이겠어요."

예전과 성격이 많이 달라지긴 했지만, 레이지가 마음속 깊은 곳에 품고 있는 대상이 스승 샤를로트라는 사실에는 변함이 없었다.

그럼에도 엘레노어는 그를 버릴 수 없었다. 결국 그녀는 레이지가 요구한 마법의 조건을 살짝 뒤틀기에 이르렀다.

"저 녀석이 네가 사랑했던 제이워드의 제자라는 건 잘 알겠어. 하지만 그렇다고 네가 희생될 이유는 어디에도 없잖아? 설마 그 녀석과 제이워드를 동일시해서 보는 건 아니겠지?"

"더 이상 말하지 마세요. 묻더라도 절대 대답하지 않을 테니까요."

엘레노어는 눈가를 쓱 훑더니 페일과 눈이 마주치지 않도록 고개를 옆으로 돌리고서 스쳐 지나갔다.

두 사람이 사라졌음에도 회의실 안 공기는 여전히 무거웠다. 페일은 여송연을 꺼내 입에 물고선 영 마음에 안 든다는 표정을 지었다.

'아무튼 여자들이란 이해할 수 없어. 엘레노어는 그렇다치더라도 그 아가씨마저 똑같은 부탁을 하다니 말이야. 덕분에 사이에 낀 나만 골치 아프게 되었잖아. 쩝…….'

5

다음 날.

해가 떠오르는 순간에 맞춰 이륙한 비공정은 한 달 넘게 머물던 엘번 섬을 떠나 바다 위를 가로질렀다.

함장실 내의 전광판에는 백여 개에 달하는 점이 반짝거리며 레이지의 신경을 곤두서게 했다. 비공정을 제어 중인 메이드들의 보고가 연달아 이어졌고, 제어판을 두들기는 페일의 손가락은 더욱 빨라졌다.

컨디션이 좋지 않아 자신의 방에서 쉬고 있는 엘레노어 대신 오를레앙이 함장석에 앉아 비공정을 지휘하고 있었다.

"감시망 밖으로 벗어난 표식은 대부분 선박이겠고, 점점 다가오는 점들이 문제로군요."

"십중팔구 와이번 라이더들임이 분명합니다."

드래곤과의 대결 당시 보여주던 어리버리한 모습은 거의 사라졌다. 대신 엘레노어처럼 단독으로 결정할 판단력은 없었기에 옆에 서 있는 레이지에게 계속 물어보는 중이었다.

"빠른 속도로 접근 중인 대상 중 네 개를 임의로 선택해 전광판에 4분할하여 출력하도록."

"알겠습니다!"

오를레앙의 지시에 제어판을 두들기는 소리가 더욱 빨라졌다. 그리고 3분 뒤에 상공을 가로질러 날아오는 와이번 라이더 4기의 모습이 출력되었다.

"팰컨 왕자? 직접 나선 건가?"

오를레앙은 전광판 왼쪽 하단에 출력된 인물을 뚫어져라 쳐다보며 얼굴을 찡그렸다.

"레이지님, 저놈만 오러 캐넌으로 추락시키면 안 되겠습니까?"

"저도 마음 같아서 그러고 싶지만 워낙 빨라서 애초에 불가능합니다."

"오러 캐넌을 연발로 쏠 수만 있다면 당장에 끝내 버리는 건데, 쩝."

오를레앙은 팔짱을 끼더니 영 못마땅하다는 표정으로 전광판에 표시된 팰컨 왕자를 노려볼 뿐이었다.

반면 레이지는 팰컨 왕자와 같은 와이번을 타고 있는 여성에 주목했다. 처음에는 각도상 얼굴이 보이지 않아 누구인지 몰랐지만 이내 알아챘다.

"세리타?"

순간 쉐스는 읽던 마법서를 바닥에 떨어뜨리며 두 눈을 크게 떴다.

"무사했구나! 정말로 다행……."

하지만 쉐스는 단순히 기뻐할 상황이 아님을 파악하고 하던 말을 멈췄다. 이 시점에서 그녀가 교황 쪽에 붙은 와이번 라이더와 동행했다는 의미는 그리 좋은 쪽으로 해석되기 힘들다.

'보아하니 인질은 아니겠고, 그렇다면 협력하는 척하며 교단에 머무르고 있는 걸까?'

레이지는 만류에도 불구하고 세리타가 자진해서 성지로 돌아간 시점부터 다시 만날 가능성이 없다고 판단했다. 교단 입장에서 감춰야 할 일들을 목격한 이상, 감금당하거나 희생양으로 쓰일 가능성이 높았다. 하지만 직접 만나보지 않은 이상 어디까지나 추측에 불과하다. 확실한 사실 하나는 일이 예상보다 복잡하게 돌아간다는 것뿐이었다.

"레이지님, 그냥 따라오도록 놔둘까요?"

전광판에 표시된 와이번 라이더의 수는 총 10기에 달했다.

그중 팰컨 왕자의 와이번만이 유독 비공정과의 거리를 좁히며 다가왔다. 아무리 자만심이 넘쳐나는 팰컨이라 하여도 비공정을 상대로 단독 공격을 감행할 정도의 바보는 아니기에 다른 의도가 있음을 레이지는 알아챘다.

"그냥 놔두십시오."

하지만 오를레앙은 여전히 불안을 감추지 못하고 전광판에서 시선을 떼지 못했다. 이전에 한 번 호되게 당한 경험이 있었던 터라 무슨 수작을 꾸밀지 골머리를 앓았다.

"……!"

전광판에 출력된 팰컨의 오른손에 스피어가 쥐어지자 오를레앙은 침을 꿀꺽 삼켰다. 다른 이들 역시 잔뜩 긴장한 채로 전광판을 주시했다. 단 한 명, 레이지만이 다음에 이어질 장면을 예상하며 피식 웃을 따름이었다.

포스에 휘감긴 팰컨의 스피어가 대각선을 그리며 비공정을 향해 날아왔다. 주변에 펼쳐져 있던 마나의 장벽을 뚫은 스피어가 비공정 갑판 한복판에 박히며 부르르 떨었다.

"제가 나가보겠습니다."

"레, 레이지님! 함정일지 모릅니다!"

"그렇다면 제 운명이겠죠."

레이지는 함장실을 나와 갑판 위를 천천히 걸어갔다. 갑판 아래로 절반 이상 박힌 스피어를 한 손으로 쑥 뽑아내더니 옆에 매달려 있던 두루마리를 펼쳤다.

허겁지겁 뒤따라온 오를레앙은 말을 걸기 위해 레이지의 어깨에 손을 내밀었다가 그대로 굳어버렸다.

"무, 무슨… 일입니까?"

레이지가 잠깐 옆으로 고개를 돌렸을 때 보여준 표정은, 이제까지 단 한 번도 본 적이 없었던 분노 그 자체였다. 오를레앙은 놀란 나머지 자신도 모르게 제자리에 털썩 주저앉았다.

"놀라셨습니까?"

레이지의 어조 자체는 평상시와 하등 다를 바 없었다.

하지만 그의 흐트러진 마나가 주변에 퍼지면서 만들어내는 분위기는 숨이 막힐 지경이었다. 오를레앙은 엉덩방아를 찧은 채로 뒤로 슬금슬금 물러섰다.

"별거 아닙니다. 교황이 마지막 경고문을 보낸 것에 불과합니다."

레이지는 두루마리를 뒤로 휙 집어 던졌다.

정확히 자신 앞에 떨어진 두루마리를 집어 든 오를레앙은 레이지의 눈치를 보면서 내용을 읽어 내려갔다.

……죽음의 군대가 성스러운 대지를 뒤덮고 있는 지금, 이 사태를 불러일으킨 배교자 베아트리체와 가르시아와 당신이 은밀하게 접촉 중이라는 이야기를 들었다. 나는 베르시아 교단을 대표하는 교황의 입장으로 레이지 그대와 비공정에 탑승한 모든 이들에게 당장 성지로 찾아와 진실을 밝힐 것을 권고하는 바이다. 만약 그대가 내 부름에 응하지 않는다면 스스로 죄인임을 인정한다고 판단하여 인류의 적으로 공표할……

오를레앙은 두루마리에 적힌 경고문을 모두 읽고선 어이가 없다는 표정으로 고개를 들어 올렸다. 어느새 오를레앙 쪽으로 몸을 돌린 레이지의 입가에 엷은 미소가 자리 잡고 있었다.

"별거 아닌 내용인데 놀라게 해드린 점 죄송합니다."

"별게 아니라니요……. 이건 대놓고 우리들을 모두의 적이라 지칭한 거나 마찬가지 아닙니까?"

교황의 친필로 작성된 문장의 어조는 마치 자신이 모두의 왕이라도 된 듯한 오만함을 고스란히 드러냈다.

"두렵습니까?"

"그런 문제 이전에 갑작스레 고자세로 나와서 얼떨떨할 뿐입니다. 예상은 했지만 이렇게 빨리 강경하게 나올 줄은 몰랐습니다."

오를레앙은 레이지가 내민 손을 붙잡고 자리에서 일어났다. 방금 전 표출한 우려와는 별개로 표정 자체는 두려움이란 찾아볼 수 없었다.

"최소한 제 조국인 발렌시아 왕국을 초토화시킨 이후라고 생각했습니다. 그만큼 자신의 힘에 자신감을 가졌기 때문일까요?"

"광범위한 지역을 초토화시킬 수 있는 '정화'를 손에 거머쥐었으니 더 이상 무서울 게 있겠습니까?"

레이지는 시선을 위로 올리더니 팰컨 왕자의 와이번이 있던 자리를 응시했다. 하지만 이미 시야에서 사라진 지 오래였다.

"하지만 '인류의 적'을 상대로 이렇게 조촐한 병력이라니, 웃기지도 않습니다."

"굳이 지금 저희들을 치는 것보다 마지막 아량을 베푼다는 뉘앙스를 풍기려는 의도겠지요?"

"네, 현재 자신의 영향력이 어느 정도인지 과시할 목적이었을 겁니다. 만약 진짜로 이 자리에서 승부를 볼 작정이었다면 비공정을 상대로 저렇게 많은 배를 동원하는 것 자체가 무의미합니다. 이건 맛보기에 불과하다는 경고임이 분명합니다."

레이지는 전광판이 와이번 라이더를 보여주기 전, 함선들을 비출 때 펄럭이던 각 나라의 깃발들을 하나씩 살펴봤다.

그중 길레터 왕국의 깃발도 포함되어 있었다. 발렌시아 왕국과 페르디어스 왕국을 제외한 거의 대부분의 국가가 자의든 타의든 간에 교단과 손을 잡았다는 명백한 증거였다.

"아무튼 입장이 상당히 곤란하게 되어버렸군요."

"후회되십니까? 전하."

"얼마 전까지만 하더라도 구세주로 불리다가 돌연 인류의 적이 되어버리니 어이가 없을 뿐입니다. 어차피 교황의 야망이 점점 현실화될수록 다들 진실을 깨닫겠죠?"

"깨닫지 못하면 죽을 뿐입니다."

레이지는 선수 부근으로 걸어간 뒤 팔짱을 끼고 바다를 내려다보았다.

'인류의 적이라, 기분이 나쁘기 보단 신선한 느낌인데?'

교황의 목적은 스승 제이워드의 유지를 이어받은 레이지로 하여금 더 이상 싸울 당위성을 제거하는 데에 있었다. 그런 의미에서 베릭쿠스의 잔당을 신의 이름으로 용서하며 받아들였고, 배교자로 알려진 두 사람과 동행 중이라는 약점을 파고들기로 작정했다.

하지만 레이지의 목적의식을 흐트러뜨리기엔 역부족이었다. 오히려 교황이 본격적으로 마수를 뻗으면서 레이지가 택한 새로운 힘의 근원인 '분노'를 부추기는 역할을 해버렸다.

'네가 모두를 죽임으로서 신이 되려고 한다면, 난 나 자신을 죽임으로 너의 야망을 반드시 막아내고 말겠다. 스승님이 이루지 못한 진정한 복수도 함께!'

Chapter 76
비틀어진 신앙심

1

베르시아 신성력 1394년 10월 25일.

발렌시아 왕국 동남부에 위치한 몰티온 백작령은 크고 아
름다운 호수와 사시사철 우거진 숲이 만들어내는 경치로 잘
알려진 곳이다. 대륙 전쟁 당시에도 운 좋게 전란의 피해를
입지 않았던 이곳이 신 성지로 지정된 이후 일주일이란 시간
이 흘러갔다.

"불태워라!"

"배교자에게 죽음을!"

몰티온 성 정문에 설치된 화형장에 몰려든 주민들의 목소

리가 울려 퍼졌다. 그들의 입에서 저주와 욕설이 끊이지 않고 계속 이어졌다.

"크윽……."

성의 지배자 몰티온 백작은 만신창이가 된 몸으로 힘겹게 쉬고 있었다. 성지로 지정되기 전까지만 하더라도 죽음의 군대와 직접 맞서 싸우던 그가 지금은 화형대에 묶여서 죽음을 기다리는 입장이 되어버렸다.

"어디서부터… 잘못된 것이기에……."

숲을 완전히 점령하고 성 주변을 완전히 포위한 죽음의 군대와 맞서 싸울 당시엔 성내의 주민 모두가 합심해서 스스로를 지키는 데 앞장섰다.

하지만 갑자기 죽음의 군대가 알 수 없는 이유로 물러간 이후, 공중도시 바르디아에서 파견된 성직자들이 오자 성내 분위기는 묘하게 변하기 시작했다.

그들은 믿음으로 죽음의 군대를 몰아낼 수 있다고 설교했고, 교단에서 내리는 선물이라며 막대한 양의 식량과 의료품을 무상으로 배부했다. 오랜 시간 동안 전투에 시달린 주민들은 감격에 눈물을 흘리면서 성직자들과 교단을 떠받들었다.

그리고 그동안 죽음의 군대와의 전투로 인해 쌓였던 분노가 돌연 몰티온 백작을 향해 퍼부어졌다. 교단이 대륙 여기저기에 신 성지를 건설하는 의도에 의심을 품고 있던 백작을 제거하기 위한 교단 측에 음모였다.

자신의 사재마저 털어가며 죽음의 군대에 맞섰던 몰티온 백작은 광분한 시민들에게 이끌려 감옥에 끌려갔다. 3일 동안 아무것도 먹지 못하고 지독한 고문에 시달렸던 몰티온 백작은 옆 감방에서 윤간당하는 부인과 두 딸의 비명 소리를 듣고 모든 희망을 접었다.

　'신이라는 이름 하나만으로 저렇게 미칠 수 있다니⋯⋯.'

　그는 화형대 밑에 쌓아둔 짚더미에 불이 붙는 걸 보면서 깊게 한숨을 내쉬었다. 죽음에 대한 공포는 이미 잊은 지 오래였다. 오히려 광신도들이 만들어낼 지옥을 더 이상 보지 않아도 된다는 마음에 안도감까지 몰려왔다.

　"와아아아!"

　화형대에 묶인 몰티온 백작이 불길에 휩싸이자 광분한 주민들의 입에서 환호성이 터져 나왔다.

*　　　*　　　*

　"우민들이란 어쩔 수 없어. 안 그런가?"

　아크메이지 바르가스는 수십여 개의 불타오르는 화형대를 멀리서 바라보며 비웃었다. 옆에 서 있는 세리타는 아무런 대답도 하지 않고 화형장의 불길만을 응시했다.

　"어리석은 머리로 행동한다는 게 이제까지 자신들을 지켜준 은인을 어설픈 속임수에 홀려 태워 죽이는 거라니. 너처럼

시키는 대로 따라하는 시체가 훨씬 더 유용해. 끌끌끌……."

바르가스는 수염을 쓰다듬으며 성 주변을 둘러싸고 있는 호수를 바라보았다. 맑고 깨끗한 호수 아래에는 배교자로 몰려 물속에 내던져진 주민들의 시체가 가라앉아 있었다. 신이라는 이름의 광기에 휩싸인 이들이 자신과 다른 의견을 지닌 자들의 존재 자체를 거부했기 때문이다.

"발렌시아 왕국을 이 정도로 손 봐줬으니 나머지는 교황 나으리께서 알아서 하겠지. 다음 목적지는 어디라고 했나?"

"페르디어스 왕국입니다."

"이계인들을 조상으로 둔 왕국이라, 한 번쯤 가보고 싶은 곳이었지. 과연 어떤 힘을 지니고 있을지 기대되는구먼."

그가 추구하는 불멸의 육체에 도달하기 위해선 더욱 많은 실험체를 필요로 한다. 보통의 인간과 다른 제4의 힘 '포스'를 사용하는 인간이야말로 그의 지적 호기심을 자극했다.

바르가스의 발밑에 거대한 마법진이 떠오르더니 보라색 빛이 그와 세리타를 감쌌다. 그리고 빛이 사라짐과 동시에 두 사람의 모습 역시 자취를 감추었다.

2

레이지 일행이 페르디어스 왕국의 수도 베르오나 성을 4개월 만에 방문하자 성안의 시민들이 모두 나와 반가이 맞이하였다.

비공정 아래에 펼쳐진 마법진을 통해 레이지와 오를레앙, 그리고 트레이지가 공주가 베르오나 성 앞에 모습을 드러냈다.

"어느새 성이 원상복구되었군요."

오를레앙은 이전 드래곤의 출몰로 완전히 박살 났던 베르오나 성이 예전의 위용을 다시 되찾았음을 보고 감탄했다.

"아직 성 내부까지 완벽하게 복원되진 않았지만, 이 정도면 외부 세력을 막기엔 충분해 보입니다."

"역시 이곳에도 교단이 마수를 뻗을까요?"

"이미 발렌시아 왕국이 집중 공격을 받고 있는 이상, 다음 타겟은 정해진 것이나 마찬가지입니다."

"하아……."

발렌시아 왕국이 언급되자 오를레앙의 얼굴에 그림자가 드리워졌다. 페르디어스 왕국으로 이동하는 와중에 속속들이 보고된 내용은 그를 우울하게 만들기만 했다.

죽음의 군대가 발렌시아 왕국의 동쪽과 서쪽 양 방향으로 진군해 오는 가운데 몰티온 백작령에 건설된 신 성지에서 벌어진 비극은 흉흉한 분위기를 자아냈다.

"전 두렵습니다. 지금 저희들에게 쏟아지는 환호성이 언제 욕설로 바뀔는지……."

"전하께 이런 말씀을 드리긴 좀 그렇지만, 왕족 출신이니 그런 일에는 익숙하시지 않습니까?"

"수없이 많이 겪긴 했어도 익숙해지지 않습니다."

"저처럼 익숙해지는 쪽이 슬픈 겁니다."

레이지는 오를레앙의 어깨를 툭툭 치더니 돌연 정면을 향해 허리를 숙였다. 페르디어스 왕국의 여왕 헬레이나 3세가 직접 마중 나왔기 때문이다. 뒤늦게 헬레이나 3세를 알아챈 오를레앙은 다급히 자세를 낮추었지만 막상 그녀는 손을 저으며 미소를 지었다.

"그대들은 페르디어스 왕국의 은인입니다. 부담 가지지 마시고 절 편하게 대하십시오."

"찬란하고 위대한 발렌시아 왕국의 10대 왕이신 쥴리앙 조르디어스 발렌시아의 아들, 오를레앙 쥴리앙 발렌시아가 폐하께 인사드립니다."

페르디어스 국민의 시선이 집중된 터라 오를레앙은 정중하게 인사를 건넸다. 여왕의 오른 손등에 오를레앙이 가볍게 입을 맞추자 국민들은 일제히 박수를 쳤다.

"먼 길을 오시느라 고생이 많으셨습니다. 우선 안으로 드시지요."

3

완전히 복구된 성 외곽과 달리 내부는 여전히 드래곤으로 인한 피해가 남아 있었다. 본성은 아직 반 이상이 허물어진 상태였고, 수십여 개의 막사가 건물을 대신하고 있었다. 보수 공사 중인 인부들의 이마에는 구슬땀이 흘러내렸다.

헬레이나 3세는 유일하게 완전 복구된 중앙 정원에 레이지 일행을 초대하며 점심을 같이 즐겼다. 같이 온 트레이지아 공주는 와이번 라이더들을 이끌고 베르오나 성 상공을 빙빙 돌며 경계를 늦추지 않았다.

"저 아이도 함께했으면 좋겠지만, 아무래도 무리로군요."

헬레이나 3세는 안쓰러운 시선으로 자신의 딸을 올려다보았다. 공주보다 군인으로서의 삶을 추구했건만, 권력다툼의 소용돌이에 시달려야 했다. 그 후 마음의 안정을 되찾기 무섭게 대륙을 돌아다니며 새로운 적과 맞서 싸워야 하는 입장이 여간 걱정되는 게 아니었다.

"폐하, 이미 여러 번 보고 받았지만 확인 차 다시 한 번 여쭈도록 하겠습니다. 교단 측에서의 직접 혹은 간접적인 접촉이나 죽음의 군대로 인한 피해는 어느 정도입니까?"

레이지의 질문에 헬레이나 3세는 그의 눈을 잠시 바라본 후 생각에 잠겼다.

"이몸의 못난 아들이 도망간 이후 아직까진 별다른 사건은 없었답니다."

페르디어스 왕국은 남쪽의 해안선을 제외하고는 국경선 자체가 험난한 산맥으로 둘러싸인 지역이다. 만약 죽음의 군대가 진군해 온다 하여도 산맥을 넘는 동안 와이번 라이더들에게 발각될 것이 분명하다. 이는 레이지도 감안하고 있는 사항이었다.

"발렌시아 왕국마저 죽음의 군대에 둘러싸인 상황에서 이곳이 마지막 보루로 남을 가능성이 높습니다."

'마지막' 이란 단어에 오를레앙은 두 눈을 지그시 감았다. 당장에라도 모국으로 달려가고픈 심정이었지만 확실한 대책 없이 달려들기엔 상황이 너무 악화되었다.

"재차 강조하지만, 경계에 만전을 가해주시길 부탁드립니다. 죽음의 군대로 인한 피해가 단 한 번도 없었기 때문에, 이곳이 다음 목표가 되리라 확신합니다. 교황의 목적은 모든 대지를 지옥으로 만든 뒤 정화라는 이름 아래 소멸시키기 위함임을 잊으시면 안 됩니다."

"저도 그 정화에 대해 보고받은 바 있지만, 정말로 그런 위력을 지녔나요?"

"네, 신이 되고자 하는 인간이니 그 정도 힘을 소유하지 않으면 되려 이상할 겁니다. 물론 교단 측에서 공표하는 내용 그대로 믿으신다면 곤란합니다. 그건 신에 대한 믿음으로 일어나는 기적 따위가 아닙니다. 비공정과 마찬가지로 고대 마법 문명이 남긴 유산 중 하나이지요."

대륙 내 다른 왕국과 판이하게 다른 사고관을 지닌 그녀로선 깊은 의심을 품을 수밖에 없다.

"다른 이야기이긴 하지만, 페르디어스 왕국엔 종교 그 자체가 없다고 알고 있습니다."

"민간 신앙이 발달되긴 했지만 베르시아교처럼 체계화된 종교는 없답니다."

"흐음… 그렇다면 곤란하겠군요. 차라리 다른 종교가 이미 자리 잡았다면 안심이지만."

지난 팰컨 왕자의 정권 쟁탈이 실패한 이후 페르디어스 왕국은 단단히 걸어 잠갔던 국경선을 개방하고, 베릭쿠스와 죽음의 군대로 인해 도망친 타국의 피난민들을 대거 받아들였다. 결과적으로 그들이 믿고 있는 종교 역시 왕국 내에 퍼졌음을 쉽게 예상할 수 있었다. 왕국의 토착민들이라면 모를까, 외부에서 영입된 인간들이라면 베르시아 교단의 꼬드김에 넘어가기 쉽다.

"다행인지 불행인지… 그 아이가 이곳을 버리고 베르시아 교단 측에 투항한 탓에 베르시아교에 대한 전도 행위 자체를 금지시킬 수 있었습니다."

"하지만 종교의 특성상 억누른다고 퍼지는 걸 막기엔 힘듭니다. 역사상으로 현재와 같이 온 세계가 위기에 처한 경우 종교가 급격히 확산되기 쉽습니다."

"실제로 암암리에 종교 행사가 진행된다고 여러 번 보고받은 바 있습니다. 문제는 그걸 잡기엔 현재 병력이 너무 부족합니다. 발렌시아 왕국의 원조 덕분에 왕국 내부의 경제 상황

을 어느 정도 회복시킬 수 있었지만 병력 문제의 해결은 아직
도 묘연한 상태랍니다."

이는 와이번 라이더 위주로 소수 정예의 병력체계를 운용
했기에 발생한 문제였다. 산맥으로 둘러싸인 국경선을 무기
로 외부에서의 공격에 대응하기에 용이하지만, 내부에서 일
이 터질 경우 재빨리 대처하기 힘들다.

"어떻게 해서든 베르시아교가 퍼지는 일만큼은 막아야 합
니다."

'이미 늦었을지도 모르지만.'

레이지는 마지막 말을 마음속으로만 되새겼다. 이야기가
진행되면서 점점 굳어 가는 헬레이나 3세의 표정이 마음에
걸렸기 때문이다.

4

페르디어스 왕국 남서쪽에 위치한 작은 마을 '아힌호른'.

밤이 깊어지면서 어둠 속에 빠져든 마을 위에 달이 환하게
빛나고 있었다. 약속이라도 한 듯 민가의 불빛이 일제히 꺼지
자, 삼삼오오 짝을 지어 사람들이 밖으로 나와 이동하기 시작
했다. 그들은 한결같이 후드를 뒤집어써서 얼굴을 가렸다.

수십여 명의 발길이 향한 곳은 마을 북쪽에 위치한 묘지였
다. 등불을 들고 앞장선 남자가 주변을 두리번거리더니, 자신

들 말고 아무도 없다는 걸 확인하고 지하 묘지의 입구를 조심스레 열었다.

사람들이 안으로 들어가자 직선 형태로 길게 이어진 좁은 통로가 그들을 맞이했다. 맨 마지막으로 들어온 사람은 입구를 도로 막고 행렬을 뒤따라갔다.

그들이 도착한 곳은 원래 납골당으로 쓰이던 널찍한 공간이었다. 횃불을 든 남자가 여기저기 놓여 있던 촛불에 불을 붙이자 어두컴컴했던 공간이 환하게 밝혀졌다.

베르시아 교단의 상징인 십자가가 벽 한가운데에 걸려 있었고, 그 앞에는 낡은 탁자를 이용해 조잡하게 만들어진 제단이 자리 잡고 있었다.

사람들을 이끌고 온 남자가 후드를 뒤로 젖히고 로브를 벗자 안에 입고 있던 법의가 드러났다.

"그러면 미사를 시작하도록 하겠습니다."

어느새 질서정연하게 자리를 잡은 사람들은 두 무릎을 꿇더니 로자리오를 두 손으로 꼭 쥐었다.

30여 명에 달하는 신자의 과반수는 베릭쿠스와 죽음의 군대를 피해서 이곳에 온 피난민들이었다. 그에 반해 토착민들은 다소 어색한 동작으로 피난민들을 따라하며 미사에 참여 중이었다.

미사가 엄숙한 분위기에 진행되는 가운데, 30분이 지나갔다. 마지막 기도를 드리기 직전, 제단에 선 남자가 오른손을 옆으로 내밀었다.

"오늘은 신도 분들을 위해 특별한 분을 모셔왔습니다."

사제가 가리킨 방향에서 한 여성이 천천히 걸어오더니 신도들을 향해 성호를 그었다.

"형제자매 여러분, 기뻐하십시오. 예하께서 친히 파견하신 성직자 세리타님께서 이 자리에 함께하셨습니다."

"오오!"

"예하께서!"

신도들은 감탄사를 터뜨리며 세리타에 주목했다. 반면 그녀는 아무런 말도 하지 않고 품에서 유리병을 꺼내 제단 위에 올려 놓았다.

그 뒤 세리타가 어떤 인물인지에 대해 사제의 장황한 설명이 이어졌다. 베릭쿠스와 죽음의 군대에 맞서 싸운 거짓된 용맹담이 줄지어 이어졌고, 직접 교황의 부름을 받았다는 말까지 이어지자 신도들은 연신 베르시아와 교황 안드레아의 이름을 외치며 감격의 눈물을 흘리기에 이르렀다.

사제는 세리타가 내놓은 유리병을 두 손으로 공손히 집어 올렸다.

"이것은 고난 속에서도 믿음을 잃지 않은 저희를 위해 직접 하사하신 성스러운 포도주입니다. 모두 이것을 함께 받아들이고 거룩한 인도를 따라갑시다."

미사에 참석한 신도들은 조용히 발걸음을 옮기며 제단에

줄지어 섰다. 그리고 제기로 옮겨진 포도주를 한 모금씩 들이
켜며 성호를 그었다.

"그러면 모두 돌아가서 복음을 따르도록 합시다. 베르시아
님과 예하께 감사드리며……."

마지막 기도가 끝나자 신도들은 일제히 일어선 뒤 질서정
연하게 한 줄로 통로를 이동했다. 미사를 진행하던 사제는 벗
었던 로브를 다시 걸치고 세리타를 향해 고개를 숙인 뒤 자리
를 떠났다.

"……."

홀로 남게 된 세리타는 텅 빈 유리병을 오른손으로 집어 들
더니 흔들었다. 아직 꺼지지 않은 촛불에 비친 그녀의 눈동자
는 생기라곤 찾아볼 수 없었다.

"쯧쯧, 참으로 어리석은 자들이야."

어둠 속에서 한 노인의 목소리가 흘러나왔다. 세리타는 고
개를 옆으로 돌려 자신의 등 뒤에서 나타난 노인을 흘낏 바라
보고선 유리병을 도로 내려놨다.

"이딴 물약 좀 마신다고 모든 고난이 해결된다고 믿다니,
세상 참 쉽게 살아. 안 그런가?"

아크메이지 바르가스의 어조에는 비아냥이 잔뜩 담겨 있
었다. 그는 제단 앞으로 걸어가더니 유리병을 붙잡고 아래로
기울여 남은 게 없음을 확인했다.

"남은 병은 몇 개지?"

"네 개입니다."

"어느새 100개가 다 동이 나버렸군그래. 에구구, 요 며칠 동안 연달아 순간 이동 마법을 쓰다 보니 몸이 쑤실 지경일세."

그는 허리를 두들기며 인상을 살짝 찌푸렸다.

그리고 손가락으로 벽에 걸려 있는 횃불을 하나씩 가리키자 바람 소리와 함께 불이 꺼졌다.

"이번 실험까지 성공적으로 끝나면, 죽어도 반복해서 살아나는 육체에 진짜로 도달할지도 모르겠구먼. 이전의 실험체처럼 의식없이 움직이는 인형이 아니라, 너처럼 수명이 짧은 불완전품과 달리 말이지. 수십 년 동안 어두컴컴한 지하실에 틀어박힌 보람이 있어. 큭큭큭……."

어두컴컴한 납골당 안에 탁한 웃음소리가 울려 퍼졌다.

5

베르시아 신성력 1394년 11월 1일.

"……오늘 우리에게 일용할 양식을 주시고, 우리를 유혹에 빠지지 말게 하시며……."

베아트리체의 기도문이 그녀의 방 안에서 낭랑하게 울려 퍼졌다.

"······다만 악에서 구하소서."

기도문이 끝나자 그녀는 성호를 그은 뒤 붙잡은 두 손을 머리 위로 들어 올렸다. 그녀는 벽에 걸린 베르시아의 문양을 응시하며 두 눈을 지그시 감았다.

베아트리체의 뒤에 앉아 있던 쉐스는 천천히 자리에서 일어나더니 목에 걸려 있는 로자리오를 강하게 움켜쥐었다. 행방불명으로 알고 있던 세리타가 교단 소속임을 알게 된 이후부터 피어오른 불안은 여전히 사라지지 않았다.

유일한 위안인 기도 시간마저도 마음의 평정심을 찾을 수 없었다. 그리고 베아트리체로부터 똑같은 느낌을 받았다.

"괜찮으십니까?"

그녀는 시선을 정면으로 고정시킨 채 아무런 대답도 하지 않았다.

"세리타에 대한 일이라면······."

"그녀에 대한 일은 베르시아님께 맡길 수 없답니다. 하지만 그것과 별개로 뭔가 안 좋은 예감이 들어요."

탁월한 신성력을 보유한 베아트리체는 죽음의 군대가 날뛰는 지역에 들어설 때마다 떨쳐낼 수 없는 불안감에 휩싸이곤 했다.

다행히 페르디어스 왕국으로 온 이후 한동안은 불안에서 벗어날 수 있었다. 그러나 요 며칠 사이 두려움이 그녀를 다시 찾아왔다.

"역시 제이워드에게 알려야겠어요. 이 느낌은 분명
히……."

"그럴 필요 없어."

차갑게 가라앉은 목소리가 두 사람의 등 뒤에서 들렸다.

소리도 없이 문을 열고 들어온 레이지는 벽에 등을 기대고
서 팔짱을 끼고 있었다.

"지금 한가하게 기도나 할 때가 아니라고."

"설마?"

"네가 아무런 말 없이 방에 틀어박혀 기도만 올린다고 하
기에 비공정의 감시망을 확대해 조사했지. 그와 별도로 교황
이 페르디어스 왕국을 계속 방치할 거라 생각하지 않았거
든."

레이지는 벽에서 등을 떼고서 목에 걸린 펜던트를 어루만
졌다.

"역시 안 좋은 예감은 들어맞게 마련이었어. 자세한 설명
은 함장실에서 할 테니 따라와."

6

"세상에나……."

전광판에 출력된 지상을 본 베아트리체는 말을 잇지 못했
다.

붉게 변해 버린 눈동자를 지닌 인간들이 떼를 지어 이동하고 있었다. 그들이 지나간 자리는 풀 한 포기 남지 않고 초토화되었다.

"분포도를 나타낸 화면으로 전환하도록."

"알겠습니다!"

오를레앙의 명령이 떨어지자마자 전광판의 화면은 거대한 대륙 전도로 바뀌었다. 그중 동남쪽에 위치한 페르디어스 왕국을 확대했다. 총 16개의 점이 반짝이며 현재 죽음의 군대가 모인 지역을 나타냈다.

"레이지님, 어떻게 생각하십니까?"

"이렇게 단기간에, 서로 상당히 거리가 떨어진 지역에서 발생한 것으로 보아 교단 측이 미리 잠입했다고 판단됩니다. 그들이 들키지 않고 벌일 수 있던 것은 비밀리에 퍼진 베르시아교 덕분이라고 추정됩니다."

레이지의 말이 끝나자 전광판의 화면이 또 한 번 바뀌었다.

이번에는 점 위에 붉게 칠해진 구역이 덧칠되었다.

"이것은 베르시아교가 퍼졌다고 예상된 지역을 출력한 것입니다."

"거의 일치하는군요."

오를레앙은 지끈거리는 이마를 손가락으로 꾹 눌렀다. 교단의 영향력이 미치지 않는 페르디어스 왕국으로 왔음에도 레이지 일행이 취할 수 있는 휴식 기간은 고작 일주일에 불과했다.

"곰곰이 생각해 봤는데, 역시나 뭔가 이상합니다."

레이지는 오른손으로 턱을 매만지며 눈썹 사이를 살짝 찡그렸다.

"이제까지 확인한 바로는, 죽음의 군대는 일정한 규칙 없이 그저 주변의 살아 있는 인간을 대상으로 공격한다고 알려져 있습니다. 하지만……."

'딱' 하는 소리가 레이지의 손가락 사이에서 나오자 전광판에 기다란 화살표가 여러 개 출력되었다.

"지금 죽음의 군대가 움직이는 방향을 잘 보십시오. 발생한 지역은 특정한 규칙 없이 무작위로 분포되어 있지만, 그들이 향하고 있는 목적지는 딱 한 곳입니다."

"베르오나 성 말입니까?"

오를레앙의 물음에 함장실 내에서 대기 중인 트레이지아의 표정이 확 변했다. 앞을 보지 못하는 그녀는 두 남자의 이야기만 듣고 상황을 파악하다가 수도가 또 한 번 위기에 처했음을 비로소 알아챘다.

"제 판단으로는, 기존의 죽음의 군대와 달리 저들은 생성 당시부터 특정 지역으로 이동하게끔 개량된 형태라고 예상됩니다. 아니면 누군가가 직접 죽음의 군대를 이끌고 있을 가능성도 다분합니다. 중요한 건, 베르오나 성으로 죽음의 군대가 무슨 목적으로 집결하는지에 대한 파악입니다."

"수도가 위기에 처한다면 당연히 국경선 부근에 분산 배치된 와이번 라이더들이 모여들 테고, 그러면 허술해진 경계를 파고들어……."

오를레앙은 무릎을 내려치더니 함장석에서 벌떡 일어섰다.

"지금 당장 바르디아의 이동 경로를 다시 한 번 확인해 보도록!"

내부의 혼란을 유도하고 밖에서 공격하는, 상투적이지만 먹힐 경우 가장 효과적인 전략이 진행 중일지 모른다는 예감에 오를레앙의 목소리는 격앙되었다. 그러나 현재 위치에서 이곳에 도착하려면 최소 보름은 걸리며, 예상되는 진행 방향이 발렌시아 왕국이라는 보고를 받고 기운이 쑥 빠져 버렸다.

"일부러 시간차를 두고 공격하려는 의도일지도……. 아냐, 지난번 등장했던 선단이 사실은 페르디어스 왕국에 상륙할 목적으로 결성되어 지금쯤 바다에서 대기 중일 가능성도… 잠깐, 그 전에 팰컨 왕자가 휘하 부대를 이끌고 올 경우도……."

오를레앙은 첫 번째 예상이 빗나가자 뇌리에 떠오르는 예상을 무작정 언급하며 혼란에 빠졌다. 레이지는 그의 뒤로 돌아가더니 양 어깨를 붙들고 도로 함장석에 앉혔다.

"전하, 진정하십시오."

"지금 진정하게 생겼습니까? 지금 이 순간에도 죽음의 군대가 조금씩 포위망을 좁혀오는 판국에……."

"교황의 목적은 대륙을 '지배'하는 게 아니라 '소멸'이라는 점을 명심하십시오. 일반적인 전략과 다르다고 해서 당황한다면 그쪽이 원하는 의도대로 된다는 것 역시 기억해 주시길 바랍니다."

어떤 길로 가든 교황은 자신을 제외한 모두가 죽는 지옥을 연출하려고 한다. 그렇다면 대세에 영향을 주지 않는 선에서 같은 편을 희생하길 마다하지 않을 것이다.

"만약 외부에서 추가 침략이 발생한다면, 교황이 직접 나서지 않는 이상 와이번 라이더에게 맡겨도 충분하다고 봅니다. 죽음의 군대는 저희들이 상대하면 됩니다."

예상보다 빨랐을 뿐, 언젠가 페르디어스 왕국에 닥칠 위험이었기에 레이지는 크게 개의치 않았다. 오히려 비공정이 머무르고 있을 때 왔다는 사실은 악운에 가까웠다.

"단, 그저 죽음의 군대를 물리치는 것으로는 모자랍니다."

그의 예측대로 피난민들 사이에 퍼진 베르시아교 때문에 일어난 일이라면 더 이상 종교 자체를 부정해 봤자 아무런 소용이 없다. 교황의 진짜 목적을 널리 퍼뜨리지 않는, 이상 죽음의 군대를 몰아낸다 하여도 사람들은 다시 베르시아교에 빠져들 것이 뻔했다.

"베르시아교를 믿는 자들이 교황을 유일한 희망으로 여기고 따른 것처럼, 우리 쪽에서도 그에 대응할 만한 인물을 내

세워 활약시켜야 합니다. 성직자이면서 동시에 현재의 교단과 반대편에 서 있는 사람이면 충분합니다."

레이지는 그동안 말없이 가만히 있던 두 사람, 베아트리체와 쉐스를 가리켰다.

7

페르디어스 왕국 전역에 죽음의 군대가 출현한 지 5일이 지나자 수많은 피난민들이 베르오나 성으로 몰려들었다.

레이지는 죽음의 군대가 그 어떤 저항도 받지 않고 수도를 포위하도록 내버려 두었다. 괜히 어설픈 지상군 병력으로 죽음의 군대를 맞설 바엔 피난민들의 도주로를 확보하고 성안으로 인도하는 편이 훨씬 낫다는 판단이었다.

물론 페르디어스 왕국 내 수뇌부들의 격렬한 반대에 부딪혀야 했다. 그저 멍하니 두 눈 뜨고 영토가 짓밟히는 모습을 보고 있으라는 이야기에 가만히 있을 리 만무했다. 하지만 레이지는 헬레이나 3세가 주최한 회의에 직접 참여하여 설득에 나섰다.

"굳이 여러분들의 도움 없이 비공정의 병력만으로도 충분합니다. 만약 저희들의 지금 전력으로 몰려든 죽음의 군대를 소멸시키지 못한다면, 교황에 맞서는 것 자체가 불가능합니다."

오만하게 들릴 수밖에 없는 호언장담에 참석자 대다수가 발끈했지만, 레이지의 차가운 시선과 마주치자 얼어붙은 듯 대꾸조차 하지 못했다. 결국 대신들의 불만을 감수하면서 레이지는 자신의 방책을 밀어붙였다.

"레이지님의 예상대로군요. 실제 피해를 입은 지역은 페르디어스 왕국 내 1/4 정도에 불과합니다."

반대로 1/4 '씩' 이나 쑥대밭이 되었다는 이야기로도 해석되지만, 죽음의 군대를 상대로 전 영토가 짓밟힌 나라가 한둘이 아닌 걸 감안한다면 천만다행이었다.

여러 곳에서 산발적으로 발생한 죽음의 군대가 단 한 곳을 목표로 진군한 까닭에, 페르디어스 왕국 전체가 전란에 휩싸이는 최악의 상황만큼은 피할 수 있었다.

"생각보다 시간이 지체되는 느낌이로군요."

레이지는 조금이라도 먼저 입성하기 위해 떼를 지어 몰려드는 사람들을 전광판을 통해 응시했다. 경비병들이 혼란을 수습하기 위해 진땀을 흘리고 있지만 살기 위해 줄이고 뭐고 신경 쓰지 않고 달려오는 사람들을 감당하기엔 역부족이었다.

'좋게 생각하자. 어차피 관객은 많을수록 좋아.'

베르오나 성이 적들의 목표인 이상, 진정으로 사람들을 보호할 계획이었다면 다른 곳으로 이동시켜 보호하는 쪽이 적을 상대하기에 보다 유리하다.

하지만 레이지는 단순히 전투의 승리만을 원하지 않았다.

'영웅을 만들기 위해선, 활약상을 직접 목격해 줄 대중이 필요하게 마련이야.'

교황은 정화라는 힘을 신도들 앞에서 맘껏 과시하며 신의 이름을 대변한다는 근거를 손에 쥐었다. 같은 식으로 베르오나 성에 모인 사람들에게 신성력을 지닌 두 성직자가 활약하는 모습을 만천하에 공개할 예정이다.

'최소한 페르디어스 왕국만이라도 교황의 세력권에서 벗어나야 해. 교황 바로 아래 직위인 추기경 베아트리체야말로 적격이야.'

레이지는 9개의 화면으로 분할된 전광판을 주시하며 피난민들이 성안으로 모두 피신하기까지 기다렸다. 그와 별개로 죽음의 군대의 진군 규모 역시 확인했다.

"잠깐, 방금 전 우측 중단에 출력되었던 장소를 다시 한 번 보여주십시오."

레이지는 빠르게 스쳐 지나간 장면에서 익숙한 무언가를 느꼈다.

"역시, 마법사가 있었어."

유독 움직임이 재빠른 무리가 있기에 재차 확인해 본 결과, 죽음의 군대 사이에서 유일하게 살아 있는 인간이 존재했다.

그는 이동 속도를 올리는 마법을 드넓은 범위로 펼치면서 가장 빨리 베르오나 성을 향해 달려오고 있었다. 동시에 화염구를 계속 앞으로 연사하며 앞을 막는 수풀들을 통째로 태웠다.

"두 가지 마법을 동시에 쓰면서 저 정도 위력이라면… 상당한 실력인데."

"아니꼽지만 실력 하나는 확실한 인간이니까."

어느새 레이지의 등 뒤에 나타난 페일은 날카로운 눈초리로 전광판을 노려봤다.

"드디어 아버지라는 작자를 이런 무대에서 만나게 되었군. 아주 좋아…….'

"아버지? 그러면 저 남자가 아크메이지 바르가스?"

현존하는 세 명의 아크메이지 중 가장 비밀에 쌓여 있는 그가 이런 식으로 모습을 드러낼지 레이지도 예상하지 못했다.

'갑자기 동시다발적으로 죽음의 군대가 발생한 이유를 이제 알겠어. 다소 번거롭게 됐지만 예상외의 수확을 기대해도 되겠는데?'

만약 바르가스를 생포하는 데 성공한다면, 그동안 감춰졌던 죽음의 군대에 대한 비밀을 알아내 해결책을 모색할 수 있다.

문제는 페일의 적대감이 상상외로 깊은 터라 부자끼리 만나게 된다면 어느 한쪽이 죽을 가능성이 농후했다.

"설마 바르가스를 직접 상대할 생각은 아니겠지? 네 역할은 비공정의 제어일 뿐 전투가 아니다. 잊지 마라."

"이것 봐. 난 저 인간을 내 손으로 직접 상대하려고 여기까지 왔어. 저놈만큼은 내 손으로 죽여야 해."

"눈물 나는 부자지간이로군."

"이제까지 널 도와준 대가를 먼저 받는 셈 치자고."

그의 오른손에 냉기가 휘몰아치더니 함장실 내 공기가 급격하게 차가워졌다. 레이지는 그의 손을 꽉 붙들고선 열기로 감싸 저지했다.

"정 그놈을 상대할 작정인가?"

"지금 날 보고도 모르겠어?"

"상대는 아크메이지다. 너 혼자 상대하기 버거워."

"그러면 나보고 함장실에 틀어박힌 채 저 망할 인간이 날뛰는 걸 보고만 있으라는 이야기야?"

두 남자는 서로를 노려보며 절대 물러서지 않았다.

결국 먼저 물러선 쪽은 레이지였다.

"우선 단독행동은 금지다. 프레드릭 경과 함께 가도록. 그리고 가능한 한 바르가스는 생포해야 돼."

"내 인내심은 그리 튼튼한 편이 아니라 장담은 못하겠는데……."

"가능하다는 가정하에 한 말이다."

예전 같으면 깊게 생각할 것도 없이 감방에 가뒀을 것이다.

하지만 죽이고 싶은 상대를 앞에 두고 피어오르는 적의란 억지로 누른다고 사라지는 게 아니다. 레이지 역시 교황 안드레아에 대한 증오를 있는 그대로 발산시키면서 수련에 임했기에 페일의 입장이 어느 정도 이해는 되었다.

"어디까지나 이번 전투의 주역이 이미 정해진 이상, 네가 다른 이들의 눈에 띄면 곤란해. 마법사들의 대결만큼 화려한 전투는 드무니까. 최대한 베르오나 성에서 벗어난 곳에서 싸우길 권장한다. 만약 그렇지 않다면 내가 직접 너희 부자를 끌고 가겠어."

"어찌 되었든 간에 나가서 한바탕해도 된단 말이지?"

페일은 손바닥으로 주먹을 어루만지며 의기양양한 표정을 지었다.

함장실 내에 짧은 다툼이 벌어진 사이, 죽음의 군대가 펼친 포위망이 점차 베르오나 성을 좁혀오기 시작했다.

Chapter 77
슬픈 기적

1

"죽음의 군대가 몰려온다!"

베르오나 성 안으로 피신한 주민들은 빠른 속도로 진군해
오는 무리를 보며 공포에 휩싸였다.

워낙 많은 이들이 모여든지라 본성 내부는 물론 높이 솟아
오른 탑 안에 꽉꽉 들어차고도 공간이 모자랄 정도였다. 만약
을 대비해 성 위에 수십여 기의 와이번 라이더가 맴돌며 만반
의 태세를 취했다.

"오, 신이시여!"

"저희를 굽어 살피옵소서……."

사람들은 신을 부르짖으며 기적을 바랄 뿐이었다. 극소수

의 정예부대 위주로 병력을 운용했던 탓에, 일반 시민들의 머릿속엔 스스로 나서서 몸을 지킨다는 개념이 부족했다.

"아직도 기다려야 합니까?"

성곽 위에서 대기 중인 오를레앙은 점점 좁혀오는 포위망에 안절부절못했다. 레이지는 말없이 손을 내밀며 아직 때가 아니라며 그를 제지할 뿐이었다.

'좀 더 다가와야 해. 더욱 위기에 닥칠수록, 구해냈을 때의 효과는 배가 되게 마련이니까!'

성 위에서 대기 중이던 와이번 라이더들 역시 오를레앙과 마찬가지 심정이었다. 당장에라도 죽음의 군대를 향해 스피어를 날리고 싶었지만, 죽음의 군대가 성을 넘어서기 전까지 절대 공격하지 말라는 레이지의 부탁에 속만 부글부글 끓을 뿐이었다.

'이제 슬슬 시작해야겠지?'

죽음의 군대가 성으로부터 500미터 안 범위까지 진입하자 레이지는 오른손을 들어 올리더니 손가락을 튕겼다.

"으아악!"

"살려줘!"

순간 시민들은 성 위에 나타난 커다란 화면에 놀라 주춤거렸다. 성으로부터 그리 멀리 떨어지지 않은 비공정에서 뿜어져 나온 빛이 거대한 직가각형 모양의 영상으로 변했기 때문이다.

"놀라지 마십시오! 저건 단지 멀리 떨어진 곳의 모습을 비출 뿐입니다!"

레이지의 외침에 시민들은 놀란 가슴을 진정시키며 성 상공에 출력된 죽음의 군대를 응시했다.

"여러분들이 믿는 신의 힘이 얼마나 위대한지 보고 느끼십시오!"

레이지는 비공정을 향해 고개를 들고서 가볍게 끄덕거렸다.

그러자 갑판에서 대기 중인 쉐스와 베아트리체의 모습이 순간 사라지더니 각자 다른 곳에서 나타났다.

"저, 저길 봐!"

"저 흰색의 법의는… 베르시아 교단의?"

허공에 출력된 화면에는 법의 위에 걸치고 있던 회색의 로브를 벗어던진 쉐스의 얼굴이 크게 자리 잡았다.

죽음의 군대는 자신들의 진영 한복판에 갑자기 나타난 쉐스를 보며 순간 뒤로 물러났으나, 이내 공격 대상으로 인식했다. 그를 둘러싼 수십여 명의 사자(死者)가 들고 있던 창을 쉐스를 향해 찔러 넣었다.

그러나 그가 펼친 마나의 장벽에 창들이 부러져 튕겨 나갈 뿐이었다. 더 많은 수의 병력이 쉐스를 향해 몰려들었지만, 그는 차분하게 성서를 펼치더니 기도문을 읊기 시작했다.

"…모든 것은 당신의 뜻대로."

성서에서 뜯어져 나간 수십여 장의 페이지가 흩날리며 지상에 닿는 순간, 쉐스를 중심으로 거대한 십자가 형태를 구현하며 강렬한 빛을 내뿜었다.

전혀 물러설 줄 모르는 시체들이 성스러운 빛에 휘감기더니 기이한 신음 소리를 내며 하나둘씩 쓰러지기 시작했다.

'역시 다들 입을 다물지 못하는군.'

레이지는 멍하니 허공에 출력된 화면을 바라보는 사람들을 향해 조소를 날렸다.

그동안 막연한 기대감으로 베르시아교에 빠졌던 사람들은 두 눈으로 직접 성직자의 능력을 목격하고 놀람을 감추지 못했다.

하지만 아직 진짜 그의 계획은 시작조차 안 했다. 레이지는 지평선 부근에서 느껴지는 강대한 마나에 주목하면서, 그가 원하는 '상황'이 빨리 연출되기만을 기다렸다.

잠시 후 공간 이동 마법을 통해 다른 일행들이 쉐스 근처에 모습을 드러냈다. 그들은 쉐스가 신성력을 발휘하는 일에만 집중할 수 있도록 시간을 벌어주었고, 시민들을 향해 출력되는 화면은 거의 쉐스만을 집중적으로 보여주었다.

"온다!"

계속 먼 곳을 바라보고 있던 레이지의 입가에 미소가 자리 잡았다. 수십여 개에 달하는 거대한 화염구가 빠른 속도로 베르오나 성을 향해 날아오고 있었다. 레이지가 보낸 신호를 비공정에서 확인하더니 쉐스 대신 화염구를 보여주었다.

"으아악!"

"비켜! 가로막지 말라고!"

"살려줘!"

놀란 시민들은 서로 밀쳐내며 도망가기 바빴다. 레이지는 아랑곳하지 않고 제자리를 고수하며 시야에서 점점 커져 가는 화염구들을 응시했다.

"지금이야, 베아트리체."

"······알겠어요."

화면만을 바라보던 시민들의 시선에서 완전히 외면되었던 베아트리체는 두 눈을 지그시 감더니 기도문을 읊기 시작했다. 레이지는 온몸이 신성력으로 빛나는 그녀를 시민들이 볼 수 있도록 옆으로 슬쩍 물러섰다.

콰쾅! 콰쾅!

고막을 찢을 듯한 충격음과 함께 멀리서 날아오던 화염구들이 연달아 베르오나 성벽에서 폭발했다.

2

땅바닥에 엎드린 사람들은 폭음이 가라앉은 후에도 죽은 듯 움직이지 않았다.

예전 드래곤이 활개칠 때의 악몽을 떠올리며 모두 죽었다고 낙담했음에도 막상 아무런 변화가 없자 하나둘씩 조심스럽게 숙였던 고개를 들어 올렸다.

"지금… 꿈을 꾸는 건 아니겠지?"

"도대체 어떻게 된 거야?"

"저 빛을 보라고!"

그들은 성스러운 빛에 휩싸인 한 명의 여성직자를 가리키며 웅성거리기 시작했다. 그녀가 펼친 신성력은 거대한 백색의 반구체 형태로 베르오나 성의 반을 둘러쌌다.

"모두들 보고 계십니까?"

레이지는 목소리에 마나를 담아 멀리 떨어진 이들에게도 들릴 수 있도록 소리쳤다.

"이분이야말로 베르시아 교단의 진정한 성직자, 추기경 베아트리체님이십니다!"

추기경이라는 말에 엎드려 있던 사람들이 거의 동시에 벌떡 일어섰다. 교황 바로 아래의 직위에 있는 성직자가 직접 모습을 나타냈다는 충격에 대부분의 사람들은 두 눈을 비비며 그녀의 모습을 다시 한 번 확인했다.

"베아트리체? 설마 배교자로 수배된……."

하지만 교단에서 퍼뜨린 그녀의 이미지를 떠올리자, 사람들은 경외감 대신 반감을 표하기 시작했다. 뭔가 분위기가 이상하게 변했지만 레이지의 예상 내의 반응이었다.

"함부로 말하지 마십시오!"

레이지의 강경한 어조에 사람들은 움찔거리며 하던 말을 멈추었다.

"아직도 여러분들의 눈에 저분이 배교자로 보입니까? 지금 성안의 모두를 구한 신성력은 그 누구의 것도 아닌 베아트리체님의 힘입니다!"

레이지의 일갈에 사람들은 아무런 반박도 하지 못하고 베아트리체를 바라보기만 했다.

콰콰쾅!

순간, 또 다시 폭발음이 연달아 이어지면서 사람들은 귀를 틀어막았다. 그리고 베아트리체의 빛이 화염구를 다시 한 번 막아낸 것을 똑똑히 목격하고 두 무릎을 꿇었다.

"오오, 정말로 저분께서……."

"이번에야말로 죽었다고 생각했는데……."

교황의 정화가 아무리 대단한 힘이라 하여도 페르디어스 왕국 내 신도 대부분은 그 힘을 직접 목격한 적이 없었다. 그저 이야기로만 들었을 뿐이다.

반면 베아트리체는 이들의 앞에 직접 모습을 드러내 신성력이 무엇인지 직접 보여주었다. 타인의 입을 통해 알고 있는 사실이 비하면 본인이 직접 보고 듣고 그리고 느낀 것이 더욱 설득력을 지니게 마련이다.

"아……."

연거푸 방대한 양의 신성력을 소모한 베아트리체의 몸이

비틀거렸다. 레이지는 다급히 그녀를 부축해 일으켜 세웠다.

"버틸 수 있겠어?"

"아직은 괜찮아요."

베아트리체는 현기증을 억지로 버텨내며 성호를 그은 뒤, 다시 기도문을 읊기 시작했다. 그녀의 낭랑한 목소리가 잔잔히 울려 퍼지자 신도들은 하나둘씩 두 무릎을 꿇고 기도를 따라했다.

"레이지님, 이제 한 고비 넘긴 셈입니까?"

"남은 건 저 시체들을 모조리 소멸시키는 일뿐입니다. 단, 어디까지나 주역은 저 두 명이지 저희들은 아닙니다."

레이지는 화염구가 연거푸 날아온 방향을 주목하며 허리에 찬 베이그란트의 서를 어루만졌다.

'바르가스, 마음 같아서는 네 목숨을 내 손으로 직접 거두고 싶지만 오늘만큼은 다른 놈에게 양보하겠어.'

"그러면 이제 내가 나설 차례인가?"

홀로 두 다리를 쭉 뻗고 벽에 등을 기대고 있던 페일이 벌떡 일어섰다.

"다시 한 번 말하지만, 너무 눈에 띄면 곤란해."

"성녀(聖女)의 탄생을 훼방 놓지 말란 이야기지? 알겠어."

페일은 귀에 못이 박힐 정도로 들은 부탁을 건성으로 넘겨버리고선 두 손을 풀기 시작했다. 그는 성벽 아래로 고개를 내미더니 깊게 파인 해자를 보고 씨익 미소를 지었다.

"어차피 해자의 물은 쓸모없을 테니 내가 쓰겠어."

"너!"

레이지가 다급히 제지하려고 했지만, 이미 때는 늦었다.

거대한 마법진이 페일 주변에 떠오르더니 해자의 물이 파도를 치며 넘실거렸다. 한곳으로 모이더니 직선 형태로 솟아오른 물은 거대한 서펀트의 모습으로 변모했다.

"내 특기는 물을 이용하는 거니 이해해 달라고. 여기 말고는 딱히 물을 구할 곳이 없잖아?"

"…알았으니 더 이상 시선 끌지 말고 꺼져."

"이 남자와 같이 가면 되겠지?"

페일은 프레드릭을 손짓으로 부른 뒤 공간 이동 마법으로 같이 사라졌다. 일순간 신도들의 시선이 페일에게 쏠린 걸 목격한 레이지는 지끈거리는 이마를 손으로 짚었다.

"그러면 전하, 베아트리체를 부탁드립니다."

레이지는 쉐스가 한창 싸우고 있는 위치를 목적지로 잡고 주문을 읊었다. 바닥에 떠오른 마법진에서 뿜어져 나오는 보라색 빛이 그를 감쌌고, 이내 사라졌다.

3

"하아앗!"

프로스트 엣지에서 발사된 오러가 커다란 반원을 그리면

서 시체들을 우수수 베어냈다.

레이지는 쉐스와 가급적 거리를 벌리며 그의 후위를 지켰다. 마법을 마음 놓고 사용한다면 보다 쉽게 해치울 수 있지만, 모두의 이목을 최대한 쉐스에게 집중시키기 위해 힘을 조절해야 했다.

'역시 이 방식으로 마나를 운용하는 건 도박이야.'

그는 지난 수련 동안 익숙해진 방식으로 마나를 운용했다. 분노에 몸을 맡기면서 심하게 요동치는 마나를 그대로 오러로 출력하는 방식이었다.

단지 스쳤음에도 순식간에 불타 잿더미로 변해 버린 경우가 있는가 하면, 프로스트 엣지에 정통으로 가슴을 관통 당했음에도 잠시 쓰러질 뿐 도로 일어나는 시체들도 적지 않았다.

'역시 페일 대신 쉐스에게 맡길 걸 그랬어. 좀 더 확실한 임팩트가 필요해.'

그는 신성력만을 사용해 적 진영 한가운데로 전진 중인 쉐스를 바라보며 아쉬움을 토로했다. 죽음의 군대를 만들어낸 장본인과 성직자의 대결만큼 신도들의 이목을 집중시킬 만한 대결은 흔치 않기에.

'그런데 뭔가 이상해. 나만의 착각일까?'

이전에 상대한 죽음의 군대와 뭔가 다른 느낌이 들었다.

레이지는 시험 삼아 프로스트 엣지를 검집에 집어넣고 두 손에 마나를 집중시켰다. 그리고 높이 뛰어올라 살아 움직이는 시체 한복판에 착지한 뒤 땅바닥에 오른손을 대고 마법을 시전했다.

화르르륵!

강렬한 불길이 지면을 타고 연달아 솟아오르며 커다란 원을 그렸다. 수십여 명의 죽음의 군대가 화염에 휩싸였지만 전혀 타격을 입지 않고 멀쩡하게 남아 있었다.

레이지는 인상을 찌푸리며 다시 한 번 주문을 외웠다. 이번에는 날카로운 바람을 시체들이 모인 곳으로 다섯 번 발사했다. 바람에 밀려 우수수 쓰러지긴 했어도 잘려 나간 시체는 단 한 구도 없었다.

아무리 의도적으로 마나의 흐름을 요동치게 형성했다 하여도 뭔가 이상했다.

'역시 그랬어. 마법에 대한 내성이 예전보다 훨씬 강해!'

레이지는 다시 프로스트 엣지를 뽑아 들었다. 그리고 이전의 죽음의 군대와 다른 요소를 머릿속으로 빠르게 떠올리며 정리했다.

"마법이 통하지 않습니까?"

"아무리 위력을 낮추었다 해도 이렇게 안 먹히긴 처음이야. 아마 그것 때문이 아닐까?"

두 남자는 지겹게 달려드는 시체들을 상대하며 이야기를 주고받았다. 쉐스 역시 이곳의 적들은 뭔가 다르다는 느낌을 받고 있었다.

"이 시체들은 대부분 페르디어스 왕국 출신이었겠지?"

"혹시 저와 똑같은 생각입니까?"

쉐스와 레이지의 표정이 동시에 일그러졌다.

"아무래도 살아 있을 때의 특성까지 그대로 이어진 모양이다. 웬만한 마법과 오러를 무시할 수 있는 능력이 바로 포스이니까."

물론 마음먹고 높은 서클의 마법을 구사한다면 충분히 물리칠 수 있는 상대이긴 하다. 그러나 레이지 본인이 화려한 마법으로 섬멸해 버리면 기껏 쉐스와 베아트리체를 부각시키기 위해 힘을 조절 중인 의미가 사라진다.

"저쪽은… 한바탕 신나게 싸우고 있는 중이고……."

레이지는 거대한 두 개의 마나가 격돌 중인 동쪽을 바라본 뒤 반대 방향으로 몸을 돌렸다. 많은 수의 죽음의 군대가 성을 포위한 상태지만, 와이번 라이더들의 방어 덕분에 성 자체는 안전했고 만약의 사태가 발생한다면 비공정에 대기 중인 일행의 힘을 빌리면 해결된다.

'슬슬 본격적으로 나가야 할 타이밍이로군. 더 이상 시간을 끌면 관객들이 질려 버릴 거야.'

경험해 본 적이 없는 힘 앞에서 사람들은 두려움과 경외감을 동시에 느낀다.

하지만 연달아 같은 방식으로, 변화없는 위력의 힘을 보여주면 인간들은 금세 질리게 마련이다. 평생 잊을 수 없는 인상을 뇌리에 각인시켜야 한다. 공중도시 바르디아에서 뿜어져 나온 빛기둥처럼.

"빛이여!"

레이지가 고민하는 사이 쉐스는 연달아 신성력을 발휘하며 죽음의 군대 사이를 헤쳐 나가고 있었다. 신성력 자체만을 따진다면 베아트리체보다 분명히 아래지만 듀얼 클래스 세이지의 특성인, 빠른 속도의 마나 회복 덕분에 연달아 능력을 발휘할 수 있었다.

피융!

"……!"

순간 레이지는 쉐스의 목덜미를 낚아채더니 그대로 땅바닥으로 잡아당겼다. 레이지는 마나의 장벽을 펼치려고 했지만 너무 늦었다고 판단하고 프로스트 엣지를 빠르게 휘둘렀다.

팅! 팅!

공기를 가르는 소리와 함께 날아온 볼트가 프로스트 엣지에 튕겨 나가 땅바닥에 나뒹굴었다.

레이지는 볼트가 발사된 방향을 쉽게 찾을 수 있었다. 밀물 뒤 썰물이 오듯 시체들이 옆으로 물러서며 길을 터줬기 때문이다.

검은 머리칼을 휘날리는 여성이 모습을 드러내자 쉐스는 두 눈을 의심했다. 성지로 떠난 이후 행방이 묘연했고, 얼마

전 교단 측의 와이번 라이더와 동행한 것을 본 이후 처음 만나는 여성이었다.

"세리타?"

쉐스가 내민 오른손이 벌벌 떨고 있었다.

분명 그가 알고 있는 세리타가 분명했다. 그러나 전에 느껴본 적 없는 강렬한 이질감이 그녀와 만났다는 반가움과 뒤섞여 혼란을 자아냈다.

"나야! 날 몰라보겠어?"

"당신은 예하의 적, 쉐스……."

피융!

세리타가 겨눈 크로스보우에서 볼트가 발사되었다. 쉐스는 반사적으로 마나의 장벽을 펼쳐 막아냈지만 여전히 그녀를 공격할 의사조차 보이지 않았다.

보다 못한 레이지는 쉐스를 뒤로 붙잡아 끌었다.

"잘 보라고. 예전에 비슷한 걸 경험했잖아?"

"그럴 리가……."

쉐스의 목소리에 절망감이 묻어 나왔다.

교황령에 머물 당시 만났던, 대륙 전쟁 당시 사망했으나 사자 부활 마법으로 되살아난 세이지 포트란의 이미지가 그의 시야를 뒤덮었다.

"그럴 리가 없습니다! 세리타는……."

쉐스는 고개를 강하게 저으며 부정했지만 현실은 조금도

바뀌지 않았다.

"쉐스, 네가 알던 그녀는 이미 죽었어."

4

"크윽……."

땅바닥에 쓰러진 페일은 이를 악물며 천천히 몸을 일으켰다.

그가 마법으로 형상화시켰던 거대한 수룡(水龍), 웨이브 서펀트는 상대의 마법에 막혀 원래의 물로 돌아간 지 오래였다. 페일이 쓰러져 있는 주변 일대가 마치 범람한 강가처럼 축축하게 젖어 있었다.

"고작 이 정도였냐?"

바르가스는 뒷짐을 지더니 여유롭게 걸음을 옮겼다.

"아크메이지도 못 된 놈의 실력치곤 제법이지만 날 이기기는 무리란다. 내 아들아."

그는 오른손으로 턱수염을 천천히 쓰다듬으며 왼손을 옆으로 슬쩍 내밀었다. 쫙 펼친 손바닥에서 뿜어져 나온 불기둥이 하늘을 향해 올라가면서 점점 굵어졌다. 좌우로 꿈틀거리며 드래곤의 형상으로 변화했다.

"아들이라고? 닥쳐!"

페일은 크게 소리치며 두 손을 땅바닥에 짚었다.

그러자 마법진 두 개가 연달아 그를 중심으로 구현되더니 푸른색으로 빛났다. 대지에 스며들었던 습기가 무수한 물방울로 변해 공중에 둥둥 떠올랐다.

"호오, 그렇게 짧은 시간 동안에 웨이브 서펀트를 구현하다니. 그것도 소환물의 개념으로 말이지. 참으로 대단하구나."

바르가스의 입에서 연신 감탄사가 터졌지만, 페일의 귀에는 그 어떤 단어보다 모욕적으로 받아들려졌다.

페일의 등 뒤에 5미터를 훌쩍 넘어서는 서펀트가 입을 크게 벌리며 물보라를 뿜어냈다. 그와 동시에 바르가스의 손에서 뿜어져 나간 불길이 직선 형태의 물보라를 휘감으며 전진했다. 계속 뻗어져 나간 불길이 웨이브 서펀트의 얼굴을 꿰뚫더니 방향을 이리저리 틀면서 큼지막한 구멍을 연달아 만들었다.

"젠장……."

페일은 욕설을 내뱉으며 다시 한 번 마나를 주변으로 발산했다. 땅이 갈라지면서 그 사이에 물줄기가 뿜어올라 사라지기 직전의 웨이브 서펀트를 원상복구했지만 꺼질 줄 모르는 바르가스의 화염에 수증기로 변해 버렸다.

페일과 동행한 프레드릭은 두 부자 사이의 대결에 끼어들지 않고 거리를 유지하며 관망 중이었다. 막상 죽음의 군대가 페일을 포위할까 염려되었지만, 두 마법사의 마법이 계속 난

무하면서 일대를 휩쓴 결과 1km 이내에 존재하는 시체들은 단 하나도 없었다.

페일이 급격한 마나의 소모로 힘겨워하는 사이, 바르가스는 두 손을 머리 위로 들어 올리더니 거대한 화염구를 형성했다. 그리고 멀리 떨어진 베르오나 성을 향해 발사했다.

"허어, 왜 매번 막히지?"

이번에도 성 주위를 감싼 빛이 화염구를 소멸시켰다. 몇 번이고 같은 일이 반복되자 여유가 조금씩 사라지면서 대신 짜증이 자리 잡았다.

"이상하구먼. 베르오나 성은 아직 완전히 복구되지 않았을 텐데, 내 말이 틀린가?"

베르오나 성 자체가 마법에 강한 내성을 지니고 있지만, 그건 어디까지나 무너지기 전의 이야기다. 성 외벽만 완전히 복구한 상태인지라 바르가스의 마법이라면 충분히 통용되고도 남는다.

페일은 씨익 미소를 지으며 오른손 검지로 자신의 관자놀이를 툭툭 건드렸다. 계속 패배감만 쌓이던 그에게 있어서 유일한 승리라 여겨졌기 때문이다.

"틀리진 않은데… 제이워드의 제자에게 이용당하고 있다는 생각은 안 들어?"

"내가? 네가 아니라?"

"계속 성에 마법을 날리는 너를 왜 집중 공격하지 않고 나

에게만 맡겼을까?'

바르가스는 잠시 생각에 잠겼다가 아주 잠깐 두 눈을 찡그렸다. 하지만 이내 웃음을 띠며 베르오나 성을 바라봤다.

"아, 그런 의도였나? 껄껄껄⋯⋯"

상대에게 이용당했다는 불쾌감을 호탕한 웃음으로 애써 바꾸었다.

"그렇다면 여흥은 여기까지 즐기기로 하지."

바르가스는 두 손을 옆으로 펼치더니 주문을 읊기 시작했다. 마법진을 구성하는 룬 문자들이 하나씩 빛을 발하면서 떠올랐고 이제까지 그가 구현했던 어떤 마법보다 막대한 양의 마나가 응집 중이었다.

"전용 마법?"

"왜? 놀랄 이유가 있나? 이몸은 아크메이지인데?"

바르가스는 서클 7의 전용 마법을 준비하면서도 여유롭게 이야기를 늘어놓았다. 더 이상 자신이 아들보다 못하다고 비교당하던 과거와 결별했다는 의지의 표출이었다.

"생각해 보면 네놈과 난 마법의 속성부터 상극이었지. 이렇게 서로 싸우는 쪽이 어울렸어."

바르가스는 이미 전용 마법을 완성시켰음에도 즉시 발동시키지 않고 뜸을 들였다. 아직까지도 오기를 부리는 페일이 겁에 질리기를 기대했지만 적의에 가득찬 눈빛은 여전했다.

"네 녀석은 나름 내가 심혈을 기울여 재창조한 걸작이지만, 의식만큼은 원래대로 만들지 않았어야 했지. 설마 되살려 준 은혜를 원수로 갚을 줄이야……."

바르가스의 얼굴은 여전히 미소를 머금고 있었지만 마법진에서 뿜어져 나오는 불길의 기세는 감춰둔 그의 분노 자체였다. 결국 더 이상 기다리는 걸 포기하고 마법의 발동을 준비했다.

"흐음?"

바르가스는 갑자기 마법을 중단하더니 멀리 떨어진 곳으로 시선을 돌렸다. 눈에 마법을 걸어 시력을 확대시킨 그는 다른 방향으로 전개되는 상황을 파악하고선 고개를 가로저었다.

"아무래도 이거… 그냥 놔두었다간 네 경우와 똑같은 실수를 저지를 뻔했어."

말이 끝나기 무섭게 바르가스의 모습이 사라졌다.

그 사이 몰래 주문을 외우던 페일은 두 주먹을 불끈 쥐며 치밀어 오르는 분노를 주체할 수 없었다.

"젠장! 이렇게 밀릴 줄이야!"

이미 상당량의 마나를 소모한 터라 공간 이동 마법으로 따라가기에 무리였다.

"다음에 만난다면… 반드시!"

5

카앙!

레이지의 프로스트 엣지와 세리타의 단검이 서로 맞부딪치며 빛이 퍼져 나갔다. 레이지는 왼손바닥 위에 떠오른 화염구로 세리타의 옆구리를 노렸지만, 그녀는 잽싸게 알아채더니 뒤로 공중제비를 돌며 볼트를 연달아 발사했다.

"쳇!"

레이지는 블링크를 연달아 시전하며 그녀와의 거리를 벌렸다. 예전보다 훨씬 빨라진 연사 속도 때문에 근접전을 벌이기 까다로웠다.

30분이 넘게 전투가 진행되었지만 어느 한쪽의 유리함 없이 시간만 흘러갔다. 세리타의 법의는 여기저기 베이고 찢겼지만 남아 있는 부상은 하나도 없었다.

레이지는 몇 번이나 세리타에게 치명상을 입힐 기회를 붙잡았지만, 자신의 후방을 보호 중인 쉐스 때문에 차마 시도하지 못했다.

'만약에 부상이라도 입혀 체포라도 할 수 있으면 모를까, 진짜 난감해.'

세리타가 지니고 있는 재생 능력이 강화된 탓에 뼈가 드러날 정도의 부상을 입혀도 10초 정도만 지나면 아물어 버렸다. 물론 '융합'이나 '침식'을 사용한다면 쓰러뜨릴 수야 있지만, 상대의 목숨을 보장하지 못한다. 사자 부활 마법으로 되살아난 그녀는 힘을 조절하면서 이길 수 있을 수준의 적이 아니었다.

"쉐스, 넌 나설 생각 마."

"……"

레이지는 장봉 제리온을 꺼내는 쉐스에게 손짓으로 물러서라고 명령했다.

"지금의 네 눈, 진짜 가관이야. 척 봐도 망설이는 티를 팍팍 내는 주제에 어떻게 상대하겠다는 거야? 방해만 된다고!"

"이건 제 역할입니다."

"엘레노어는 널 나에게 맡겼어. 네가 죽으면 무슨 면목으로 네 스승을 대하란……"

피융! 피융!

두 발의 볼트가 레이지와 쉐스를 노리고 각각 발사되었다. 레이지는 블링크로 피할 수 있었지만 쉐스는 오른쪽 허벅지를 붙들고 쓰러져 버렸다.

"쉐스!"

"괜찮… 습니다."

관통당한 부위에서 흘러나온 피가 새하얀 법의를 붉게 물들었다.

레이지는 입을 굳게 다물더니 결심을 굳혔다.

어차피 상대는 이미 죽은 몸이나 마찬가지, 살려둔다 해도 길어봤자 몇 년밖에 못 살 뿐더러 죽기 전으로 되돌아가는 건 불가능하다. 애초부터 결론은 하나밖에 없었다.

레이지는 프로스트 엣지를 양손으로 움켜쥐고서 오른손으로 오러를, 왼손으로는 마법을 구현했다. 두 개의 서로 다른 힘이 융합되면서 프로스트 엣지를 휘감았다.

"하아앗!"

레이지는 프로스트 엣지를 치켜들고 세리타를 향해 돌진했다. 20미터의 간격이 순식간에 좁아지면서 두 사람의 힘이 또 한 번 격돌했다. 하지만 이전과 달리 세리타의 몸이 힘에 밀려 허공에 붕 떠올랐다.

피융!

그녀는 공중에 뜬 채로 크로스보우를 움켜쥐고 볼트를 발사했다. 레이지는 피하지 않고 되려 발사 방향에 맞춰 다시 한 번 뛰어올랐다.

"크윽!"

왼쪽 어깨 깊숙이 볼트가 박혔지만 레이지는 개의치 않고 검을 찔러 넣었다. 검끝에 그녀의 오른쪽 팔꿈치 안쪽을 찌르자 주저하지 않고 검자루를 쥔 손을 옆으로 휘둘렀다.

잘려 나간 그녀의 오른팔이 핏방울을 흩뜨리면서 땅바닥에 나뒹굴었다. 절단면에서 연기가 피어오르며 빠르게 상처가 아물었지만 팔 자체가 재생되지 않았다.

"세리타!"

"방해하지 마!"

레이지는 뒤에서 달려오는 쉐스에게 검끝을 겨누었다.

"그녀를 살릴 수 있다면 막지 않겠어."

"…저에게 맡겨 주십시오!"

"그렇게 고집 부릴 때가 아니야!"

둘 사이의 실랑이가 이어지는 사이, 바닥에 쓰러져 신음하던 세리타가 천천히 몸을 일으켰다. 그녀는 벌벌 떨면서 크로스보우를 왼손에 움켜쥐고 들어 올렸지만, 레이지가 만들어낸 바람에 밀려 다시 한 번 나뒹굴었다.

레이지는 쉐스를 강하게 밀쳐내고서 세리타를 향해 돌진했다.

"……!"

하지만 급하게 멈춰 서더니 블링크를 써서 뒤로 물러섰다.

"커… 억……."

그녀의 가슴을 뚫고 나온 날카로운 얼음창의 끝이 피에 흠뻑 젖어 있었다.

"휴우, 하마터면 좋은 실험체를 넘겨줄 뻔했군."

세리타의 허리가 숙여지며 등 뒤에 있던 노인의 웃음이 울려 퍼졌다.

"너에게 들인 공을 생각한다면 정말로 아쉽지만, 이 방법밖에 없구먼."

"세리타아아아!"

레이지를 앞질러 쉐스의 봉끝이 노인을 향해 내질러졌다.

하지만 마나의 장벽에 밀려 튕겨 나갔고 쉐스는 봉을 움켜쥔
채 땅바닥을 굴렀다.

"그리 분노할 필요는 없다네. 어차피 이 실험체의 수명은
한 달도 안 남았으니까."

"네가 바르가스인가?"

블링크로 바르가스의 뒤에 나타난 레이지가 재빠르게 검
을 찔러 넣었다. 하지만 마나의 장벽 안쪽에서 솟아오른 바위
를 박살 낼 뿐이었다. 레이지가 재차 공격을 시도했지만 바르
가스는 잽싸게 블링크를 연속으로 구사하면서 거리를 벌렸
다.

"호오? 꽤 특이한 흐름의 마나인데? 자칫 잘못했으면 실험
체와 같은 운명이 될 뻔했어."

레이지는 바르가스를 쫓으려 했지만, 공간 이동 마법이 이
미 완성된 후였다.

"성과는 충분히 거두었으니 이몸은 이만 물러나겠네. 하지
만 다음에는 호락호락하게 물러나지 않을 것이야……."

보라색 빛과 함께 바르가스가 사라지자 레이지는 쉐스 쪽
으로 고개를 돌렸다.

"세리타! 괜… 괜찮은 거지? 그렇지?"

큰 구멍이 뚫린 세리타의 가슴에서 피가 멈추지 않고 계속
흘러내렸다. 쉐스는 쓰러진 세리타의 상체를 일으켜 세운 뒤
힐링을 멈추지 않고 시도했지만 출혈은 멈추지 않았다.

"쉐스, 그녀의 재생이 발동하지 않는다는 이야기는……."

이미 죽음에 거의 임박했다는 의미였다.

"아닙니다. 세리타는 제가 반드시 살리겠습니다. 이대로… 허무하게 죽을 수 없습니다. 그녀만큼은!"

그녀를 안고 있는 쉐스의 법의가 온통 피로 물들었다. 또 다시 찾아오는 죽음에 세리타의 눈동자는 이미 빛을 잃은 지 오래였다.

"성지로 가던 널 막지도 못했는데… 반드시 구해주겠다고 약속했는데……."

쉐스의 입에서 흐느끼는 목소리가 흘러나왔다. 그의 얼굴은 어느새 눈물투성이가 되어버렸다.

레이지는 어깨에 박혔던 볼트를 뽑아낸 뒤 쉐스의 옆에 섰다.

"신이시여… 베르시아님이시여!"

쉐스는 세리타를 두 팔로 강하게 껴안더니 하늘을 향해 고개를 쳐들었다.

"제발 저에게 힘을… 그녀를 구할 수 있는 힘을 주십시오!"

"쉐스……."

"그 어떤 것도 저에게 필요 없습니다! 세리타를… 제발!"

바로 그때.

빛의 기둥이 하늘에서 내려와 쉐스와 세리타를 감쌌다.

시야를 뒤덮는 강렬한 빛에 레이지는 두 눈을 감고 고개를 옆으로 돌렸다.

'이 느낌은?

온몸을 감싸는 따듯한 느낌과 함께 고통이 사라지며 마음이 가라앉았다. 눈을 뜨자 빛기둥 안에 있는 쉐스와 세리타를 볼 수 있었다.

'이건… 이제까지 느껴본 그 어떤 신성력보다 강렬해. 도대체 무슨 일이 일어난 거지?'

쉐스의 법의를 붉게 물들인 피가 서서히 옅어지더니 입자가 되어 허공으로 사라졌다.

그의 몸 이곳저곳에 난 상처가 순식간에 아물었고, 세리타의 가슴에 새살이 돋아나면서 관통된 부위를 매웠다.

"나, 나는……."

"세리타?"

"쉐스……?"

"날 알아보겠어?"

"응……."

대답을 들은 쉐스는 세리타를 강하게 껴안았다.

그녀는 강렬한 빛 속에서도 두 눈을 뜬 채로 하늘을 바라보았다.

"기나긴…… 악몽을 꾸었어."

"……."

"성지로 돌아간 이후 나는… 내 손으로…… 많은 이들을 죽이고, 교황의 명을 따라……."

"그만! 그건 모두 꿈일 거야. 아니, 꿈이 맞아. 그러니 괴로워하지 마."

쉐스는 기쁨에 겨운 나머지 그저 세리타를 품에 안을 뿐이었다.

하지만 행복은 오래가지 못했다. 세리타의 몸이 발끝부터 점점 투명해지더니 이내 입자로 변해 허공으로 사라지기 시작했다.

"어, 어떻게 된 일이지?"

"나… 이제 알았어. 난 이미 죽었던 거야. 그래서 날 구하기 위해 베르시아님께서… 당신이 있는 곳으로 부르신 거야."

점점 사라지는 육체와 반대로, 그녀의 입가에는 옅은 미소가 자리 잡았다.

"난 그릇된 힘으로 되살아난 몸이야. 그렇기 때문에… 그분의 힘으로 사라져야 올바른 거야……."

"그럴… 리가."

세리타는 오른손으로 쉐스의 뺨을 살며시 어루만졌다. 그러나 이내 투명해지면서 사라졌다.

쉐스는 그녀가 살아났다는 기쁨이 잠시뿐이라는 절망에 사로잡혀 말을 더듬거렸다.

"쉐스, 정말로 고마워……."

"세리타!"

"그 로자리오… 간직해 줘……."

그 말을 끝으로 세리타의 육체는 완전히 사라져 빛기둥 속으로 스며들어 갔다.

쉐스는 멍하니 하늘을 향해 고개를 들었다.

방금 전까지만 하더라도 그녀의 생존을 기뻐하던 사실이 꿈처럼 느껴졌다. 멈췄던 눈물이 뺨을 타고 다시 흘러내리기 시작했다.

"베르시아님이시여! 제발… 세리타를 살려주십시오!"

쉐스는 목이 터져라 베르시아와 세리타, 두 이름을 외쳤다.

하지만 아무런 대답도 돌아오지 못했다. 레이지는 그의 어깨에 손을 대려고 내밀었다가 닿기 직전에 거두었다. 그 어떤 말과 행동으로도 지금의 그를 위로할 수 없었기 때문이다.

"신이시여… 제발……."

7

"저, 저 빛은!"

"오오… 말로만 듣던 정화(淨化)가 분명해!"

"베르시아님이시여!"

신도들은 성곽 위에 출력되는 화면을 바라보며 경외감에 몸을 부들부들 떨었다.

공중도시 바르디아에서 뿜어져 나온 빛기둥과 달리, 쉐스를 중심으로 퍼져 나간 신성한 빛은 상대적으로 작은 범위에 불과했다. 하지만 죽음의 군대를 포함한 모든 것을 불태우는 빛과 달리, 죽음의 군대만을 소멸시킴과 동시에 상처입고 쓰러진 동물들을 다시 일어서게 만들었다.

"성자(Saint)……."

베아트리체는 교단의 역사서에 기록된 단어 하나를 떠올렸다.

'진정으로 누군가를 위해 희생할 수 있는 마음을 지녀야만 이 도달할 수 있다고 알려진…….'

신도들은 기쁜 목소리로 베르시아의 이름이 연호했다.

하지만 베아트리체는 죽음의 군대로부터 구원받았다는 안도감 대신 두 남녀의 슬픈 결말을 가슴에 품고 성호를 그었다.

그녀가 할 수 있는 건, 신의 품으로 떠나간 세리타와 기적을 일구어냈음에도 그 누구보다 슬퍼해야 하는 쉐스를 위한 기도뿐이었다.

"지금, 당신의 품에 안긴 어린 양을 가엾게 여기시어……."

Chapter 78
목적의 변화

1

베르시아 신성력 1394년 11월 5일.

"페르디어스의 성자?"

"네, 예하."

"그 망할 마법사가 결국 일을 저질렀군."

제이콥스 추기경은 교황의 말투가 거칠어지자 슬그머니 뒷걸음질을 쳤다. 대외적으로 교황의 이미지가 높아짐과 정반대로 보이지 않는 곳에서의 횡포가 극에 달했다. 교황이 던진 물건 때문에 생긴 멍만 해도 제이콥스의 법의 안쪽에 수도 없이 자리 잡았다.

"바르가스로부터 연락은?"

"저, 그게… 조만간 돌아오겠다는 전달만 받았습니다."

"그래도 최소한의 도리는 지켜주니 다행이군. 휴우……."

교황은 양 옆에 서 있는 복사의 도움을 받으며 법의를 걸쳤다. 사자 부활 마법으로 되살아난 두 소년의 눈동자에는 활기라곤 찾을 수 없었다.

"지하 강당에 모인 인원은 현재 몇 명이지?"

"어제 35명을 추가해 1,200명을 넘어섰습니다."

"그래, 좋아. 아주 잘 되어가고 있어."

"하지만 예하의 방침에 항의하는 사제들의 수가 늘어나고 있습니다. '베르시아' 님의 이름을 너무 함부로 남용하는 것이 아니냐는……."

"죽음의 군대가 설치는 와중에 아무것도 못한 이들이 말만 많군."

대륙에서 가장 평화롭다고 알려진 공중도시 바르디아는 광신도의 밀집지로 바뀐 지 오래였다. 자신들이 가진 재산과 지위를 모두 내놓은 이들은 베르시아과 교황 안드레아를 칭송하는 목소리를 높였다. 그리고 자연스럽게 신보다는 신의 힘을 빌어와 자신들을 구해준 교황을 섬기는 쪽으로 변모했다.

일반 신도 사이에서 교황의 지지가 하늘을 찌를 듯 끝을 모르고 올라가는 반면, 성직자 사이에선 뭔가 심상찮은 분위기가 퍼지고 있었다. 철저한 함구령으로 막아뒀던 여러 비밀이 조금씩 새어 나갔고, 과연 교황이 무엇을 추구하려는지에 대해 의심을 품기 시작했다.

'아무리 너희들이 머리를 굴려봤자 신이 되고자 하는 나의 고상한 야망을 알아챌 리 없지. 그저 나의 선한 이미지가 부각되는 것에 트집 잡으려는 수준에 불과하니.'

교단 내 사제단의 여론이 결코 호의적이 아님에도 교황 안드레아는 조급하게 대처하지 않았다. 그저 자신은 신의 뜻을 따를 뿐이라는 원론적인 대답만 반복함과 동시에 지금은 서로 의견다툼을 할 때가 아니라고 충고했다.

실제로 교황은 신도들로부터 거두어진 막대한 양의 성금 내역과 사용처를 매일 공개하면서 금전적으로 그 어떤 사욕을 부리지 않았음을 드러냈다. 또한 여성을 탐하지 않았으며, 각 나라 수뇌부에게 그 어떤 이권도 요구하지 않았다. 결국 사제단은 교황의 입지가 너무 커지는 것에 대한 견제 역할밖에 되지 못했다.

"발렌시아 왕국 측의 답변은?"

"아직 없습니다."

"그렇다면 예정대로 진행하면 되겠군. 어차피 그 나라만큼은 순순히 굴복할 거라 기대하지 않았으니."

페르디어스 왕국은 여러 요건상 맨 마지막에 처리할 곳으로 정해놨기에, 지금 교황에게 가장 큰 문제점은 발렌시아 왕국이다. 죽음의 군대가 가장 활개 치는 나라임에도 왕 줄리앙이 끝내 포기하지 않고 버티는 이상 직접 손을 쓸 필요가 있다고 판단했다.

"제이워드의 제자 레이지는 어떻게 하실 작정입니까?"

"급한 쪽은 내가 아니라 그 소년이다. 굳이 먼저 나설 이유는 없다."

지난 번 페르디어스 왕국에서의 일은 바르가스의 제안으로 진행된 결과였다. 애초부터 큰 기대를 걸지 않았을 뿐더러, 미약한 지원에도 불구하고 베르오나 성을 거의 포위할 정도의 성과까지 이른 것에는 솔직히 감탄할 정도였다.

문제는 인간들에게 존재했던 유일한 희망이 두 개로 나뉘어졌다는 변수의 등장이다. 지금이야 교황 쪽에 훨씬 더 많은 이들이 기대고 있지만, 사람의 마음만큼 변덕이 심한 것은 없다.

'정 일이 뒤틀어진다 싶으면 또 한 번 시간을 되돌리는 방법이 남아 있어. 덧칠된 시간의 경계선이 11월 6일이니……'

이전의 시간대처럼 절대 피할 수 없는 위기에 봉착한다면, 분노에 몸을 떠는 이들을 눈앞에 두고 유유히 11월 6일 이후로 돌아가면 된다.

교황은 두 눈을 감고 이전 시간대의 기억을 떠올렸다.

'그때는 내가 쫓기는 입장이었지. 하지만 지금은 달라. 당시의 회귀가 선택이 아닌 필수였다면, 내일 이후에 있을지도 모르는 회귀는 더 완벽한 승리를 위한 여유이지.'

2

"……베르시아의 이름으로."

기도문을 마친 쉐스는 성호를 그었다.

베르오나 성 근처에 임시로 설치한 성당에서 홀로 기도를 끝낸 쉐스의 얼굴에는 예전과 달리 비장함이 서려 있었다.

성자로 각성한 쉐스의 신비로운 힘 덕분에 페르디어스 왕국에 다시 한 번 찾아왔던 위기는 해결되었다. 절망에 빠진 신도들 앞에서 보여준 그의 빛은 '베르오나 성의 기적'이라는 이름으로 서서히 퍼지기 시작했다.

그 후 며칠 사이에 페르디어스 왕국 내 분위기는 극적으로 변하기 시작했다. 그동안 금지되었던 베르시아교가 허락된 것을 필두로 어두운 지하 묘지에서 미사에 참석하던 신도들이 양지로 나올 수 있었다.

사랑하는 이의 죽음을 계기로 성자로 각성한 쉐스의 이야기는 많은 이들의 공감은 얻어냈고, 교황 안드레아와는 다른 의미의 희망으로 떠올랐다.

"쉐스, 괜찮니?"

"네."

쉐스는 등 뒤에서 들리는 목소리에 짧게 대답하고선 천천히 일어섰다. 기도에 방해되지 않게 일부러 침묵을 지켜준 두 사람에게 살짝 고개를 숙인 후 성당 밖으로 나갔다.

"너무 안쓰러워."

엘레노어는 쉐스가 차라리 방에 홀로 틀어박혀 구슬프게 울기를 바랐다. 비극을 겪었음에도 슬픔을 드러내지 않는다는 건 마음 한구석이 망가졌다는 반증이기에.

그녀와 같이 온 레이지는 쉐스가 온몸에 두르고 있는 '색깔'이 맘에 걸렸다. 그녀의 죽음을 영원히 추모하겠다는 의미로 쉐스는 그날 이후로 검은색 법의를 걸쳤다.

"저 녀석은 이제 나와 같은 길을 걷게 되었어."

"어떤 의미로?"

"이전까지는 누군가를 지키기 위해서 싸웠다면, 앞으로는 무언가를 갚기 위한 처절함에 뛰어든 거야. 옛날의 나와 많이 닮았다고 예전부터 생각했지만, 이런 부분까지 따라오는 건 원치 않았어."

그동안 잘 짜여진 계획 속에 동료들을 배치하던 레이지는 쉐스에 대해서만큼은 아무런 지시를 내리지 않았다. 옛날 스승 샤를로트의 무덤 앞에서 평생에 걸친 복수를 맹세했던 과거의 자신과 쉐스의 모습이 서로 겹쳤기 때문이다.

"이번 일은… 잘된 건지 아닌지 솔직히 모르겠어. 결과적으론 생각 이상의 성과를 거두었지만, 이런 식의 전개는 결코 좋지 않아."

다행히 쉐스는 감정에 휘말려 이성을 잃지 않았다. 오히려 레이지의 예상보다 훨씬 훌륭하게 대처하며 '페르디어스의 성자'로서 움직였다.

교황처럼 함부로 신의 목소리를 들었다고 언급하지 않았다. 신도들에게 방향을 제시하지 않고 모든 것은 그저 신의 뜻대로 이루어질 거라는, 평이하면서도 가장 무난하게 흘러가는 분위기를 만들어냈다.

그럼에도 레이지의 마음은 무겁기만 했다.

"그나저나, 쥴리앙 녀석… 도대체 무슨 생각이야?"

원래 레이지가 세웠던 계획은 페르디어스 왕국에서 전력을 다듬은 후 발렌시아 왕국을 죽음의 군대로부터 해방시킬 작정이었다. 하지만 엘레노어가 어젯밤 알려준 이야기는 그의 계획과 다른 방향으로 전개되고 있었다.

"수도 전체를 하나의 거대한 마법진으로 구성할 계획이라니. 전혀 낌새도 없다가 이제 와서 일방적으로 통보하는 건 무슨 의미야?"

쥴리앙은 공중도시 바르디아를 마법진으로 일시적이나마 정지시킨 뒤 비공정을 통해 직접 뛰어든다는 전면전을 제안했다.

"나와 이야기했어."

"나만 빼놓고?"

"홀로 떨어져서 수련하느라 바빴던 너에게 다른 쪽으로 신경 쓰지 않도록 나름대로 배려한 거야. 그리고 시간은 결코 우리 편이 아니야. 특히 쥴리앙에겐 일 분 일 초가 아깝지."

교황의 정화는 발렌시아 왕국과 페르디어스 왕국 두 곳을 제외하곤 거의 대부분의 영토에서 죽음의 군대를 몰아내기에 이르렀다. 그 이야기는 반대로 두 나라처럼 위험에 노출된 곳이 없다는 결론에 도달한다.

"이곳이야 산맥으로 둘러싸여 있고, 지난번 쉐스의 활약 덕택에 죽음의 군대로부터 안전한 지역이야. 그렇다고 여기에서 죽치고 있어봤자 나아질 건 없어."

"그래서 발렌시아 왕국으로 갈 예정이었잖아? 하지만 직접 교황을 끌어들이는 것과는 명백히 다르다고. 게다가 이 마법진의 작동 방식이라면, 마법사 한 명은 무조건 남아서 직접 발동시켜야 한다고. 설마……."

"현역에서 물러난 지 꽤 오래되었지만, 쥴리앙은 엄연한 매직 유저야. 교황과의 일대일 대담을 미끼로 승부수를 던지겠데."

"나보고 친구가 목숨을 내던지겠다는데 보고만 있으라는 말이야?"

한 나라의 왕이기 이전에, 그에게 있어서 쥴리앙은 함께 사선을 넘나든 전우다. 제이워드였을 때도, 그리고 레이지인 지금에도 변함없이 도움을 받는 입장에서 친구가 위험한 승부수를 던졌으니 가슴이 답답하기만 했다.

"더 이상 난 죽음을 향해 달려가는 친구의 등 따위, 보고 싶지 않아."

그에게 영원히 잊히지 않을 데릭의 마지막 모습을 레이지는 다시 떠올렸다. 만약 그때로 다시 돌아갈 수만 있다면 절대 그런 식으로 데릭을 보내진 않았을 것이다.

"엘레노어, 뭔가 이상해."

레이지는 벽에 등을 기댄 채 베르시아를 상징하는 거대한 십자가를 응시했다.

"난 20년 넘게 대륙 전쟁에 참여하면서 쓰러져 간 많은 동료들을 아직도 기억해. 그들의 희생으로 살아난 내가 너무 싫어서, 다시는 그렇게 목숨을 잇고 싶지 않아 나 스스로를 희생하기로 결심했어. 그런데, 왜……."

막상 다른 이들의 희생을 밑바탕으로 전진하고 있는 지금이 너무나 슬프게 느껴졌다.

"제이워드, 고민은 네 역할이 아니야. 그건 다른 사람들에게 맡기고 넌 너만이 할 수 있는 일에 전념하는 편이 좋아."

중년에서 소년으로, 유일한 아크메이지에서 100년 만에 등장한 워락으로……. 그녀가 알고 있는 '그'는 변화했지만 동료들의 희생에 마음 아파하는 부분만큼은 결코 바뀌지 않았다.

'프레드릭의 이야기를 꺼낸다면 넌 더 슬퍼하겠지.'

엘레노어는 가슴속 깊은 곳에서 치밀어 오르는 감정을 애써 억누르며 성당 밖으로 나왔다.

3

"자, 이제야 완성되었어."

페일은 두꺼운 마법서를 탁자 위에 툭 내려놓았다.

마리에타는 표지를 펼쳐 페이지를 휘리릭 넘기며 내용을 확인했다. 그녀의 손가락에 닿은 문자들이 빛을 발하며 어두운 방 안을 밝게 비췄다.

"그런데 이거 그 녀석이 가지고 있는 것과 같은 종류 아냐? 구하느라 꽤나 고생했을 텐데?"

마리에타는 자신이 요청한 내용과 들어맞는지 확인하느라 고개만 끄덕거려 대답할 뿐이었다.

"하긴 베이그란트의 서가 돈만 준다고 쉽게 얻을 수 있는 성질의 물건이 아니니……. 고충이 상당했겠어."

"확실히 제가 말한 대로 완성되었죠?"

"난 다른 건 몰라도 마법에 관해서는 장난치지 않는다고. 잘 알잖아?"

"후훗, 덕분에 고생깨나 했지요. 스승님에게 배울 때에도 이 정도는 아니었어요."

"힘들고 괴로운 만큼 성과가 나오게 마련이지. 마법 수련이든, 아니든 간에 말이지."

페일은 오른손 검지 끝에 작은 불을 만들어 물고 있던 여송연에 불을 붙였다. 연기를 내뿜는 표정에서 피곤함이 고스란히 드러났다.

"지치셨나요?"

"기본 틀을 그대로 유지한 상태에서 각기 다른 제약을 복잡하게 거는 일이 쉽지는 않잖아?"

자신의 오러와 마법 능력을 포함해 생명을 대가로, 단 한 번 절대적인 일격을 넣을 수 있는 마법을 레이지는 요구했다.

결국 엘레노어는 페일의 도움을 받아 그 마법을 완성했지만, 레이지가 눈치채지 못하게 살짝 '조건'을 바꿨다. 그걸 보다 못한 마리에타는 페일에게 다른 '조건' 하에 발동하도록 또 하나의 마법을 만들어달라고 부탁했다.

"그 레이지라는 녀석, 도대체 어떤 놈인지 알 수가 없어. 그 녀석의 제자이니 잘났다는 건 인정해. 나이에 걸맞지 않게 판단력도 좋고, 마치 스승마냥 사람들을 잘 이끌기도 하고."

"확실히 나이에 걸맞지는… 않죠."

마리에타는 말끝을 흐리면서 급히 몸을 옆으로 돌렸다. 혹시라도 레이지가 제이워드라는 단서를 드러냈을까 하는 두려움 때문이었다. 정작 페일은 아무런 눈치도 못 챘지만.

"아가씨와 동갑이라는 게 솔직히 아직도 안 믿겨. 뭐, 반대로 생각하면 제이워드가 제자 하나만큼은 확실히 골랐다고나

할까?"

"당신의 제자이자 동시에 저의 스승님인 엘레노어님은 요?"

"잠깐, 곰곰이 생각해 보니 자존심이 팍 구겨지는데? 난 여전히 서클 6인데 제자라는 애는 아크메이지고. 나도 오래 살 수만 있다면 작정하고 수련에 몰두하겠는데 말이야. 에잉……."

그는 담배 연기를 연달아 뿜어내며 못마땅한 표정을 지었다.

"뭐, 가르치는 쪽에서 제이워드를 능가하면 되겠지? 아가 씨까지 아크메이지가 된다면, 난 역사상 유례없는, 두 명의 제자를 경지에 도달케 한 장본인이 되는 거야. 그것만으로도 마법 관련 역사서에 길이길이 남겠는걸?"

"제가요? 무리예요."

"아까 말했지? 난 마법에 대해서만큼은 마음에 없는 소린 꺼내지도 않는다고. 아직 머리에 피도 안 마른 주제에 아크메 이지가 된 인간 쪽이 비정상이라 생각되지 않아? 아무튼 말이야, 앞으로 꾸준히 노력을 멈추지 않는다면 분명히 도달할 거야."

금세 확 풀린 얼굴로 너스레를 떠는 페일 앞에서 마리에타 는 가벼운 웃음을 터뜨렸다. 요 근래 비공정 내 분위기가 너무나 비장했던 터라, 다른 일행과 거리감을 두고 있는 페일

앞이 오히려 편안했다.

마리에타는 새로운 마법이 적힌 베이그란트의 서를 집어 들고서 페일에게 정중하게 허리를 숙여 인사했다.

"너무 늦은 감이 없진 않지만… 절 가르쳐 주셔서 정말 감사합니다. 이번 일도 포함해서요."

"새삼스럽게 왜 그래? 딱히 고맙다는 말 따위 듣고 싶어서 한 일은 아니라고. 난 내 이름을 역사에 남기고픈 욕망에 따라 행동하는 것뿐이야."

"그래도 정말로 고마워요."

"그 이야기는 이걸 쓰고 난 뒤에 해도 충분해. 가급적 쓰지 않는 쪽으로 선택하길 바라지만."

물론 엘레노어에게 만들어준 마법에 비하면 훨씬 낫지만, 자신의 힘을 남을 위해 모두 쏟아붓는다는 개념 자체를 좋아하지 않았기에 페일의 입술 끝이 살짝 일그러졌다.

"아, 이전부터 말하려고 했는데……."

"네?"

밖으로 나가려던 마리에타를 붙든 페일은 여송연을 탁자 위에 비벼 껐다.

"아가씨는 남자 운이 좀 안 좋은 거 같아."

"그런가요?"

"그 애와 마찬가지로 일정선 이상 넘어오지 않으려는 남자 때문에 고민하는 모습이 안타까워서 그래. 아가씨 정도 되는 여자가 뭐가 아쉽다고 그런 녀석에게 매달리는 거야?"

"스승님과 그런 부분이 묘하게 닮았네요."

사실 닮은 정도가 아니라 같은 사람에게 동일한 감정을 품고 있었지만 절대 알려져서는 안 되는 사실이기에 웃음으로 흘려 넘겼다.

"그 마법을 썼는데도 그놈이 요리조리 빠져나갈 궁리한다면, 당장 차버려. 남자로서 수치야."

"후훗, 명심할게요."

4

보르가이나 성.

대륙 전쟁 당시 가장 치열했던 전장이었던 '보르가이나 공성전'의 무대이자 크루디아 제국의 몰락을 상징하는 곳이다.

그 어떤 침략도 허용하지 않았던 두터운 성벽은 제국의 패배 이후 완전히 무너져 내렸다. 그로부터 7년이 지난 지금 허름한 성터만이 남아 얼마나 치열한 전투였는지 증명하고 있었다.

"데릭 경, 오래간만입니다."

프레드릭은 수많은 이들의 피가 스며든 평야에 홀로 서서 고인이 된 전우의 흔적을 방문했다.

"진작에 찾아왔어야 했는데……. 죄송할 따름입니다."

너무나 많은 이들이 죽어간 곳인지라 이름만 적힌 십자가들이 촘촘히 박혀 있었다.

프레드릭은 유일하게 검이 박힌 장소에서 한쪽 무릎을 꿇었다. '그'가 마지막 순간까지 손에 쥐고 있던 검이었다.

나의 영원한 전우 데릭, 신의 품으로 돌아가다.

제이워드.

짤막하지만 그 어떤 문장보다 그를 잘 설명해 주는 글귀가 검 앞에 놓인 방패 위에 새겨져 있었다.

"당신의 고귀한 희생 덕분에 저희들은 어렵던 전투를 승리로 이끌 수 있었습니다. 너무나 고마웠습니다."

프레드릭은 두 눈을 감고 생각에 잠겼다.

어두워진 시야가 환히 밝아지더니 아무것도 없는 허허벌판이 수많은 시체로 뒤덮였던 7년 전으로 돌아갔다.

제이워드는 피투성이가 된 데릭을 바라보며 고개를 숙였다. 20여 년간 전쟁 속에서 살아오면서 메말라 버린 눈물을 동료들 앞에서 보였던 처음이자 마지막 모습이었다.

순간 위에서 불어오는 바람에 프레드릭은 천천히 눈을 떴다. 보르가이나 성 깊숙한 곳에 홀로 날아갔던 트레이지아가 타고 온 와이번을 조종하면서 조심스럽게 내려오고 있었다.

그녀의 손에는 나무줄기가 칭칭 감긴 한 자루의 검이 쥐어져 있었다.

"이것이 당신이 찾던 그 검, 맞나요?"

"네."

프레드릭은 검을 건네 받고선 검자루를 가볍게 움켜쥐었다.

그의 손에서 퍼져 나간 오러가 검집에 머물자 봉인의 용도로 쓰였던 나뭇가지들이 새까맣게 재로 변하면서 아래로 후두둑 떨어졌다.

"이 검을 다시 손에 쥐게 될 줄은 몰랐는데……."

마검(魔劍) 다크블로우.

제이워드와 함께 탐사했던 유적에서 발굴한 무기로서, 보는 것만으로도 소름이 돋게 만드는 특유의 검은색 기운이 특징이다.

프레드릭은 난공불락이라 여겨졌던 보르가이나 공성전에서 다크블로우를 휘두르며 승리의 한몫을 담당했다. 하지만 검의 위력이 사실은 소유자의 생명력을 대가로 발휘된다는 사실을 제이워드가 밝힌 이후론 보르가이나 성 근처에 봉인했다.

"정말 괜찮겠습니까?"

트레이지아는 검집 안에서 맴돌고 있는 다크블로우의 심상찮은 기운을 감지하고선 우려를 표했다.

"전 앞을 볼 수 없지만, 당신이 뽑아 든 검이 빨아들인 영혼과 피가 얼마나 많은지 느낄 수 있습니다. 그 검을 쥠으로서 강한 힘을 얻을 수 있음과 동시에 소중한 무언가가 희생될 것이 분명합니다."

"네, 당신의 말대로입니다."

프레드릭은 말을 돌리지 않고 순순히 인정했다.

"하지만 저에게는 시간이 그리 많지 않습니다. 전 희생이 아니라 가장 효율적인 방식을 취한 것에 불과합니다."

프레드릭은 옛날 자신과 같은 길을 앞서 걸어갔던 데릭을 떠올렸다. 당시에는 왜 그가 슬픔을 안겨주고 떠나는 쪽을 택했는지 이해할 수 없었지만, 지금은 달랐다.

"어찌 보면 그때 이 검을 봉인한 이유는 지금을 위해서가 아니었나 싶습니다."

프레드릭은 다크블로우를 수평으로 들고서 검집을 천천히 뽑았다. 오랫동안 갇혀 있던 검은색의 검날이 서서히 모습을 드러냄과 동시에 어두운 기운이 흘러나와 주변을 뒤덮기 시작했다.

"저에게 남은 일은 오직 하나, 이 검을 진정으로 사용할 때와 장소를 고르는 것뿐입니다."

Chapter 79
신의 이름에 맞서는 자들

1

베르시아 신성력 1394년 11월 7일.

공중도시 바르디아에 위치한 대성당은 여느 때와 마찬가
지로 수많은 신도들로 가득 차 있었다.

그들의 시선은 제단 앞에 홀로 서 있는 한 남자에게 몰려
있었다. 한동안 바르디아를 떠나 지상에서 신(新) 성지 개발
에 전념하던 성당기사단장 쉘턴이었다.

그는 제단 위에 놓여 있는 검에 눈을 떼지 못했다.

'드디어 나에게……'

성검 디바인세이버.

교단이 성립된 이래 성당기사단장에게만 전승되었다고 알려진 성물(聖物)이다. 하지만 대륙 전쟁 당시 분실된 이후 세상에 모습을 드러낸 적이 없었다.

"쉘턴 경, 그대에게 묻겠노라."

교황 안드레아는 디바인세이버를 쥐고서 제단 앞으로 내려왔다. 그리고 쉘턴의 왼쪽 어깨에 닿도록 비스듬히 내밀었다.

"그대는 베르시아님의 검으로서 살아갈 각오가 되었는가?"

"네."

"그 어떤 고난과 고통이 그대를 덮칠지라도 그분과 교단을 위해 일할 것을 맹세하는가?"

"맹세하겠습니다."

진지한 어조와 달리 쉘턴은 지금 당장에라도 디바인세이버를 손에 움켜쥐고픈 마음뿐이었다.

"그러면…… 베르시아님의 이름으로 성검 디바인세이버를 그대에게 하사하니, 앞으로 진행될 성전(聖戰)의 선봉장으로서 그대 쉘턴을 임명하느니라."

교황은 디바인세이버를 거두더니 두 손으로 쥐고서 쉘턴에게 건네 주었다.

쉘턴은 떨리는 손으로 디바인세이버를 받아 들자, 그의 입꼬리가 살짝 올라갔다. 하지만 이내 표정을 지우고 신도들을 향해 몸을 돌렸다.

그는 오른손으로 검자루를 쥐고서 왼손으론 검집을 움켜쥐었다. 그리고 디바인세이버를 지면과 수평이 되도록 돌린 뒤 검집을 천천히 빼냈다.

성스러운 빛을 발하는 검신이 모습을 드러내자 신도들은 일제히 성호를 그으며 디바인세이버의 새로운 주인인 쉘턴을 축복했다.

"형제자매 여러분, 성당기사단장 쉘턴 경에게 베르시아님의 가호가 함께하길 기도드립시다."

디바인세이버에서 뿜어져 나오는 찬란한 빛이 대성당 안을 가득 메웠다. 쉘턴은 양손으로 검자루를 움켜쥐고서 디바인세이버를 머리 위로 들어 올렸다. 그의 마음속에 지워지지 않는 열등감이 사라지는 순간이었다.

'더 이상 난 가르시아의 그림자 속에 살지 않아도 돼. 난 그 형제를 드디어… 넘어섰어.'

2.

하늘을 가르는 비공정의 갑판 위에 레이지는 홀로 서 있었다.

"줄리앙……."

구름같이 몰려든 인파의 환영 속에서 비공정이 베르오나

성을 떠난 지 하루가 지났다. 예정보다 일정을 훨씬 앞당긴 이유는 레이지의 전우 줄리앙의 단독행동 때문이었다.

발렌시아 왕국의 영토 대부분이 어느새 죽음의 군대로 인해 짓밟힌 지 오래였다. 신 성지 중 하나로 지정된 몰티온 백작령과 수도 프란시스 성만이 유일하게 죽음의 군대의 마수로부터 안전한 지역이었다.

그러나 프란시스 성 내의 인구는 하루하루가 지날 때마다 급격히 줄어드는 중이었다. 신의 이름으로 안전이 보장된 신 성지를 향해 피난을 떠나는 행렬이 길게 이어졌고, 고위층 일부는 영토와 지위를 버리고 공중도시 바르디아를 쫓아가기에 이르렀다.

일반 병사들마저 도망치는 판국에 이르자 성 내의 치안이 악화되어 빈민촌을 연상케 할 정도였다. 다급히 수도로 귀환한 그랜드마스터 마키스는 얼마 안 남은 경비병들과 함께 줄리앙이 머물고 있는 본성의 수비에 전념했다.

"다른 왕처럼 피신이라도 떠났으면 마음이라도 놓일 텐데……."

줄리앙은 최악의 상황에 직면했음에도 프란시스 성을 떠나지 않았다. 오히려 교황에게 최후통첩을 보내 직접 공중도시 바르디아를 이끌고 오도록 유도했다. 물론 다른 국가들처럼 교황과 손을 잡는다는 의미는 아니었다. 매직 유저들을 동원해 성 전체를 하나의 거대한 마법진으로 구성하고 바르디아가 오기만을 기다렸다.

　엘레노어를 통해 들은 쥴리앙의 계획은 간단했다.

　바르디아의 주 동력원인 마나 코어를 짧은 시간 동안 정지
시키고 그 사이 비공정이 와서 공격하는 방식으로, 마법진을
발동시킬 역할은 쥴리앙이 직접 담당한다는 내용이었다.

　"성공한다 해도 녀석의 안전을 보장할 수 없는데, 도대체
무슨 생각으로……."

　레이지는 직접 공간 이동 마법을 써서 쥴리앙을 데리고 올
생각까지 했지만, 엘레노어의 만류를 이겨내진 못했다. 레이
지와 직접 접촉한 모습을 만약에라도 들킨다면 기껏 쥴리앙
이 짜낸 계획이 수포로 돌아갈 수 있기 때문이다. 무엇보다
왕이 직접 성에 머물러야 회담의 장소로서 가치를 발휘한다.

　레이지는 발렌시아 왕국의 수도 프란시스 성이 있는 북쪽
을 바라보았다. 자신과 쥴리앙과의 거리가 이렇게 멀게 느껴
지기는 처음이었다.

　그가 상념에 잠겨 있는 사이, 한 남성이 함장실에서 나와
레이지를 향해 걸어왔다.

　"여기 계셨습니까?"

　"가르시아 경?"

　레이지 옆에 선 가르시아는 무표정한 얼굴로 하늘 위를 바
라보았다. 다섯 기의 와이번 라이더들이 비공정 주위를 맴돌
면서 주위를 경계 중이었다.

"왠지 옛날 생각이 나는군요."

레이지는 옛날 자신과 함께했던 전우의 얼굴을 떠올리며 가르시아를 바라보았다.

"지금으로부터 아마 6년 전이었을 겁니다. 보르가이나 공성전 이후 병력을 재집결해 거대 선단을 이끌고 대규모 상륙 작전을 진행 중이던…… 그때가 문득 떠올라서 말입니다."

먼저 가버린 데릭을 가슴에 품고서 강행했던 상륙 작전은 기울어져 가던 크루디아 제국에 결정타를 먹였다.

그리고 당시 제이워드와 함께했던 네 명의 동료는 '대륙의 다섯 영웅'으로 널리 알려졌다.

"형은……."

"네?"

"당신에게 있어서 형님은 어떤 사람이었습니까?"

비공정 멤버 중 지워진 미래에 대해 유일하게 기억하고 있어서일까. 가르시아는 다른 일행과 어울리지 않고 유독 홀로 겉돌았다. 자신이 알고 있는 사실이 많은 이들에게 부담감을 준다는 생각에 사무적인 경우를 제외하고는 이야기조차 나누지 않았다.

그런 그가 형 데릭에 대해 물어보자 레이지는 다소 의외라는 반응을 보였다.

"글쎄요. 그 어떤 대답을 하더라도 당신보단 잘 알지 못할 겁니다. 저와 데릭은 전우였지만 당신과 그는 형제이니까요."

레이지는 바람에 휘날리는 앞머리를 위로 쓸어 올렸다.

"하지만 이것 하나만큼은 확신할 수 있습니다."

바람을 정면으로 맞아서일까, 레이지의 눈가에 눈물이 살짝 맺혔다.

"그는 제가 알고 있는 누구보다 고귀한 기사였습니다. 전투가 벌어지면 항상 선두에 서길 마다하지 않았고, 때로는 든든한 벽이 되어 후방을 지켜주었죠. 디펜더(Defender)라는 아명이 너무나 잘 어울릴 정도로. 그에 반해 가르시아 경은 아무래도……."

"디펜더보단 어벤저(Avenger) 쪽이 어울릴 겁니다."

질문을 던진 쪽에서 대답까지 해버리자 레이지는 가볍게 미소 지으며 고개를 끄덕거렸다.

"비록 데릭과 저는 끝까지 함께하진 못했지만, 지금 당신이 제 옆에 있는 걸 보니 운명이란 묘한 것 같습니다. 불굴의 의지를 가진 그가 자신 대신 당신을 보냈다고 생각되곤 하거든요."

"전 형님을 생각하면 가슴이 무거워집니다. 지난 시간대는 물론이거니와 지금의 시간대에도 결국 지키지 못했으니……."

두 번이나 혈육의 죽음을 막지 못했다는 자책감.

전 시간대엔 스승을 평생 복수에 얽매이게 만들었고, 덧칠

된 지금의 시간대엔 비명에 가도록 보고만 있었다는 자괴감.

서로 다른 두 남자의 감정은 하나의 공감대를 형성했다.

"두 분 여기 계셨군요."

마리에타는 허리까지 내려오는 머리카락을 바람에 흩날리지 않게 붙들고서 레이지 곁으로 다가왔다. 그녀의 뒤를 검은 법의의 쉐스가 말없이 따라왔다.

'마치 6년 전 그때와 흡사하군.'

다섯 영웅으로 기록된 이들과 갑판 위에서 이야기를 나누던 때가 레이지의 뇌리에 떠올랐다.

대륙 전쟁이 끝날 때까지 당시의 다섯 명은 모두 살아남았다. 비록 각기 다른 길을 걸어간 결과 적으로 만난 이들도 있었지만, 그때가 그리워지는 건 어쩔 수 없었다.

"혹시 제가 방해됐나요?"

"아닙니다. 그저 옛날 일을 회상하며 추억에 좀 잠겨 있었죠."

레이지는 앞으로 있을 미래가 과연 어떤 모습으로 다가올지 상상했다.

본가에 걸려 있는 그림처럼 영웅으로 기록될 것인지, 아니면 패배해 배교자로 낙인찍혀 잔혹한 결말을 맞이할 것인지 혼란스러웠다.

'차라리 내 개인적인 복수로 끝날 수 있었다면 모를까, 인류 전체의 운명이 걸린 일로 확대되다니……'

실력있는 자들을 필요로 하는 마음과 반대로 가급적 예전의 자신과 관련 없는 자들마저 휘말리는 게 두려워졌다.

특히 자신이 제이워드라는 것을 알면서도 따라온 마리에타에 대해서는 복잡한 감정을 지닐 수밖에 없었다.

'지금이라도 관두라 말해도 돌아오는 대답은 뻔하겠지.'

고마움 이전에 미안한 마음이 마리에타를 보면 볼수록 커져만 갔다. 게다가 그녀가 품고 있는 감정을 떠올린다면 안쓰럽기까지 했다.

휘이잉.

돌연 바람을 가르는 소리와 함께 한 기의 와이번 라이더가 갑판을 향해 빠르게 내려왔다. 경계를 지휘하던 트레이지아는 타고 온 와이번을 안전히 착륙시킨 후 레이지에게 달려왔다.

"무슨 일입니까?"

"저 아래 저희를 따라오는 자들이 있습니다."

"······!"

레이지는 선수 가까이 다가가 고개를 아래로 내밀고서 시력을 증폭시켰다. 시야가 갑자기 확대되듯 변하면서 우거진 수풀이 한눈에 들어왔다. 레이지는 비공정 아래 숲을 샅샅이 살펴본 결과 재빠른 속도로 달려가는 마차 한 기를 발견했다.

"잠깐, 저건?"

"레이지!"

"형님 아니십니까?"

레이지가 멈춰 세운 마차에서 익숙한 얼굴이 나타났다. 덥수룩하게 기른 턱수염은 예전과 상당히 다른 인상을 주었지만, 그가 알고 있는 형 케이지가 분명했다.

"스승님까지……. 어찌 된 일입니까?"

"오래간만이구나, 레이지."

크루제이커는 반짝이는 머리를 한 번 쓱 훑으며 레이지를 살펴보았다.

"너, 뭔가 달라진 거 같다? 마나량이 좀…… 이 아니라 무지막지하게 늘어났는데? 그런데 마나 흐름이 매우 불안정하게 느껴지고……. 강해진 건지 약해진 건지 도통 종잡을 수가 없구나."

단번에 레이지의 변화를 알아챈 크루제이커는 오랜만에 만난 제자를 앞에 두고 이곳저곳을 살피기 시작했다.

"나중에 다 설명드리겠습니다. 우선은 이곳에 어떤 일로 오셨는지 궁금하군요."

교황이 길레터 왕국에까지 손을 댔다는 정보를 입수한 터라 크로이덴가를 포함해 자신을 지지하던 세력이 억압받을 거라 쉽게 예상되었다. 케이지와 크루제이커의 표정이 그리

밝지 못한 점도 레이지의 마음에 걸렸다.

"실은 말이다, 현재 왕국 내에서 너에 대한 수배령이 내려진 상태다."

"그렇습니까?"

"그리고 아버님께서… 투옥되셨다. 나와 크루제이커 경은 운 좋게 빠져나올 수 있었지만……."

케이지는 말끝을 흐리면서 고개를 떨구었다. 축 처진 어깨 아래 움켜쥔 두 주먹이 부들부들 떨고 있었다.

"다른 분들은 어떻게 되셨습니까? 마리에타 양의 가문인 포르테 가문에는 별일 없습니까?"

"투옥되시기 전에 아버님께서 뭔가 낌새를 챘는지, 그쪽 가문을 포함해 관련된 사람들에게 타국으로 피신하라고 언질하신 모양이다."

"할 말이 없군요. 저 때문에 다른 분들까지 피해를 보게 되다니……."

길레터 왕국이 교단과 손을 잡았다는 소식을 들었을 때, 레이지는 급히 아버지 케인즈에게 연락을 취하려 시도했다가 이내 그만두었다. 여러 정황을 따져 본다면, 협력의 전제 조건 자체가 레이지를 포함한 크로이덴 가문의 견제임이 불을 보듯 뻔했기 때문이다.

"아니다. 이건 네 탓이 아니야."

"네가 제이워드님의 의지를 물려받았다는 사실 하나만으

로 널 비난할 자는 없어. 그 망할 노인네들이 교단 측과 물밑 접촉하던 때부터 막았어야 했는데……. 제길!"

우드득!

크루제이커의 오러가 담긴 주먹이 두꺼운 나무를 단번에 박살 내버렸다. 그럼에도 분이 풀리지 않았는지 머리가 벌겋게 달아올랐다.

"레이지."

"네, 형님."

"조국을 떠난 입장에서 할 말은 아니지만, 우리들을 받아 줄 수 있겠느냐?"

"그 전에 물어볼 것이 있습니다."

레이지는 목에 걸린 펜던트를 매만지며 생각에 잠겼다.

정황상 이들을 거두어야 하는 분위기임은 분명했다. 하지만 이제 겨우 교단의 마수에서 벗어난 이들을 더 위험한 곳으로 선뜻 데려가기에도 망설여졌다.

"이쯤 되면 굳이 설명할 필요도 없겠지만, 저의 목표는 교단의 섬멸 그 자체입니다."

"이미 아버님이 투옥된 시점부터 나의 적은 교단이다."

"교단이 소유한 공중도시 바르디아와 정화라는 힘은 결코 얕볼 수 없습니다. 만약 저를 따라간 후 교단과의 결전에서 패배하게 된다면, 형님과 스승님은 역사에 길이 남을 배교자로 낙인찍힐 겁니다."

물론 교황의 야망이 이루어진다면 기존의 국가는 물론 인간 모두가 사라지기에 역사서 자체가 존재할 리 없겠지만, 굳이 그 부분까진 설명하지 않았다.

"이제까지 나름 운 좋게 승리를 쟁취했지만 이번만큼은 저도 어찌 될지 장담할 수 없습니다. 상대는 막강한 힘과 더불어 '신'의 의지와 뜻을 대변한다는 명분을 지니고 있습니다."

레이지는 신의 이름을 내세우는 교단에 맞선다는 의미를 부각시켰다. 그럼에도 두 사람의 눈빛에는 망설이는 기색이 조금도 엿보이지 않았다.

"레이지, 넌 제이워드님의 제자였지?"

"네."

"제이워드님이라면 어떻게 하셨겠나?"

크루제이커의 질문에 레이지는 뭐라 대답할 말을 찾지 못했다. '제이워드' 본인을 앞에 두고서 자신있게 물어보는 크루제이커의 시선을 그대로 받는 것 자체가 부담스러웠다.

"아마도 자신이 믿는 바를 따라 행동하라고 했을… 겁니다."

거리낌없이 자신의 정체를 숨긴 레이지라 해도, 이 두 사람을 대할 때엔 적지 않은 죄책감이 드는 게 사실이었다.

가능하면 자신을 제이워드가 아닌 레이지로만 알고 있는 자들을 더 이상 끌어들이기 힘들었다.

"그렇다면 난 너와 함께하겠다."

"정말 괜찮겠습니까?"

"제이워드님이 활약하셨던 당시의 난, 너무나 부족하고 미력했지. 이젠 그분은 다른 세상으로 떠나가셨지만, 그분의 의지를 물려받은 네가 있지 않느냐! 프레드릭 경에 비하면 한참 모자란 몸이지만, 어느 정도 도움이 되리라 믿는다. 안 그러냐?"

크루제이커는 레이지의 등을 두들기며 특유의 활기 넘치는 미소를 지었다.

"나 역시 크루제이커님과 같은 생각이다."

케이지마저 물러서지 않겠다는 의지를 표하자, 레이지는 어쩔 수 없다는 표정을 지으며 한숨을 내쉬었다.

"알겠습니다. 지금 당장 비공정으로 모시도록 하겠습니다."

"지금 당장? 저 먼 거리에 있는데? 그것보다 네 녀석의 서클로는 공간 이동 마법은 무리잖아?"

크루제이커는 오른손 검지로 하늘 위에 떠 있는 비공정을 가리키며 눈을 크게 떴다. 마법에 무지한 그에게도 공간 이동 마법으로 오고가기엔 턱없이 먼 거리라는 것 정도는 알 수 있었다.

"그 높은 곳에서 제가 어떻게 내려왔는지는 궁금하지 않습니까?"

"어… 그러고 보니……."

레이지는 오른손을 땅바닥에 대고 주문을 짧게 외었다.

그러자 세 사람을 둘러싸는 거대한 마법진이 빛을 발하며 지면 위로 떠올랐다.

"아크메이지의 마나라면 이 정도 거리야 식은 죽 먹기입니다."

"아, 아, 아크메이지?"

"제가 기연과 인연이 많다는 거, 잊으신 거 아닙니까?"

4

케이지와 크루제이커가 합류한 이후, 최종 결전을 위한 준비가 비공정 안에서 착실히 진행되었다.

한 명이라도 더 조력자가 필요했던 상황에 두 남자의 등장은 계획을 좀 더 원활하게 구성하는 데 적지 않은 도움을 주었다. 덕분에 공중도시 바르디아와 직접 맞닥뜨렸을 때 그 두 명을 방어 병력으로 남겨놓고 나머지 일행이 공격에 전념할 수 있게 되었다.

현재 비공정은 더 이상의 전진을 중지하고 공중에 떠 있는 상태였다. 비공정과 프란디스 성과의 거리는 하루 정도 이동해야 도착할 수 있을 만큼 멀었다.

이는 일부러 비공정이 프란디스 성과 멀리 떨어져 있음을 교단 측에게 알림과 동시에, 팰컨의 와이번 라이더 부대를 공중도시 바르디아로부터 멀리 떨어지도록 유도했다. 실제로 교단 측의 와이번 라이더 상당수가 비공정과 일정 거리를 유지한 채 경계를 취하고 있는 상황이었다.

"잠시만요, 좀 더 기다리면……."

마리에타는 혹시나 엿보지 않을까 방문과 쉐스를 번갈아 가며 쳐다보았다. 쉐스는 말없이 베이그란트의 서 위에 오른손을 올려놓은 채 의자에 앉아 있었다.

"아! 이제 되나 봐요!"

베이그란트의 서가 빛을 발하면서 어두컴컴한 방 안을 환하게 비췄다. 뒤이어 룬 문자가 하나씩 쉐스의 손등 위에 떠올랐다가 사라지기를 반복했다.

그렇게 10여 분이 흐르자 빛이 사라지면서 탁자 위에 놓아둔 촛불만이 어둠 속에서 시야를 밝혔다.

"쉐스님, 정말 감사합니다."

"그렇다면 그 마법에 제 능력도 포함되는 겁니까?"

"네, 비록 생명 자체를 거는 것에 비하면 약할지 몰라도 이정도면 놀랄 만한 위력을 발휘할 게 분명해요."

마리에타는 어느새 이마에 맺힌 땀을 손등으로 훔쳐 내며 안도의 한숨을 내쉬었다. 만약 쉐스가 '진정으로' 요청에 응하지 않았다면 방금 전 작업은 실패로 돌아갔기 때문이다.

"이제 남은 건 적절한 기회를 틈타 레이지에게 이 마법을 건네 주는 일뿐이로군요."

하지만 자신 혼자만 희생하면 된다고 생각하는 그의 고집을 어떻게 꺾을지가 고민이었다.

"괜찮으십니까?"

"네?"

"길레터 왕국 건에 대해서는 저도 잘 알고 있습니다. 가족이 걱정되실 텐데……."

"레이지의 아버님 덕분에 국외로 피신했다고 들었으니…… 그걸로 충분하답니다."

하지만 말고 다르게 그녀의 얼굴에는 슬픈 기색이 역력했다. 특히 언니 안젤라의 소식을 듣지 못해 걱정이 이만저만 아니었다.

"그것보다 아직도 작업이 한창인가요?"

"네, 아무래도 오늘 내로는 힘들 것 같습니다."

교단과 비공정, 양측 모두 서로를 경계하는 가운데 함장실 안에선 순간 이동 마법으로 거대한 비공정을 이동시키기 위한 작업이 한창 진행 중이었다. 몸이 안 좋다는 이유로 휴식 중인 마리에타를 제외하고 비공정 내 거의 모든 마법사들이 동원되었다.

예전 페르디어스 왕국에 잠입할 때처럼, 비공정 전체에 은폐 마법을 거는 방법도 고려된 적이 있었다. 하나 공중도시 바르디아가 지닌 감지 마법에 들킬 가능성이 높아서 아쉽게도 폐지되었다.

"쉐스님, 지금 와서 말하긴 좀 그렇지만…….."

"말씀하십시오."

"전 솔직히 제 부탁을 안 들어주실 줄 알았어요. 성자의 능력은 엄청나잖아요?'"

함장실의 전광판을 통해 보긴 했지만, 쉐스가 구현한 빛의 기둥은 수많은 죽음의 군대를 일거에 소멸시킬 정도로 막강한 위력을 지니고 있었다. 그와 동시에 살아 있는 생명체는 일절 건드리지 않는, 진정한 의미의 정화를 이루어내었다.

"성자의 능력 말입니까?"

자신을 칭찬하는 말에 쉐스의 입가에 쓴웃음이 자리 잡았다.

"사람들은 제가 신께 선택받은 자라 말합니다. 하지만 제가 가진 힘은, 그녀 한 명도 구원하지 못한 보잘 것 없는 능력에 불과합니다."

"……미안해요. 제가 생각이 너무 짧았어요."

피에 젖은 세리타를 끌어안고서 그가 바랐던 것은 세리타가 다시 살아나는 것뿐, 그 이상도 이하도 아니었다.

"다시는 그녀…… 세리타 같은 희생양이 나오지 않기 위해선 그 어떤 것도 바칠 수 있습니다. 그래서 전 미리에타님의 부탁에 조금의 망설임도 없이 응했던 겁니다."

쉐스는 마리에타를 조금도 탓하지 않았다.

성지로 가려던 세리타를 막지 못한 자신과, 사자 부활 마법을 쓰면서까지 그녀를 욕되게 한 교단을 원망할 뿐이었다.

5

베르시아 신성력 1394년 11월 14일.

발렌시아 왕국의 수도 프란시스 성 아래로 거대한 그림자가 드리워졌다.

하늘로 이동할 수 있는 공중도시 바르디아는 웅장한 자태를 과시하며 프란시스 성을 압도하듯 위에 떠 있었다.

바르디아에서 출격한 십여 기의 와이번 라이더가 허공에 곡선을 그리며 날아올랐다. 그리고 프란시스 성 안의 정원 위로 무사히 착지했다.

순간 먼지가 확 피어오르며 일대를 완전히 뒤덮었다. 기침 소리가 울려 퍼지더니 이내 먼지를 뚫고 두 남자가 모습을 드러냈다.

"이곳이 프란시스 성인가?"

와이번을 타고 지상으로 내려온 쉘턴은 허름하게 변한 성 내부를 보고선 혀를 찼다. 손질이 안 된 정원은 잡초가 무성히 자라나 엉망진창이었고 물기가 빠지지 않은 땅바닥은 진흙투성이였다. '카악' 하는 소리와 함께 먼지 섞인 침이 바닥에 떨어졌다.

"이건 심한데……."

쉘턴과 함께 온 소드 마스터 퓨리언은 메말라 버린 분수대 안에 손을 집어넣더니 시커먼 먼지가 묻어나온 손가락을 보고 인상을 찌푸렸다. 크루디아 제국이 멸망한 이후, 최강국으로 떠오른 발렌시아 왕국의 수도라고 보기엔 너무 힘들었다.

"그래도 명색이 수도라고 경비병들이 아주 없진 않군."

하지만 두 명과 눈이 마주치자마자 뒤도 안 돌아보고 도망치는 이들뿐이었다. 쉘턴과 퓨리언은 그 누구의 제지도 받지 않고 정원을 지나 본성 안으로 걸어 들어갔다.

길게 이어진 복도에는 두 사람의 발걸음 소리만이 들렸다. 벽에 걸려 있는 그림들은 대다수 찢겨졌고, 갈림길 구석에 놓여 있는 동상의 목 위는 박살 나 있었다.

결국 그들은 별 고생 없이 옥좌에 앉아 있는 쥴리앙과 대면하기에 이르렀다.

"그대들이 교단에서 파견된 자들인가?"

완전 엉망진창인 성의 분위기와 달리 왕 쥴리앙의 눈빛은 의외로 차분했다. 하지만 쉘턴은 천장 구석에 쳐진 거미줄을 보고 가볍게 비웃었다.

"나라 형편이 말이 아닌 것 같습니다만, 제 말이 틀립니까?"

왕이 있는 장소마저 경비병 한 명 보이지 않는다는 점 때문일까, 한 나라의 왕을 상대로 쉘턴의 목소리엔 비아냥이 잔뜩 서려 있었다. 같은 편으로 온 퓨리언마저 어이없다는 표정을 지을 정도로.

"아무리 봐도 교단 측에 협력은커녕 짐만 지울 것 같은 분위기로군요. 하지만 예하께선 워낙 관대하신 분이니 이번 협약을 파기하시진 않을 겁니다."

오만함이 가득 담긴 쉘턴의 말에 쥴리앙은 오른손에 쥐고 있는 수정구를 흘낏 바라볼 뿐이었다. 퓨리언은 본능적으로 뭔가 느끼고선 검자루에 손을 슬쩍 가져갔다.

"예하께선 어디에 계신가?"

"바르디아에 머무르고 계십니다. 바로 이 성 위에."

쉘턴은 오른손으로 천장을 가리켰다. 살짝 건드리기만 해도 무너질 정도로 금이 쫙쫙 가 있었다.

"그래?"

쥴리앙의 입꼬리가 휙 올라갔다가 도로 내려갔다.

그는 왼손으로 턱을 괴더니 등받이에 비스듬히 몸을 기댔다. 오른손에 쥔 수정구 안에 마나가 요동치기 시작했다.

"여러 번 고심해 봤는데 말이야…… 아무래도 그건 곤란하겠소."

"네? 무슨 말입니까?"

"협약 말일세, 협약. 여기까지 찾아와 준 건 고맙게 생각하네만, 역시 안 되겠어."

줄리앙은 손가락으로 귀를 파더니 묻어나온 귀지를 입으로 후 불어 날렸다.

"그렇다면 신의 이름에 맞서겠다는 의미입니까?"

"그놈의 신의 이름, 너무 남발하면 가치가 떨어지는 법일세."

어느새 쉘턴의 목소리는 오만함을 넘어 험악하게 바뀌었다.

"지금 당신의 선택이 어떤 결과를 초래할지 모르시는 것 같은데, 교단과 뜻을 함께하지 않는 이상 정화로 프란시스 성은 물론이거니와 당신까지 소멸시킬 수 있다는 사실을 망각하지 마십시오!"

줄리앙은 한 나라의 왕인 자신을 '당신'이라 칭한 쉘턴에게 화를 내지 않고 코웃음으로 받아쳤다.

"그 빛기둥 말인가?"

우우웅.

갑자기 성 전체가 심하게 흔들리기 시작했다.

천장에서 돌조각이 우수수 떨어졌고 바닥에서 먼지가 마구 피어올랐다. 쉘턴은 위아래로 심하게 흔들리는 시야 속에서 간단히 균형을 잡고 쓰러지지 않았다.

"이, 이선?"

"그대는 짐이 왜 이 수정구를 들고 있는지에 대해 조금의 의문도 품지 않았더군. 그대 옆에 있는 남자는 뭔가 알아채고 나서려 했지만 말일세."

쥴리앙은 의기양양한 표정으로 오른 손바닥 위에 떠오른 수정구를 턱짓으로 가리켰다. 순간 앞으로 뛰어나온 퓨리언의 검이 수정구를 반 토막 냈지만, 바닥에 드러난 룬 문자의 빛은 조금도 사그라들지 않았다.

"어이쿠! 하마터면 큰일날 뻔했군."

"이건 뭐지? 대답해라!"

쉘턴이 악을 쓰며 발악하자 쥴리앙은 손을 탁탁 털더니 왕좌에서 걸어 내려왔다. 바로 옆에 퓨리언이 있었지만 전혀 개의치 않고 그대로 걸어가 쉘턴의 앞에 멈춰 섰다.

"보다시피 난 왕이라서 말이야, 누군가 내 머리 위에 있는 게 끔찍이 싫소. 마음 같아서는 당장 바르디아인지 뭔지를 땅바닥에 내려꽂고 싶지만, 난 관대하니 성능을 정지시키는 수준으로 만족하겠네."

"젠장!"

쉘턴은 일이 원치 않는 방향으로 돌아간다는 걸 직감하고 룬 문자가 그려진 바닥을 향해 디바인세이버를 꽂아 넣었다. 검이 박힌 자리에서 굵은 금이 쫙쫙 그어졌지만 쥴리앙은 여전히 여유만만했다.

"여기에 그려진 마법진을 부숴봤자 소용없소. 성 전체를 뒤덮고도 남을 크기로 구성했으니 말이야. 수도를 완전히 날려 버린다면 모를까……."

"네 이노오옴!"

이성을 상실한 쉘턴은 디바인세이버를 도로 뽑아낸 후 쥴리앙을 향해 찔러 넣었다.

카앙!

그러나 쥴리앙은 어느새 옥좌 뒤로 이동한 후였고, 갑자기 나타난 사내의 검이 그의 디바인세이버를 막고 있었다.

"누구냐!"

쉘턴의 외침에 남자는 대꾸하지 않고, 고개를 옆으로 돌려 퓨리언을 바라보았다.

"퓨리언 경, 오래간만이로군."

"마키스 경!"

6

"……!"

멀리서 느껴지는 마나의 움직임에 레이지는 자리에서 벌떡 일어났다.

"전하, 지금입니다."

"프란시스 성으로 공간 이동을 진행하라!"

오믈레앙의 시시가 떨어지자 페일과 메이드들의 손가락이 재빠르게 제어판을 두들기기 시작했다.

"지정된 좌표로 공간 이동 마법이 구현되기까지 앞으로 3분

남았습니다!'

"좋았어!'

오를레앙은 두근거리는 가슴을 억지로 가라앉히며 함장석에 앉았다. 프란시스 성에서 펼쳐질 교단과의 결전이 눈앞에 다가왔기 때문이다.

레이지는 전광판 앞에 서더니 뒤를 돌았다.

그의 앞에는 비공정 내의 전투원들이 모여 있었다.

제이워드 때부터 그와 함께했던 프레드릭, 엘레노어, 베아트리체의 시선이 그에게 몰렸다.

그리고 레이지로 되살아난 뒤에 만난 마리에타, 오를레앙, 쉐스, 그리고 케이지와 크루제이커는 레이지의 말을 기다리며 침묵을 지켰다.

"제가 여러분들께 하고픈 말은 단 하나뿐입니다."

장황한 연설 따위는 이 순간에 필요하지 않았다.

그저 모두가 지켜주길 바라는 당부였다.

"절대 죽지 마십시오. 그 어떤 일이 있어도 살아남아야 합니다. 그것이야말로 교황의 야망을 무너뜨릴 가장 큰…… 힘입니다."

Chapter 80
공중도시 바르디아

1

"이게 어찌된 일이지?"

대성당 지하 강당에 홀로 서 있던 교황 안드레아는 마나 코어의 상태가 이상함에 고개를 갸웃거렸다.

이전보다 빛이 미약해지더니 강당 전체가 심하게 흔들리기 시작했다. 바닥에서 먼지와 돌조각이 아래로 후두둑 떨어졌다.

"마나 코어에 영향을 끼칠 정도의 힘이라면……."

그는 마나 코어 앞에 설치한 수정구를 쓰다듬었다.

그러자 공중도시 바르디아 밑에 있는 프란디스 성 전체가 하늘을 향해 빛을 뿜어내고 있었다.

"마법진?"

그것도 성 전체를 둘러싼, 이제까지 단 한 번도 존재한 적이 없는 규모였다.

순간 교황의 안색이 변했지만, 이내 냉정을 되찾았다.

"아무리 저렇게 거대한 마법진이라 해도 유지시간은 길지 않아."

만약 프란디스 성 안에서 아크메이지급의 매직 유저가 이 마법진을 발동했다면 모를까, 위저드급도 안 되는 매직 유저가 발동시킨 이상 오랜 시간 바르디아를 억류시키는 건 불가능하다. 기껏해야 10분 안팎?

"고작 그 정도밖에 안 되는 시간으로 나의 성스러운 도시를 어떻게 하겠다는 건가?"

팰컨이 이끄는 와이번 라이더들의 보고에 의하면, 현재 비공정의 위치는 프란디스 성에서 상당히 멀리 떨어진 곳이었다. 최고 속력으로 쉬지 않고 날아온다 해도, 비공정에 탄 인간들이 볼 장면은 원래 기능을 회복한 바르디아에서 뿜어져 나오는 빛기둥이 프란디스 성을 소멸시키는 절망뿐이다.

"음?"

순간 수정구에 비친 화면이 일그러지며 뿌옇게 변했다.

다시 마나를 불어넣은 교황의 눈썹 사이가 살짝 일그러졌다.

"공간 이동 마법? 비공정을 통째로?"

바르디아 뒤편에 거대한 배의 형상이 흐릿하게 나타났다. 겉을 감싸고 있는 보라색 빛이 점점 희미해지면서 반대로 비공정의 윤곽이 또렷해지는 중이었다.

"역시 모든 일이 내 생각대로 돌아가진 않는군."

교황은 수정구를 움켜쥐더니 그대로 눌러 박살 내버렸다.

하지만 이내 표정을 풀고 느긋하게 미소를 지었다.

"오히려 잘 되었어. 바르디아의 속도론 비공정을 따라잡기엔 무리일 터⋯⋯."

절호의 기회라 여기고 달려든 레이지 일행을 처리하면 더이상 그를 막을 자들은 없다.

만약 그가 일반적인 정복자들처럼 대륙 지배를 꿈꿨다면 적이라 해도 유능하다고 판단한다면 포섭하려 했을 것이다.

하지만 교황의 목적은 자신을 제외한 모든 인간의 죽음이기에 같은 편이라 하여도 단 한 명도 살려둘 이유는 없었다. 성검 디바인세이버를 하사해 준 쉘턴, 계속 자신의 심복으로 활동했던 제이콥스 추기경, 그리고 자신을 신의 대리자라 믿고 따르는 어리석은 신도들까지도.

"오거라, 그리고⋯⋯."

교황 안드레이는 오른팔을 내밀더니 손바닥을 펼쳤다. 그러자 휘황찬란하게 빛나는 오러가 그의 손을 휘감았다.

"죽어라."

"공간이동에 성공했습니다! 예정된 좌표로부터의 오차율은 3%입니다!"

"공중도시 바르디아를 호위 중인 와이번 라이더의 수는 총 27기입니다!"

"오러 캐넌 충전까지 앞으로 5분 남았습니다!"

엄청난 거리를 단번에 뛰어넘은 비공정 안은 분주하게 돌아갔다.

메이드들은 제어판을 쉬지 않고 두들기며 시시각각 변하는 상황들을 분석하고 보고했다. 바르디아를 둘러싸고 있는 보호막의 취약점과 마나 코어의 위치를 파악하느라 진땀을 흘렸다. 메이드들의 총 지휘자 페일은 다섯 개의 제어판을 손가락이 보이지 않을 정도의 속도로 두들기며 오러 캐넌의 발사각과 출력을 조정했다.

"트레이지아 공주의 상황은?"

"지금 부대를 이끌고 막 교단의 와이번 부대와 격돌했습니다!"

"오러 캐넌의 충전이 완료되는 즉시 신호를 보내 와이번 라이더들을 대피시킬 준비를 하도록."

오를레앙은 억지로 흥분을 가라앉히고서 최대한 냉정하게 명령을 내렸다. 아버지 줄리앙이 있는 프란디스 성으로 당장에라도 달려가고 싶었지만, 지금은 비공정을 지휘해야 하는 현재의 역할에 충실하기로 마음을 굳혔다.

엘레노어는 함장실 정중앙에 있는 마나 코어에 두 손을 대고 자신의 마나를 불어넣고 있었다. 방금 전 공간 이동 마법을 시전하느라 기진맥진한 상태였지만 마음 편히 쉬고 있을 겨를이 없었다.

"그러면 전 먼저 준비하러 가겠습니다."

"레이지님, 부탁드립니다!"

오를레앙이 들어 올린 손을 레이지가 가볍게 치며 갑판 아래로 통하는 계단을 내려갔다. 그리고 그를 따라 공격조로 지명된 이들이 뒤따라갔다.

"오러 캐넌, 충전 완료되었습니다!"

"와이번 라이더들에게 대피 신호를 보내도록! 그리고 펠튼님에게 연락을!"

오를레앙의 지시가 떨어지기 무섭게 전광판에 펠튼의 얼굴이 출력되었다.

"준비 끝났나?"

"네! 부탁드립니다!"

"내 평생 이렇게 피가 끓어보기는 처음일세! 맡겨두게나!"

금세 화면이 바뀌면서 전광판에 바르디아의 전경이 출력되었다.

"와이번 라이더 부대! 산개하여 대피 완료했습니다."

"좋았어! 발사!"

비공정 선수 아래에 강력한 오러가 응축되더니, 직선 형태로 변해 바르디아를 향해 발사되었다.

콰콰쾅!

바르디아를 둘러싸고 있는 보호막을 뚫고, 오러 캐넌에서 뿜어져 나온 오러가 대각선 아래 방향으로 바르디아 정중앙에 있는 대성당을 관통해 지상으로 뻗어 나갔다.

"최고 속도로 돌진!"

공중에 정지해 있던 비공정 콜드란세호가 보호막에 뚫린 커다란 구멍을 향해 대각선 아래로 이동을 시작했다. 점점 가속도가 붙기 시작하더니, 혜성처럼 긴 직선을 그리며 바르디아를 향해 날아갔다.

3

쿠웅!

굉음과 함께 거대한 공중도시 바르디아가 크게 흔들렸다.

완전히 박살 나버린 대성당을 신도들은 넋을 잃고서 바라보았다. 푸드득하는 소리와 함께 수풀 속에서 수많은 새가 날갯짓을 하며 일제히 날아올랐다.

"착륙 완료했습니다!"

마나의 장벽을 겹겹이 둘러싼 비공정 콜드란세호가 착륙

한 장소는 바르디아의 가장 서쪽이었다. 어디서 튀어나올지 모르는 적들에게 포위되지 않기 위한 포석이었다.

"우욱."

오를레앙은 지끈거리는 머리를 감싸쥐며 천천히 고개를 들었다. 전광판에 출력된 화면에는 원래 모습을 찾기 힘든 대성당의 잔해가 비춰졌다.

"상황을… 보고하도록."

오를레앙은 계속해서 올라오는 구역질을 억지로 참으며 명령을 내렸다. 급하게 착륙하느라 비공정에 전해진 충격은 예전 드래곤의 브레스에 맞아 비공정이 떨어졌을 때처럼 그의 속을 뒤집어놨다.

"상황을… 아니, 무리겠군."

비공정을 제어하던 메이드들 대부분이 충격을 이기지 못하고 제어판 위에 엎드려 신음 중이었다. 개중 몇 명은 흐느적거리는 손으로 제어판을 두들기려고 했지만 이내 기운을 잃고 도로 쓰러졌다.

"어이, 아가씨들. 무리하지 말라고. 내가 할 테니까."

가장 먼저 정신을 차린 페일은 양손을 깍지 껴 앞으로 쑥 내밀었다. 우두둑하는 소리와 함께 손이 풀린 걸 확인한 후 곧바로 제어판을 조작해 비공정 위 하늘을 출력했다.

"보호막은 다 사라졌고… 호오? 트레이지아 공주가 팰컨 왕자를 단단히 붙잡아두고 있어. 오러 캐넌 때문에 정신이 없었을 텐데, 정말 대단하군."

비공정이 바르디아에 착륙한 이상, 보호막은 더 이상 아무런 의미가 없었다. 갑자기 발사된 오러 캐넌에 놀라 멍하니 공중에 떠 있던 팰컨의 와이번 라이더들은 뒤늦게 비공정을 쫓아가려고 했지만, 산개해서 대피 중이던 트레이지아의 와이번 라이더들에게 발이 묶여 버렸다.

"어이, 슬슬 출발시켜야 하지 않겠어?"

"아차!"

"잠시만 기다리라고."

페일은 왼손으로 턱을 괴고선 오른손만으로 제어판을 조작했다. 그러자 선수 아래 부분이 열리면서 기다란 철판이 비스듬히 뻗어 나와 땅바닥에 닿았다.

"이랴!"

고삐를 내려치는 소리와 함께 마차 콜드란세가 빠른 속도로 철판을 지나 대성당이 있는 바르디아 중심부를 향해 질주했다.

마부석에 앉은 레이지는 대성당까지 직선으로 쭉 이어져 있는 대로로 마차의 방향을 틀었다. 마차 콜드란세가 지나간 자리에 먼지바람과 함께 마차가 지나간 자국이 두 개의 직선이 길게 이어졌다.

마차 안에는 프레드릭과 쉐스, 그리고 마리에타가 타고 있었다. 다들 입을 다물고 앞으로 있을 결전에 긴장한 모습이었다.

"……."

쉐스는 마차의 문을 열고 몸을 내밀어 정면을 바라보았다. 먼지가 피어오르고 있는 대성당 주변에 밀집된 건물들이 지평선 너머 모습을 드러내며 그의 시야 안에서 커져 갔다.

"비켜!"

레이지는 대로를 막아선 병사들을 향해 고함을 지르며 고삐를 연신 내려쳤다. 다가올수록 속도가 더 빨라지는 마차 콜드란세를 본 경비병들은 뒤도 안 돌아보고 허겁지겁 도망쳐 버렸다.

우당탕!

대로를 막고 있던 바리케이드가 박살 나며 나뒹굴었고, 그 사이를 마차 콜드란세가 기다란 먼지바람을 남기며 멀어져 갔다.

"오, 신이시여!"

"악마가 쳐들어왔다!"

성지 안에서도 가장 신성한 곳으로 알려진 대성당이 박살나자 신도들은 혼란에 빠져 우왕좌왕했다. 그런 와중에 레이지가 모는 마차를 보고선 겁에 질려 제자리에 주저앉고 신의 이름만을 부르짖었다.

"워, 워, 워."

계속 앞만 바라보고 달려가던 마차의 속도를 레이지는 고삐를 잡아당기며 서서히 줄였다. 마찰음이 길게 이어지며 멈춰 선 마차의 바퀴에서 뿌연 연기가 피어올랐다.

"이, 이곳은 성지다! 더 이상 안으로 들어오는 걸 용납하지 않겠다!"

수십여 명의 성당기사단원이 일제히 검을 뽑아 들고서 마차 주위를 재빠르게 둘러쌌다. 기세 좋게 마차를 막아서긴 했지만, 두 다리가 부들부들 떨리는 모습에 레이지의 입에 피식하는 웃음소리가 새어 나왔다.

"성당기사단이다! 이제 우리들은 살았어!"

"저 사악한 무리들을 처단해 주십시오!"

"베르시아님의 이름으로!"

레이지의 등장에 도망치거나 주저앉은 채로 기도만 외우며 현실을 도피하던 신도들은 우루루 성당기사단을 둘러싸며 함성을 지르기 시작했다. 그들은 신에 대한 믿음이 '진짜로' 힘을 부여한다고 믿고 신의 이름을 연신 외쳤다.

"시끄럽군."

휘이잉!

레이지를 중심으로 휘몰아친 강렬한 바람에 기사단원들이 펼친 포위망이 우수수 무너졌다. 덩달아 휘말린 신도들이 서로 뒤엉킨 채 야단법석을 떨며 신음 소리가 여기저기에서 터져 나왔다.

그러나 성당기사단원들은 비틀거리면서 다시 일어나 검을

움켜쥐었다. 레이지의 명성을 알고 있는 그들은 이길 수 없는 상대라는 걸 알면서도 물러설 곳이 없기에 어떻게든 막아서야 했다.

"저에게 맡겨주십시오."

"흐음?"

재차 마법을 시전하려던 레이지는 마차 안에서 들여오는 목소리에 양손에 모은 마나를 거두었다.

"괜찮겠어?"

"네."

"그러면 잘해봐."

마차 문이 열리면서 쉐스가 모습을 드러내자, 모두의 목소리가 일순간 멈추며 침묵에 빠졌다.

"형제자매 여러분, 절 기억하십니까?"

4

장례식에서나 입을 법한 검은색 법의에 기사단원들은 흠칫 놀라며 물러섰지만, 이내 쉐스의 얼굴을 알아보고 눈을 휘둥그레 떴다.

"쉐, 쉐스?"

"세이지 쉐스님 아닙니까?"

"설마 페르디어스의 성자가… 진짜로 당신이었습니까?"

성당기사단원들은 쉐스로부터 느껴지는 엄청난 신성력에 입을 다물지 못했다. 루머로 알려졌던 '베르오나 성의 기적'이 거짓이 아닌 진실이라고 느끼고 있었다.

"성자?"

"무슨 소리지?"

반면 성자(Saint)라는 단어에 신도들은 혼란에 빠졌다.

지상으로부터 떨어진 공중도시 바르디아에서만 거주하던 그들은 바깥 사정에 대해서 무지했다. 베릭쿠스와 죽음의 군대로 이어지는 공포와 절망에 판단력을 상실하고 신의 이름을 앵무새처럼 반복한 결과, 교황의 말만을 따르는 우둔한 자들이 되어버렸다.

"길게 설명할 틈이 없으니 본론만 말하겠습니다. 저희를 그냥 보내주십시오. 그렇지 않으면……."

비록 적으로 만났지만, 세리타의 경우처럼 이들을 상대로 피를 보고 싶지 않았다.

"제발 저희를 막지 말아주십시오."

쉐스는 공손히 허리를 숙이며 성당기사단원들에게 재차 부탁했다. 그들은 서로 얼굴을 쳐다보며 고개를 끄덕이더니 검집 안에 검을 집어넣었다. 그리고 포위망을 풀어 대성당 쪽으로 향하는 대로에서 물러섰다.

일부 신도들이 양손으로 쥔 로자리오를 앞으로 내밀며 마차 앞에 나섰지만, 레이지의 매서운 눈빛과 마주치자마자 소스라치게 놀라며 대중 속으로 모습을 숨겼다.

"현명한 판단에 감사드립니다."

"아닙니다. 쉐스님이 이렇게 나오실 땐 분명히 합당한 이유가 있어서겠죠."

성당기사단원들은 교황이 보여준 힘에 감복해 신의 이름에만 의지하던 일반 신도들과는 달랐다. 며칠 전, 교황에게 계속 항의를 표하던 사제단 전체가 행방불명된 이후로 일이 심상찮게 돌아간다는 느낌을 받은 점이 크게 작용했다.

"이곳이 위험해지면 무기를 버리시고 비공정을 찾아가십시오. 제 이름을 대면 기꺼이 받아줄 것입니다."

쉐스는 말을 마친 뒤 마차에 올라타기 위해 문을 열었다.

"자, 잠깐만요! 쉐스님!"

신도 사이에 끼어 있던 수녀 한 명이 허겁지겁 인파를 헤치고 쉐스 앞으로 튀어나왔다. 그녀는 쿵쾅거리는 가슴을 움켜쥐고서 고개를 들어 올렸다.

"세리타님의 행방을 아십니까?"

수녀의 질문에 쉐스는 목에 건 로자리오를 오른손에 움켜쥐고서 성호를 그었다.

"그녀는 베르시아님의 품으로 가버렸습니다."

"아아! 신이여……."

수녀는 제자리에 털썩 주저앉으며 망연자실했다.

쉐스와 세리타 사이의 관계를 대충이나마 알고 있던 성당

기사단원들은 침울한 표정으로 성호를 따라 그었다.

그들의 눈에는 신의 목소리를 직접 대변한다는 교황보다, 배교자로 수배된 쉐스 쪽이 구세주에 가깝게 보였다. 그래서 쉐스의 제안에 갈등하며 어느 쪽을 선택해야 할지 고민 중이었다.

"기다려!"

마차 뒤에서 강렬한 빛이 일정 간격을 두고 나타났다 사라졌다. 목소리의 주인공은 허리를 숙이고서 마차에 손을 대더니 거칠어진 숨을 연신 내쉬었다.

"헉, 헉……. 다행히 늦지 않았군."

"페일?"

레이지는 마부석에 내려와 페일의 멱살을 붙잡고 들어 올렸다.

"내 기억이 틀리지 않는다면 너에게 비공정의 수비를 맡긴 걸로 알고 있는데……."

"잠깐, 숨 좀 고르고……."

페일은 심호흡을 몇 번 한 뒤 레이지의 두 팔을 붙잡아 멱살에서 떼어냈다.

"네 말대로 비공정 안에 가만히 있으려고 했는데, 아무래도 무리야. 저 멀리 느껴지는 마나를 보고 있자니 피가 끓거든."

뿌드득하는 소리가 그의 굳게 다문 입 사이로 흘러나왔다.

"마나?"

"이전과 다르게 뭔가 상당히 뒤틀린 느낌이지만, 분명히 그 인간이 맞아."

레이지는 뒤를 돌아 대성당 쪽을 응시했다.

정신을 집중하자 미처 감지하지 못한 마나가 서서히 다가오고 있음을 알아챘다.

"걱정하지 마. 저 인간만 해치우고 곧장 돌아갈 테니."

5

"바르가스님이다!"

신도들은 자신만만하게 홀로 나타난 노인 주위에 몰려들어 환호성을 질렀다. 방금 전까지만 하더라도 레이지의 기세에 압도되어 벌벌 떨던 이들이라 생각하기 힘들 정도로, 그들은 바르가스를 우러러보며 다시금 목소리를 높였다.

"배교자에게 죽음을!"

"성스러운 대지를 더럽힌 이들에게 신의 철퇴를!"

줏대없이 요리 붙었다 저리 붙었다를 반복하는 신도들의 행태에 성당기사단원들의 표정은 살짝 일그러졌다. 몇몇 기사단원이 나서려고 했지만 쉐스의 만류에 뒤로 물러섰다.

"걱정하지 말고 모두 나에게 오게나."

바르가스는 얼굴에 미소를 머금고 두 팔을 크게 펼쳤다. 서 있기도 힘들 정도로 그에게 달려든 신도들은 웃음 뒤에 숨겨진 사악한 속내를 전혀 파악하지 못했다.

바르가스는 자신을 우러러보는 중년 남성의 어깨 위에 두 손을 올려놓았다.

"그래, 다들 모였는가?"

화르르륵!

바르가스의 앞에 있었던 남자의 몸이 불길에 휩싸이더니 시커멓게 타버렸다. 순식간에 일어난 일이라 신도들은 멍하니 시체가 되어버린 남자를 바라보기만 했다.

"다들 기대하게나."

바르가스는 두 팔을 옆으로 뻗어 신도 두 명의 어깨를 붙들었다. 그러자 치솟아 오른 불길이 좁은 곳에 몰려 있던 신도들을 빠른 속도로 뒤덮었다.

"으아아악!"

"사, 살려줘! 으… 으악!"

비명 소리와 함께 살점이 타들어가는 악취가 모두의 귀와 코를 괴롭혔다. 불길에 휩싸여 땅바닥에 쓰러진 신도들은 고통을 참지 못하고 땅바닥에 마구 뒹굴기 시작했다. 하지만 달라붙은 불길은 꺼지지 않고 건물에 옮겨 붙을 뿐이었다.

성스러움을 나타내는 백색으로 칠해진 건물들이 불타오르는 장면은 지옥 그 자체였다. 다행히 쉐스 주변에 있던 성당 기사단원들은 그가 구현한 마나의 장벽 안에서 무사히 살아 있었다. 하지만 눈앞에 펼쳐진 지옥을 보고 있는 것만으로도 고통스러웠다.

"성수(聖水)! 성수가 필요해!"

운 좋게 가벼운 화상만 입고 불길에서 도망 나온 신도들 중 몇 명은 교단에서 나누어준 성수병을 꺼내 벌컥벌컥 들이켰다. 그러나 효과는커녕 화상보다 더한 고통을 느끼며 쓰러져 버렸다. 애초에 그 성수란 물건은 신도 전원을 죽음의 군대로 만들기 위한 바르가스의 함정이었다.

"도망쳐 봤자 소용없네."

바르가스의 방대한 마나가 지면을 타고 일대를 뒤덮었다. 그러자 불에 타 죽은 수많은 시체들이 천천히 몸을 일으키며 움직이기 시작했다. 불길로부터 멀리 도망치던 신도들은 바르가스의 마나에 닿자마자 풀썩 쓰러지더니 피부가 검게 그을리면서 죽음의 군대의 일원이 되었다.

"클클클, 미안하게 되었구먼. 난 살아 있는 인간 따위 필요 없다네."

바르가스는 걸치고 있던 로브의 팔 부분을 잡아 뜯었다.

"그래도 난 양심이 아주 없는 늙은이는 아니라네. 너희들과 똑같은 육체로 살아갈 테니까."

검게 변색된 피부는 그가 만들어낸 살아 있는 시체들과 다를 바 없었다.

레이지는 그제서야 왜 바르가스의 마나가 예전과 달리 뒤

틀려 있는지 파악할 수 있었다.

"미쳤군. 자신의 육체를 스스로 죽음의 군대와 똑같이 만들다니."

"범인(凡人)의 눈에야 그렇게 비춰지겠지."

바르가스는 자신이 만들어낸 사자 부활 마법을 단순히 타인에게 사용하는 것만으로 만족하지 않았다. 세기 힘들 정도의 시행착오를 거친 결과 자신의 육체에 적용시키기에 이르렀다.

"어차피 이 몸은 늙어서 말이지, 이대로 사용하기엔 별 쓸모도 없지. 그렇다고 진짜 죽어버릴 수도 없고⋯⋯."

결국 그가 택한 길은 말 그대로 '미치지' 않으면 시도조차 불가능한 방법이었다.

"하지만 여기와⋯⋯."

그는 시커멓게 변한 손으로 머리를 가리켰다.

"이곳만 살아 있다면 문제없지."

그리고 심장이 있는 가슴을 쿡쿡 찔렀다.

바르가스는 모든 것을 보고, 듣고, 느낀 뒤 판단하는 기관이 몰려 있는 머리와 생명의 근원이자 마나를 응집시키기에 최적인 심장만을 살린다는 발상을 기어이 실현시켰다.

"자, 덤비게. 이번에는 절대 물러서지 않겠네!"

바르가스는 오른손을 앞으로 내밀더니 검지로 레이지를 겨냥했다. 그러자 죽음의 군대로 변한 신도들이 일제히 레이지를 바라보며 이동하기 시작했다.

"이번에야말로 숨통을 끊어주겠어!"

페일은 주문을 천천히 읊으면서 대지에 스며든 물기를 끌어 모으기 시작했다. 그가 서 있는 땅바닥이 순식간에 축축해지더니 물웅덩이로 변했다.

레이지는 프로스트 엣지를 뽑아 들고 마차 앞에 자리를 잡았다. 프레드릭은 허리에 찬 두 개의 검 중 다크블로우의 검자루를 움켜쥐려다가 고개를 저으며 다른 검을 뽑아 들었다. 마리에타는 마나의 장벽을 넓게 둘러 레이지와 일행들을 보호했다.

"쉐스, 세리타님의 장례식을 치르도록 하자."

"네."

쉐스는 성서를 펼쳐 들고 그 위에 오른손을 얹어 마나를 불어 넣었다. 성서를 닫자, 성스러운 빛이 뿜어져 나오며 검은색 법의를 둘러쌌다.

Chapter 81
타락의 종착점

1

화르르륵!

화염으로 만들어진 두 마리의 거대한 뱀이 지면을 타고 지 그재그를 그리며 빠르게 돌진했다. 지나간 자리엔 곡선 형태 의 그을음이 길게 이어졌고 불로 이루어진 몸에 닿는 모든 것 을 불태웠다.

"제가 막겠어요!"

마리에타는 양팔을 앞으로 내밀더니 거대한 직사각형 모 양의 장벽을 펼쳐 뱀의 형상을 띤 화염을 막아냈다. 더 이상 앞으로 나가지 못한 두 줄기의 화염이 좌우로 각기 다른 방향 으로 머리를 틀더니 장벽을 빙 돌아 마리에타를 노리고 달려들었다.

그러나 마리에타는 당황하지 않고 몸을 숙이더니 지면에 손바닥을 갖다대었다. 그녀의 주위에 미리 준비해 두었던 마법진이 빛과 함께 떠오르면서 화염에 휩싸인 두 마리의 뱀을 빨아들였다.

"……모든 것은 신의 뜻대로."

쉐스의 몸에서 뿜어져 나온 신성한 빛이 일대를 뒤덮었다.

그러자 주변을 포위했던 시체들이 빛나는 입자들로 변해 허공에 흩어졌다.

"하아앗!"

프레드릭은 오러 어설트를 연거푸 구사하며 바르가스를 향해 돌진했다. 하지만 그는 오른손을 휘두르며 그의 검을 아무런 반동 없이 막아냈다. 그리고 뒤로 내민 왼손에서 뿜어져 나온 화염구가 거대한 웨이브 서펀트를 향해 날아갔다. 멀리서 웨이브 서펀트를 조정하던 페일은 얼굴을 찌푸리며 재빨리 자신의 마법을 복구하는 데 전념했다.

각자 자신의 역할에 충실하며 전투가 진행되는 가운데, 레이지는 죽음의 군대 사이를 파고들며 바르가스를 공격할 기회만을 엿보고 있었다.

'마법의 위력이야 아크메이지이니 당연히 강할 테고, 문제는 바르가스가 새로 얻은 육체의 힘이로군.'

그랜드 마스터인 프레드릭의 오러를 무리없이 받아내는

모습으로 보아 이전에 없었던 특별한 힘을 얻었음이 분명했다. 그 힘의 정체를 파악하기 전까진 최대한 힘을 아껴야 했다.

소유한 마나를 모두 끌어올려 일격에 승부를 낼 수도 있지만, 레이지 일행의 최종 목표는 어디까지나 교황 안드레아다. 가능한 한 힘을 절약한 상태에서 바르가스를 쓰러뜨리고 교황과의 결전에 대비해야 한다.

유일한 예외는 바르가스의 아들이면서 그에 대해 가장 격렬한 증오를 발산하고 있는 페일 한 명뿐이었다.

"웨이브 서펀트여! 울부짖어라!"

우워워워!

페일의 목소리와 함께 그가 소환한 웨이브 서펀트의 입이 크게 벌어졌다. 물로 이루어진 거대한 바다뱀의 입에서 강렬한 물줄기가 뿜어져 나왔고, 순식간에 바르가스의 뒤를 덮쳤다.

그와 동시에 프레드릭의 검이 바르가스의 왼쪽 어깨를 향해 파고들었다. 무언가 꿰뚫리는 감각이 검끝을 통해 전해지자, 검날의 방향을 틀어 오른쪽으로 길게 베면서 물보라 밖으로 빠져나왔다. 오러로 몸을 둘러싸 물보라에 타격을 입진 않았지만, 시야가 가려진 탓에 감으로 검을 휘두르는 수밖에 없었다.

촤아악!

웨이브 서펀트의 입에서 뿜어져 나온 물줄기는 계속 멈추지 않고 앞으로 나아갔다. 불타고 있던 건물을 관통해 무너뜨렸고, 근처에 있던 시체들을 쓰러뜨리며 진영을 완전히 박살냈다.

"헉헉……."

마나를 급격히 소모한 페일의 입에서 거친 숨소리가 흘러나왔다. 사실 웨이브 서펀트 자체가 오래 유지되는 마법이 아님에도 소환수의 개념으로 조정할 수 있는 이유는 '단 한 명'을 대상으로 강한 위력을 발휘하도록 제약을 걸었기 때문이다.

"망할 노인네……. 목숨 하나는 질기군."

페일은 숨 돌릴 틈도 없이 손을 앞으로 내밀어 웨이브 서펀트에 다시 마나를 주입했다. 수백 여 구의 시체가 떠밀려 나가고 건물들이 박살 나 쓰러지는 와중에도 바르가스는 버젓이 서 있었다.

그는 어깨 아래로 잘려 나간 왼쪽 팔을 무심한 표정으로 바라보더니, 아까 물보라에 밀려나 쓰러진 시체 한 구를 오른손으로 가볍게 들어 올렸다. 그러자 시체가 사라지면서 잘려 나간 부위에서 새 팔이 금세 복구되었다.

"전력을 다할 생각은 없나?"

바르가스는 레이지 일행이 힘 조절 중이라는 걸 파악하고 살짝 표정을 찡그렸다.

"이렇게 나와도 말이지?"

순간 바르가스의 모습이 모두의 시야에서 사라졌다.

"크아악!"

비명 소리와 함께 마법진 위에 핏방울이 후두둑 떨어졌다. 페일은 자신의 오른쪽 어깨를 등 뒤에서 관통한 바르가스의 손을 붙들었다. 고통으로 인해 흐려지는 의식 속에서 페일은 본능적으로 주문을 읊기 시작했다. 그러자 재차 공격하려던 바르가스는 다시 모습을 감추었다.

"여기냐!"

레이지는 프로스트 엣지를 고쳐 쥐더니 뒤를 향해 찔렀다. 그러자 바르가스의 몸에서 뿜어져 나온 시커먼 체액이 땅바닥을 흥건하게 적셨다.

바르가스의 움직임을 간파한 레이지는 블링크를 연달아 구사하며 시야에 잡히지 않는 그를 쫓기 시작했다. 연달아 검을 휘두르며 바르가스를 후퇴시킨 레이지는 일정하게 유지했던 마나의 흐름을 흐트러뜨린 뒤 오러를 구현했다.

"헛?"

콰쾅!

프로스트 엣시에서 뿜어져 나온 오러가 직선 형태의 충격파를 일으키며 수십여 미터를 날아갔다. 바닥에 깊게 패인 자국이 끊긴 곳에선 놀란 표정의 바르가스가 두 팔을 앞으로 내민 채 서 있었다.

"무슨 수를 썼는지 모르지만 하마터면 당할 뻔했구먼. 휴우⋯⋯."

그의 두 팔을 휘감고 있는 기운을 본 레이지는 고개를 들어 하늘을 바라보았다. 치열하게 공중전을 펼치고 있는 와이번 라이어들이 쓰는 '힘'과 동일했다.

"포스!"

"이제야 눈치챘구먼."

바르가스는 자신만만한 표정으로 두 손을 들어 얼굴 앞에 가져갔다.

"나도 자네처럼 또 다른 힘을 얻으면 어떠할까 싶어 시도해 봤는데, 생각 외로 엄청 쓸 만하더군. 왜 진작 이렇게 하지 않았나 후회될 정도로 말일세."

서로 다른 두 개의 힘을 동시에 소유할 수 없을까라는 바르가스의 발상은 다름 아닌 레이지를 보고 떠올린 것이었다.

"오러를 익히기엔 마나의 흐름을 제어하는 방식이 예상외로 까다로워서 포기했지. 신성력은 애초에 신에게 선택받지 못한 이 몸으로는 불가능하고⋯⋯."

바르가스의 오른 손바닥 위에 화염이 피어오르며 거대한 구 형체로 모이기 시작했다. 왼손을 휘감고 있는 포스에선 강렬한 빛이 뿜어져 나왔다.

"자, 그대들의 진정한 적은 교황이 아닌 이몸이지! 최선을 다하길 기대하겠네."

2

"하하하하!"

온몸에 화염을 두르고서 양손을 마구 휘두르는 바르가스의 기세는 멈추지 않았다.

"포스가 이렇게 멋진 힘이라니! 너무나 맘에 들어!"

그는 포스로 감싼 손으로 쉬지 않고 프레드릭을 공격했다. 거의 마구잡이에 가까운 공격인지라 포스에 감싸인 손은 땅바닥을 내려치고 건물을 박살 냈지만, 그것만으로도 맞서고 있는 프레드릭에게 충분한 위압감을 선사했다. 마법사라기보다 근접전을 선호하는 전사에 가까웠다.

프레드릭은 가능한 한 바르가스의 공격을 막지 않고 피하는 쪽에 전념했다. 거의 30분 동안 쉬지 않고 자신을 노리고 퍼부어진 맹공에도 집중력을 잃지 않고 검을 손에서 놓지 않았다. 광기에 휩싸인 노인의 움직임을 하나도 놓치지 않고 뒤따라오며 바라보고 있는 레이지를 믿고 있었다.

"아직도 힘을 아낄 생각인가!"

반격 내신 빙어에 치중한 프레드릭을 향해 바르가스는 일갈했다.

"그 검을 꺼내라! 날 상대하려면 지금 네가 쥔 검으로는 역부족이다!"

바르가스는 마검 다크블로우에서 흘러나오는 기운을 감지하고 프레드릭을 부추겼다. 순간 프레드릭은 다크블로우의 검집을 오러로 감싸 레이지의 눈을 속였다.

"날 얕보는 것인가!"

콰콰쾅!

엄청난 폭발음과 함께 바르가스를 중심으로 불길이 치솟았다. 또 한 번 시가지가 불 속에 활활 타오르며 지옥도를 연출했다.

상당한 마나를 소모한 직후라 쉬지 않고 계속 이어지던 바르가스의 공격이 중단되었다. 레이지는 몸을 오러로 감싸 보호하면서 모든 것을 불태우는 화염 속에 남아 있었다.

'포스라는 힘의 특성상, 동급의 오러나 마법을 뚫고 들어오는 타격만큼은 피해야 해. 틈이 확실하게 보이기 전까지 선부른 공격은 금물이야.'

레이지는 체내에서 시시각각 변하는 마나의 흐름에 집중하면서 프로스트 엣지에 오러를 부여했다. 가장 극에 달하는 순간과 상대의 빈틈이 겹치는 기회를 바르가스와 일정 거리를 유지하면서 기다렸다.

"잡았다!"

높이 솟아오른 화염을 꿰뚫고 뻗어나온 손이 프레드릭의 검을 붙들었다. 뭔가 깨지는 소리와 함께 오러에 감싸인 검신에 금이 생기더니 길게 이어졌다. 프레드릭은 검을 놓고 후퇴하려고 했지만 거리를 좁히며 다가오는 레이지를 보더니 자리를 고수했다.

"크억!"

바르가스의 왼손이 프레드릭의 허리 안쪽으로 파고들었다. 핏줄기가 길게 뿜어져 나오며 바닥을 붉게 적셨다. 하지만 프레드릭은 그의 손을 뽑아내기는커녕 오히려 오른손으로 붙잡고 놔주지 않았다.

'지금이다!'

바르가스가 포스에 감싸인 오른손으로 프레드릭의 얼굴을 노리기 직전, 레이지의 검이 두 사람 사이를 갈랐다.

"허어?"

잘려 나간 바르가스의 두 팔이 허공에 떠올랐다.

마나의 흐름이 극에 달한 찰나, 레이지의 오러는 거의 무적에 가까웠던 바르가스의 포스를 뚫어냈다.

바르가스는 황급히 블링크로 후퇴하더니 나뒹굴고 있던 시체의 머리를 발로 짓밟았다. 그러자 연기와 함께 시체가 사라짐과 동시에 잘려 나간 두 팔이 원상복구되었다.

"……라 바스(불타올라라)!"

바르가스의 발밑에서 솟아오른 불길이 이번에는 그의 두 다리를 완전히 소각시켰다. 연속된 레이지의 공격에 바르가스의 표정이 살짝 일그러졌다. 마나가 극에 달하는 짧은 순간을 포착하기 위한 레이지의 수련이 드디어 빛을 발한 것이다.

그 뒤부턴 레이지와 바르가스 두 사람 간의 공방전이 계속 이어졌다. 레이지의 오러와 마법, 그리고 워락의 기술이 명중할 때마다 바르가스의 몸은 남아돌지 않았다.

바르가스는 자신의 몸을 몇 번이나 복구시키며 끈질기게 버텼다. 레이지의 공격 자체가 대부분 단발로 끝난다는 점을 파악하고선 반격에도 힘을 기울였지만, 포스의 힘을 사용해 근접전으로 싸워보긴 오늘이 처음인 그의 공격은 허공을 가르거나 바닥을 찢을 뿐이었다. 반면 레이지는 공격할 타이밍을 잡으며 회피에 집중했다. 교황과 직접 맞서기 전까진 그 어떤 부상도 용납할 수 없었다.

"헉헉……."

레이지는 거칠게 숨을 몰아쉬며 프로스트 엣지를 지팡이 삼아 몸을 지탱했다. 공격의 횟수 자체는 그리 많지 않았지만, 극도의 집중력을 유지하면서 30분이 넘게 공방전을 치르느라 체력 고갈만큼은 피할 수 없었다.

"벌써 지쳤는가?"

바르가스는 방금 전 잘려 나간 왼팔을 복구하면서 가볍게 웃었다. 이미 죽어버린 육체에선 피로나 고통은 조금도 느껴지지 않았다. 무엇보다 머리와 심장만 제외하면 아무리 파괴되어도 빠른 시간 내의 복구가 용이했다.

"아무리 날 공격해 봤자 내가 만들어낸 시체만 있으면……."

돌연 바르가스는 하던 말을 멈추고 주변을 둘러보았다.

어림잡아 수천에 달할 죽음의 군대가 단 한 명도 보이지 않았다. 혹시나 하는 생각에 블링크로 여기저기 이동하며 살펴봤지만 결과는 변하지 않았다.

"그, 그 많던 시체들이 도대체 어디로?"

처음으로 그의 얼굴에 당혹함이 자리 잡았다.

"신에게 선택받은 자를 방치한 너의 실책이다."

레이지는 쉐스를 가리키며 입꼬리를 살짝 올렸다.

세리타를 죽인 장본인이 마구 활개 치는 장면은 쉐스에게 끝이 보이지 않는 증오를 불러 일으켰다. 프레드릭과 레이지 대신 자신이 직접 바르가스와 상대하고픈 충동에 수도 없이 휘말렸다.

그러나 그는 레이지가 예전에 자처했던 냉정한 포지션을 유지하며 묵묵히 죽음의 군대를 소멸시켰다. 바르가스가 시체들을 이용해 육체를 회복시키는 모습을 보면서, 신성력으로 불타오르는 시가지를 정화시키는 일에 집중했다.

"말도 안 돼……."

새로운 힘을 얻었다는 자신감이 이제까지 바르가스가 살아남을 수 있었던 근원인, 냉철한 판단력을 흐트러뜨렸다.

그는 어디까지나 전면에 나서지 않고 남들의 이목이 닿지 않는 곳에서 음모를 꾸미는 쪽에 최적화되었다. 게다가 대륙 전쟁 당시 부상을 입고 오랜 기간 동안 전투에 참여하지 못했기에 실전을 통해서만 익힐 수 있는 감각과 경험이 상당히 퇴화된 상태였다.

그는 멍하니 쉐스를 바라보기만 했다. 노골적으로 드러난 빈틈을 레이지는 놓치지 않았다.

"으악!"

레이지의 검이 바르가스의 오른쪽 귀를 잘라내자, 비명 소리가 울려 퍼졌다. 다른 육체가 달리 아직 살아 있는 부분에서 미칠 듯한 통증이 전해졌다.

"나, 난 이대로 쓰러질 수 없어!"

화르르륵!

그를 중심으로 네 갈래의 불기둥이 솟아오르더니 지면을 타고 일대를 뒤덮었다. 그리고 시계방향으로 회전하면서 바르가스의 주위를 휘감았다. 그 어떤 자들의 접근도 허락하지 않겠다는 강렬한 의지가 담긴 마법이었다.

촤아악!

"크허억!"

하지만 그의 등 뒤에서 덮친 강렬한 물줄기가 불기둥들을 금세 꺼뜨렸다.

"페일, 네놈이이이!"

고통으로 일그러진 그는 뒤를 돌아보았다. 피에 흠뻑 젖은 어깨를 감싸쥔 채 쓰러져 있던 페일의 오른손은 바르가스를 향하고 있었다. 바르가스 한 명을 상대로 강력한 위력을 발휘하게 제약된 웨이브 서펀트가 커다란 입을 벌린 채 그를 덮쳤다.

"으아아아악!"

바르가스를 통째로 삼킨 웨이브 서펀트의 몸이 폭발하면서 주변을 물바다로 만들었다.

3

"으윽……."

땅바닥에 쓰러진 바르가스는 가슴속에 숨겨두었던 수정구를 꺼내기 위해 몸부림쳤다. 오른손으로 꺼내려고 안간힘을 썼지만, 폭발에 휘말려 날아갔다는 걸 뒤늦게 깨닫고 왼손을 움직였다.

그는 혹시나 하는 생각에 주변을 살폈다. 다행히도 마지막 순간 최대한 먼 거리로 설정한 블링크 덕분에 시가지에서 떨어진 수풀 속으로 도망갈 수 있었다.

"이 방법은 쓰지 않으려고 했건만……."

교황으로부터 건네받은 서클 '0'의 마법.

그것이 그가 가진 최후의 한 수였다.

원치 않은 육체로 되살아난다는 두려움 따윈 잊어버린 지 오래였다. 그에겐 선택의 여지가 없었다.

"그 망할 년의 육체만 아니라면…… 상관없겠지."

바르가스는 칸나의 육체만 아니기를 빌면서 수정구에 마나를 천천히 불어 넣기 시작했다. 하지만 그의 머리 위로 누군가의 그림자가 드리워졌다는 걸 미처 깨닫지 못했다.

"그걸 쓰려고?"

쨍그랑!

레이지가 내지른 검에 수정구는 산산조각 나버렸다. 바르가스는 마지막 수로 준비했던 마법이 중지되자, 다급히 수정구 조각을 손가락으로 긁어모았다.

"이미 끝났다, 바르가스."

"네, 네놈이!"

마지막 희망까지 사라지자 바르가스의 입에서 분노로 가득한 목소리가 터져 나왔다.

"영혼 전이 마법은 너무 변수가 많아 쓰지 않는 편이 좋아. 나야 운이 매우 좋은 편에 속했지만 말이야."

"무, 무슨……."

자신이 쓰려고 했던 마법을 단번에 파악당하자 바르가스의 두 눈이 크게 떠졌다. 레이지는 가볍게 피식 웃으며 엄지손가락으로 자신의 가슴을 가리켰다.

"날 보고도 모르겠어? 아무리 대마법사의 제자라고 해도 2년 만에 아크메이지에 도달할 수 있다는 게 상식적으로 가능하다고 보나?"

"너, 넌! 설마……."

"악운이 강해서 그런지, 새로 얻은 육체엔 오러의 자질이 넘쳐나더군."

초상화로만 봤던, 이미 죽었다고 알려진 남자의 얼굴과 레이지의 표정이 바르가스의 시야에서 겹쳐졌다. 바르가스의 얼굴에 드리워진 절망감 위에 경악이 덧씌워졌다.

"넌 다시 내 눈앞에 나타나지 말아야 했어."

레이지가 들어 올린 오른손이 화염에 휩싸이더니 불길이 치솟았다.

"으아아악!"

그리고 바르가스의 얼굴을 움켜쥐었다. 살이 타들어가는 고약한 냄새와 함께 연기가 손가락 사이에서 흘러나왔다.

손을 떼자 고통에 일그러진 얼굴로 시커멓게 타버린 바르가스의 얼굴이 흉측하게 남았다. 그와 동시에 심장에 모여 있던 마나가 바르가스의 시체에서 흘러나와 주변으로 퍼져 나갔다.

"잘 가라, 제국의 잔재여."

4

바르가스의 최후를 확인한 레이지는 동료들이 있는 곳으로 돌아갔다.

쉐스는 누워 있는 페일에게 힐링을 시전 중이었다. 마리에타는 옆에서 가슴 졸이며 페일의 상태를 지켜보다가 레이지를 발견하고선 급하게 달려왔다.

"레이지! 바르가스는 찾았나요?"

"제 손으로 직접 끝내고 왔습니다."

마리에타는 안도의 한숨을 내쉬었지만 도로 다급한 표정으로 바뀌었다.

"이상해요! 피가 멈추질 않아요!"

"네?"

레이지는 의아해하며 페일에게 다가가 상태를 살폈다.

상처 자체는 조금씩 아물고 있었지만, 쉐스의 신성력을 감안한다면 회복이 너무 더뎠다.

"어떻게 된 거지?"

레이지의 질문에 페일은 잔뜩 찡그린 표정으로 힘겹게 입을 열었다.

"아무래도 그 망할 노인네가 뭔가 수를 쓴 거 같은데…….이미 죽었지?"

"그래."

"죽은 사람 따라가서 물어볼 수도 없는 노릇이고, 환장하겠군."

페일은 레이지의 부축을 받아 상체를 일으키더니, 자신의 어깨를 감싸고 있는 쉐스의 손을 옆으로 밀쳐냈다.

"나는 단순한 조력자이니 그냥 놔두고 저 남자의 상태나

살펴봐. 나 못지않은 부상을… 입었잖아?'

"전 괜찮습니다."

쓰러져 있는 페일과 달리 프레드릭은 겉보기엔 아무런 이상 없이 서 있었다.

그는 오러로 상처 주위를 감싸 더 이상의 출혈을 억제했다. 하지만 페일의 경우와 비슷하게 상처 자체가 아물지는 않았다.

"뭐, 이 정도로 만족해야겠어. 크윽……. 그래도 이 손으로 저 망할 아버지란… 인간에게 한 방 먹일 수 있었으니 다시 내 역할에 충실해야겠지."

쥴리앙이 목숨을 걸면서 발동시킨 프란디스 성의 마법진은 이미 작동을 멈춘 지 오래였다. 대신 비공정에서 구현 중인 마법이 바르디아를 억류 중이었다.

엘레노어가 공격조에 포함되지 않은 이유는 언제 다시 작동할지 모르는 바르디아를 붙잡아 놓기 위해서였다. 대성당 지하에 있는 마나 코어의 작동을 방해하기 위해선 비공정을 통해 발산되는 그녀의 마법이 계속 유지되어야 한다.

"자, 서두르라고. 난 알아서 비공정으로 돌아갈 테니."

페일의 독촉에도 불구하고 레이지는 움직이지 않았다.

프레드릭의 상태가 과연 괜찮을까 걱정됨과 동시에 쉐스에게 지금 해야 할 말이 있었기 때문이다.

"쉐스, 널 보니 왠지 미안해."

"바르가스를 제가 아닌 당신이 마무리 지어서 그렇습니까?"

"그래."

"신경 쓰지 마십시오. 그를 제 손으로 직접 죽인다 한들, 세리타는 다시 돌아오지 않습니다. 전 복수 대신 평생 그녀를 추모하기로 맹세했습니다."

무엇보다 진정한 복수는 이제 막 시작되었을 뿐이다.

"먼저들 가!"

페일의 계속되는 독촉에 레이지는 고개를 끄덕거리며 대성당 쪽을 바라보았다. 그리고 앞으로 달려갔다.

쉐스와 프레드릭이 그의 뒤를 쫓아갔고, 마리에타만이 홀로 남아 페일을 걱정스러운 눈빛으로 내려다보았다.

"정말 괜찮겠어요? 제가 공간 이동 마법으로……."

"그럴 필요 없어."

페일은 목에 걸고 있는 작은 피리를 꺼내 불었다.

'삐이익' 하는 소리와 울려 퍼지자, 공중전을 벌이고 있던 와이번 라이더 중 한 기가 날아와 레이지 일행 옆에 착지했다.

"이럴 줄 알고 한 개 빌려왔거든."

"정말 준비성 하나는 철저하네요."

"그러면 마지막을 잘 장식하라고. 아, 잠깐!"

페일은 와이번에 올라타려다가 도로 내리더니 마리에타에

게 다가갔다.

"아가씨, 충고 하나 할게."

그는 마리에타의 양 어깨에 손을 얹었다.

"저 녀석에게 그걸 그냥 건네 준다면 거절할 거야. 그러니 절대 그걸 거부할 수 없는 입장에 처했을 때 내놓으라고."

"……."

"어쩌면 엄청난 비극을 겪은 후일 수도 있겠지. 그렇지만 또 하나의 마법은 너에게 분명히 또 한 번의 기회를 안겨줄 테니 너무 걱정하지 마. 무슨 의미인지 알겠지?"

마리에타는 굳은 표정으로 고개를 끄덕거렸다.

"그러면, 으윽…… 먼저 갈게!"

페일은 고통을 애써 참으며 와이번에 올라탔다.

마리에타는 비공정을 향해 날아가는 와이번의 뒷모습을 응시했다. 자신에게 지워진 또 하나의 의무를 떠올리며 입술을 굳게 다물었다.

5

"크윽."

셸턴의 입에서 신음 소리와 함께 피가 주르륵 흘러내렸다.

이미 그의 몸은 만신창이가 되어 움직이는 것조차 힘들었다. 오른손에 쥐어져 있는 디바인세이버의 빛도 미약해진 지 오래였다.

"왜 네가 이곳에… 하필 왜 이때!"

쉘턴은 마키스 한 명을 상대할 때만 하더라도 절대 진다는 생각 따윈 하지 않았다. 아무리 그랜드 마스터라 하여도 디바인세이버를 쥔 자신과 랭크 6의 오러 유저 퓨리언이 함께하는 이상 승리는 시간 문제였다.

중상을 입고 쓰러진 마키스를 내려다보며 결정타를 넣을 준비를 할 때까지만 하더라도 그 생각에는 변함이 없었다.

하지만 갑자기 천장이 무너지면서 한 기의 와이번 라이더가 모습을 드러냈고, 와이번에서 뛰어내린 남자를 본 순간 기쁨은 절망으로 바뀌었다.

"가르시아, 그리고 데릭……. 너희 형제는 항상 내 앞을 가로막기만 하고……."

망가진 갑옷 사이로 흘러내린 피가 그의 발아래 홍건하게 고였다. 가르시아의 두 눈이 붉게 변하는 순간 자신을 덮친 알 수 없는 힘에 당한 이후로 그는 검 한 번 제대로 휘두르지 못했다.

"가르시아! 날 얕보지 마라! 더 이상 난 예전의 내가 아니다. 성검 디바인세이버를 물려받은, 진정한 베르시아의… 검이란 말이다!"

그는 마지막 남은 힘을 짜내 고함을 지른 뒤 양손에 쥔 디바인세이버를 높이 들어 올렸다. 하지만 앞에 있는 가르시아를 향해 나아갈 힘은 없었다.

"나야말로 최강의… 베르시아의……."

미끄러지듯 쉘턴의 손을 빠져나간 디바인세이버가 바닥에 나뒹굴었다. 그리고 쉘턴의 시야는 어둠 속으로 빠져들었다.

"……."

가르시아는 한때 동료였던 남자의 최후를 측은한 눈빛으로 내려다보았다. 만약 이번 시간대가 다르게 흘러갔다면 그의 운명도 이렇게 끝나지 않았을 거라는 가정을 떠올리면서.

"끝이로군."

망가진 어깨를 붙들고 벽에 등을 기대고 있던 퓨리언은 끝까지 베르시아라는 이름을 외치며 죽어간 쉘턴을 허망하게 바라보았다.

"난 참 웃긴 인간 같아. 날 버린 세상을 향해 복수하겠다는 일념으로 버렸던 검을 다시 쥐었는데……."

그 복수를 위해 동료로 만났던 마키스에게 검 한 번 제대로 휘두를 수 없었다. 덕분에 자신도 마키스에게 부상을 입었을 뿐, 살아남게 되었지만.

더 이상 싸울 의지를 상실한 퓨리언을 슥 쳐다본 쥴리앙은 그제야 안도의 한숨을 내쉬며 가르시아를 바라보았다.

"가르시아 경, 정말로 고맙네."

"아직 고맙다는 말을 듣기엔 이릅니다."

가르시아는 뚫린 천장을 통해 상공에 도사리고 있는 바르디아를 응시했다. 아직 그의 전투는 끝나지 않았다.

가르시아는 바닥에 떨어진 디바인세이버를 집어들었다.

예전과 같은 찬란한 빛은 떠오르지 않았다. 대신 그가 택한 핏빛 기운이 검을 휘감더니, 검신 전체가 진홍빛으로 탈바꿈했다.

"마키스 경, 폐하를 잘 부탁드립니다."

"무운을 빌겠습니다."

마키스와 짧은 인사를 주고받은 가르시아는 자신을 데리고 온 레니의 와이번에 휙 올라탔다. 바르디아를 향해 멀어져가는 가르시아를 쥴리앙은 고개 들어 지켜보았다.

"죄송합니다. 으윽⋯⋯."

"어이어이! 무리하지 말게!"

애써 고통을 참고 있던 마키스의 입에서 신음이 흘러나오자, 쥴리앙은 펄쩍 뛰더니 그에게 달려갔다.

"자넨 살아서 발렌시아 왕국을 위해 일할 몸이야! 벨라하고 재혼도 해야 하고!"

상황에 걸맞지 않는 쥴리앙의 너스레에 계속 무거운 표정만 짓고 있던 마키스의 얼굴이 살짝 풀렸다.

"주례는 내가 설 테고, 식장은 프란디스 성 연회장을 빌려서 거창하게 치를 걸세. 어허? 농담이 아니라고?"

"말씀만이라도 감사합니다."

"이제 한숨 돌리게. 우리들의 역할은 여기까지 아닌가? 나머지는 그들에게 맡겨봄세."

6

덜컹!

어두컴컴한 지하 강당에서 고요함을 즐기고 있던 안드레
아의 귀에 문이 벌컥 열리는 소리가 들렸다.

"예하! 여기 계셨습니까?"

"왜 그리 호들갑인가?"

"이, 이러고 계실 때, 때가 아닙니다!"

느긋한 어조의 교황과 달리 제이콥스 추기경은 심하게 말
을 더듬으며 난리법석이었다.

"비, 비공정이 바르디아에 상륙했습니다!"

"그 노인네가 있지 않은가?"

"바르가스는… 죽었습니다."

이제까지 그 누구의 침공도 허락하지 않은 바르디아에 비
공정이 난입한 것만으로도 큰 사건인데, 교단의 핵심 인물 중
하나인 바르가스의 죽음은 교단에게 크나큰 위기였다.

그러나 교황 안드레아는 여전히 여유 넘치는 태도로 지하
강당 중앙에 위치한 마나 코어를 응시할 뿐이었다.

"그래? 다행이로군."

"네?"

"그 노인네는 교단에 대해 너무 많은 걸 알고 있었어. 직접 손댈 필요 없이 알아서 죽어주니 나로선 편하군."

등을 돌리고 있던 교황이 고개를 옆으로 돌리자, 제이콥스 추기경의 몸이 경직되어 움직이지 않았다.

"그리고 자네 역시 많은 걸 알고 있지. 진짜 핵심적인 건 모르고 있지만……."

"예, 예하?"

"이번 시간대에서 자네의 역할은 꽤 중요했네. 예전엔 요리조리 눈치만 보며 이쪽저쪽 끼어들기 바빴던 자네가, 아주 충실히 내 오른팔을 담당했지."

교황의 오른손이 천천히 제이콥스의 얼굴을 향해 다가왔다.

어떤 결말이 닥칠지 제이콥스의 머리에 떠올랐지만, 굳어진 몸은 벌벌 떨기만 할 뿐 움직이지 않았다.

"으으… 예, 예하!"

우드득!

뼈가 부서지는 소리와 함께 핏방울이 아래로 뚝뚝 떨어졌다.

교황은 피가 잔뜩 묻은 오른손을 살짝 들어 올렸다.

"하지만 여기까지로군. 대신 자네의 신성력은 유용하게 쓰겠네."

빛에 휘감긴 오른손에서 연기가 피어오르며 핏자국이 순

식간에 사라졌다.

"호오, 그대도 왔는가?"

교황 안드레아는 뒷짐을 지고서 천천히 걸음을 옮겼다.

교단의 문양이 새겨진 갑옷을 걸치고 있는 베른은 특유의 무표정한 얼굴로 문가에 서 있었다.

"직접 부를까 했는데 알아서 여기로 찾아오니 다행이로군."

마법과 신성력 모두 극에 달한 교황에겐 강력한 오러가 절실히 필요했다. 그런 이유로 그는 베른과 나르디안을 섭외했고, 언젠가 때가 오면 그들의 힘을 자신의 것으로 만들 음모를 꾸몄다. 아쉽게도 나르디안은 죽었지만 베른은 끝까지 남았다.

"역시 예전 동료에게 검을 내밀기엔 힘든가 보지?"

"아니다. 난 단지 더 확실한 방법을 택한 것뿐이다."

베른은 갑옷을 잇고 있던 가죽끈을 풀었다. 금속성 소리와 함께 교단의 갑옷이 아래로 떨어졌다.

교황 안드레아는 오른손을 베른의 심장이 있는 가슴 위에 얹었다.

"약속은… 반드시 지켜라."

"진정한 파멸이야말로 내가 원하는 바이지. 나르디안 경도 원했던 바이고. 그 어떤 일이 있어도 지킬 테니 걱정하지 말게."

교황의 손이 빛을 발하더니 베른의 오러를 흡수하기 시작했다. 강력한 빛과 함께 시작된 흡수는 베른의 눈에 초점이 사라지는 순간 끝을 맺었다.

베른의 거구가 앞으로 천천히 기울더니 힘없이 쓰러졌다. 반면 교황은 몸 안에서 소용돌이치기 시작하는 강력한 오러를 느끼고 환하게 미소를 지었다.

"이것이… 그랜드 마스터급의 오러인가!"

이제 교황에게 남은 것은 네 번째 힘, 포스뿐이었다.

하지만 포스를 취하기엔 아직 일렀다. 그를 향해 다가오고 있는 레이지 일행에게 끝이 보이지 않는 절망을 선사한 뒤에야 가능한 일이었다.

"바르가스를 상대로 몸을 풀었을 테니, 이번엔 이걸 선물해 볼까?"

그는 마나 코어 쪽으로 걸어가더니, 두 손을 가져간 뒤 마나를 불어넣었다. 그러자 미약한 빛을 발하던 마나 코어가 순간 강하게 빛나며 작동하기 시작했다.

Chapter 82
나의 영원한 친구여, 안녕히……

1

"……!"

대성당을 향해 달려가던 레이지는 걸음을 멈췄다.

"이건 도대체……."

지하 깊숙한 곳에서 흘러나온 마나가 대성당을 중심으로
빠르게 퍼져 나갔다. 그를 뒤따라오던 이들도 뭔가 심상찮은
기운을 감지하고 이동을 중지했다.

"레이지, 저것 봐요!"

마리에타가 가리킨 방향에 공간을 일그러뜨리는 거대한
원이 떠올랐다. 짙은 어둠을 둘러싼 원 안이 꿈틀거리기 시작
하더니 흉측한 팔이 모습을 드러냈다.

"여기뿐만이 아니에요! 저기에도! 그리고……."

대성당으로 향하는 통로를 우수죽순으로 생겨난 원들이 가로막았다. 그리고 이전에 본 적이 없는 형상의 괴물들이 하나둘씩 튀어나왔다.

"이계 소환 마법!"

레이지는 저 원들이 이계로 통하는 길임을 파악하고 이를 악물었다.

"비공정으로 마나 코어를 최대한 방해했음에도… 이 정도 마법은 구사할 수 있단 말인가."

레이지는 몬스터들로 둘러싸인 대성당을 노려보았다.

몬스터들을 무시하고 교황에게 가는 방법도 있지만, 후방에서 공격받을 가능성은 물론이거니와 비공정이 공격당할 경우 원치 않은 변수가 생길 수 있다.

'오러 캐넌을 쏜다면… 아니야, 그건 진짜 최후의 무기로 남겨둬야 해.'

무엇보다 이계 소환 마법을 구현하는 마법진 자체를 파괴하거나, 마나 코어를 정지시키지 않는다면 계속해서 몬스터들이 튀어나올 수 있다. 만약 예전 페르디어스 왕국의 경우처럼 드래곤이라도 소환될 경우 심각한 피해를 각오하고 싸워야 한다.

"분명히 어디엔가 소환을 위한 마법진이 있을 겁니다. 우선적으로 그걸 파괴해야 합니다. 마리에타, 느껴집니까?"

"아마도 대성당 뒤편 숲에 있다고 생각돼요. 하지만 한두 명이서 모조리 해체하기엔 시간이 촉박할 거예요."

예전 페일에게 받았던 혹독한 수련이 이런 식으로 도움이 될지는 그녀도 예상하지 못했다.

문제는 마법진을 모두 파괴하는 동안 소환될 몬스터들이다.

레이지는 하늘로 시선을 돌렸다. 처음에 비해 반수 가까이 줄어들긴 했지만, 와이번 라이더들의 공중전은 아직 끝날 기미조차 보이지 않았다. 특히 트레이지아와 팰컨으로 보이는 두 기의 격전은 멀리서 바라봐도 치열할 정도였다.

"레이지. 아니, 제이워드."

프레드릭은 일부러 옛 이름으로 레이지를 불렀다.

"이곳은 나에게 맡겨라."

"괜찮겠어?"

"난 너와 달리 마법에 대해서는 무지해. 날 제외하곤 모두 마법에 능통한 인원이니 나 혼자 여기서 시간을 끄는 쪽이 합리적이지."

"하지만……"

"네가 망설이는 지금 이 순간에도 몬스터들은 계속 소환되고 있어!"

프레드릭의 외침에 레이지는 번뜩 정신을 차렸다.

그의 말대로 프레드릭이 몬스터를 상대하며 나머지 인원

이 마법진 파괴에 전념을 다하는 쪽이 합리적이다. 그럼에도 그가 망설였던 이유는 과거 잊을 수 없는 기억이 떠올랐기 때문이다.

"절대 무리하진 마. 그리고 반드시 살아서 보자. 무슨 뜻인지 알겠지?"

말을 마치자마자 레이지는 몬스터들이 응집된 지역을 오른쪽으로 빙 돌아 이동했다. 마리에타와 쉐스는 함께 왼쪽을 택했다.

그들이 시야에서 멀리 사라지자, 프레드릭은 한숨을 길게 내쉬고선 마검 다크블로우를 감쌌던 오러를 거두었다.

그러자 검집 바깥으로 검은 기운이 스멀스멀 흘러나와 바닥에 짙게 깔렸다. 프레드릭은 오른손으로 검자루를 쥐고 왼손으로 검집을 뽑아냈다.

"크흑……."

마검 다크블로우의 어두운 기운이 검자루를 타고 그의 오른팔을 휘감더니 이내 온몸을 둘러쌌다. 더 이상 오러로 보호할 수 없게 된 옆구리의 상처가 다시 터지면서 피가 주루룩 흘러내렸다.

2

"키이익!"

괴이한 비명 소리와 함께 아크 가고일의 거대한 몸이 바닥에 쓰러졌다. 프레드릭은 앞으로 찔렀던 검을 급히 거두어들이곤 주변을 둘러보았다.

사방이 온통 몬스터로 뒤덮었다. 예전에 봤던 몬스터들도 있었지만 대다수 처음 보는 괴물들이었다.

그는 30분이 넘는 시간 동안 오러를 전개한 상태로 거의 쉬지 않고 검을 휘둘렀다. 어느덧 그의 발밑은 몬스터들의 피가 뒤섞여 흥건하게 젖어 있었고 그의 검이 닿는 범위에는 죽은 몬스터들이 수북하게 쌓여 있었다. 걸치고 있는 갑옷은 몬스터들의 손톱에 찢겨 나가 원래 모습을 찾기 힘들었다

아무리 베어내고 쓰러뜨려도 몬스터들의 수는 줄어들 기미조차 보이지 않았다. 옆구리에 입은 상처에서 흘러나온 피는 허벅지를 타고 다리 전체를 붉게 물들였다.

찬란하게 빛나던 오러는 점점 희미해져 갔고, 대신 다크블로우에서 흘러나오는 검은색 기운이 그의 몸 안을 더욱 깊게 파고들었다. 사실 서 있기조차 불가능한 상황에서 그가 버티고 있는 이유는 다크블로우가 그의 생명을 대가로 힘을 부여해 줬기 때문이다.

죽음의 그림자가 서서히 드리워지고 있는 가운데, 프레드릭은 레이지가 건넨 말을 떠올렸다.

"……그리고 반드시 살아서 보자."

병마로 갉아먹힌 그의 목숨은 오래 버티기 힘들었다.

최소한 레이지와 함께 교황의 야망을 저지하는 순간까지 살고 싶었다. 아니, 하다못해 아까 한 약속대로 살아서 레이지를 만나고 싶었다.

"쿨럭!"

뜨거운 느낌과 함께 핏방울이 입술 아래로 흘러내렸다.

결국 프레드릭은 다크블로우를 떨어뜨리고 두 무릎을 꿇었다. 간신히 고개를 들어 앞을 바라봤을 땐, 자신의 목숨을 노리고 날아오는 몬스터들의 그림자가 머리 위에 드리워졌다.

'이렇게 나는 죽는 건가…….'

죽음이 두렵지는 않았다.

단지 레이지에게 또 하나의 슬픔을 안겨주는 게 못내 안타까웠다. 앞서 가버린 데릭을 몇 년이 지난 지금도 가슴에 안고서 잊지 않는 레이지의 표정이 아른거렸다.

"이대로 죽을 수는… 없어."

프레드릭의 손가락이 꿈틀거리며 움직였다.

미약하게 꺼지기 직전이긴 하지만, 그의 생명은 아직 완전히 불타오르지 않았다.

그는 놓쳤던 다크블로우의 검자루를 천천히 움켜쥐었다.

"다크블로우여……."

다가오던 몬스터들이 돌연 움찔거리며 뒤로 물러섰다.

다크블로우에서 흘러나오는 검은색 기운이 프레드릭을 완전히 뒤덮으면서 음산한 기운이 일대를 지배했다.

"얼마 남지 않았지만… 내 생명을 모조리 너에게 주마. 대신 나에게… 힘을!"

찢겨 나가고 일그러졌던 그의 갑옷 위로, 검은색 기운이 덧씌워지더니 원래 모습으로 돌아가기 시작했다. 머리를 감싼 기운은 얼굴 전체를 가리는 투구로 변해 그의 시야를 어둠 속에 가두었다.

쿠웅!

프레드릭이 발을 앞으로 내딛자 강렬한 충격이 지면을 타고 주변으로 퍼져 나갔다. 몬스터들은 서로 뒤엉킨 채 쓰러졌고, 공중에 떠 있던 가고일들은 머리를 감싸쥐더니 괴로워하며 추락했다.

"제이워드가 올 때까지 난… 버틸 것이다."

묵직하게 가라앉은 목소리가 투구 사이에서 흘러나왔다.

그는 다크블로우를 양손으로 쥐고 머리 위로 높이 들어 올렸다.

3

"설마 지금 그건……."

레이지의 머릿속에 절대 잊지 못할 단어가 떠올랐다.

보르가이나 공성전.

제국에게 패배의 그림자를 드리운 대역전극이자, 소중한 동료의 죽음에 슬퍼해야 했던 비극이었다.

하지만 그 두 가지에 가려져 있고 있었던 무언가가 하나 있었다.

"다크블로우… 그 마검이 왜 이곳에!"

마검 다크블로우는 짧은 시간 동안 프레드릭의 손을 거쳐 간 적이 있었다.

하지만 소유자의 생명력을 대가로 위력을 발휘한다는 극악한 조건과, 데릭의 죽음을 막지 못했던 제이워드의 죄책감은 그로 하여금 다크블로우를 봉인하게 만들었다.

"지금이라도 막아야 하는데!"

레이지는 마법진에 손을 떼고 자리에서 일어섰다. 그리고 공간 이동 마법을 시전하다가 도중에 취소했다.

'오히려 마법진 파괴가 지체된다면 그만큼 프레드릭의 생명력은 소모될 거야. 그렇다고 죽음을 향해 달려가는 녀석을 이대로 보고만 있을 수는 없는데!'

전혀 예상하지 못했던 최악의 상황이 다가오자 레이지의 머릿속에선 반드시 살아야 했던 전우의 마지막 모습이 떠올랐다. 꽉 움켜쥔 주먹 사이로 핏방울이 뚝뚝 떨어졌다.

한동안 갈등 속에서 고뇌하던 레이지는 감았던 눈을 뜨고 결심을 굳혔다.

'지금은 프레드릭을 믿고 따르는 수밖에 없어. 그 녀석과의 약속을 믿어야 해!'

그는 이계 소환 마법을 작동시키고 있는 마법진에 두 손을 가져갔다. 룬 문자를 읊는 그의 입은 그 어느 때보다 재빠르게 움직였다.

4

몬스터들이 울부짖는 소리가 프레드릭의 귓가를 메웠다.

무수히 베어낸 괴물들의 시체가 그의 주변에 계속해서 쌓였고, 몸 여기저기를 관통한 상처로부터 고통은 더 이상 느껴지지 않았다.

다크블로우에 남은 생명을 모두 바친 프레드릭은 눈에 보이는 것 모두를 베어내고 쓰러뜨렸다.

우워워워!

고막이 터질 듯한 포효가 프레드릭의 입에서 터져 나왔다. 몬스터들의 시체가 산산조각 나 뒤로 밀려났고, 대지를 적신 피가 마구 끓어오르며 솟구쳤다.

그의 시야는 완전히 어둠에 지배되어 버렸다. 하지만 빛조차 존재하지 않는 공간 속에서도 몬스터들이 발산하는 기운만큼은 선명하게 보였다. 그는 양손으로 움켜쥔 다크블로우를 휘두르고, 베어내고, 찔러 넣었다.

다크블로우에 몸을 맡긴 그의 의식은 점차 흐려지기 시작했다. 그를 유혹하는 달콤한 잠에 모든 걸 포기하고 빠져들고 싶었지만, 영원히 돌아올 수 없는 꿈으로 향하는 길이라는 걸 깨닫고 계속해서 검을 휘둘렀다.

그의 목적은 단 하나.

친구와의 약속을 지키는 것뿐이었다.

'나를… 부르는 걸까?'

괴성과 폭발음 사이에서 자신의 이름이 희미하게 들렸다.

하지만 어둠 속에 가려진 그의 시야에는 동료들의 모습이 보이지 않았다. 자신을 둘러싼 몬스터들을 향해 공격을 반복했다.

얼마나 시간이 흘렀을까.

더 이상 검을 휘두를 기운조차 남아 있지 않은 프레드릭은 어둠 속에서 비틀거리며 서 있었다. 누군가 건드린다면 당장에라도 쓰러질 듯 위태한 상황에서 그는 다크블로우를 땅에 꽂아 넣었다. 마지막이 오더라도 절대 두 무릎을 꿇고 맞이할 수 없었다.

「……드릭!」

검자루를 쥔 손에 힘이 빠지려는 순간, 누군가의 목소리에 조금이나마 힘이 되돌아왔다.

「나야! 내가 돌아왔다고!」

그를 계속 괴롭히던 몬스터가 아니었다.

「프레드릭!」

자신의 이름을 부르는 목소리에 어둠이 서서히 걷히기 시작했다.

5

"프레드릭! 눈을 떠봐!"

"나, 나는……."

어둠이 걷힌 프레드릭의 시야 한가운데에 레이지의 얼굴이 자리 잡았다.

"그 검은… 역시……."

레이지는 프레드릭의 양 어깨를 강하게 움켜쥐며 울부짖었다. 지난 대륙 전쟁 당시 봉인했던 마검 다크블로우가 이런 곳에서 모습을 드러낼 줄은 상상도 못했기 때문이다.

아니, 그것보다 프레드릭의 상태가 뭔가 이상했다. 바르가스에게 입은 부상과 무수히 많은 몬스터들과의 격전을 치렀다 하여도 지금 프레드릭의 몸은 결코 정상이 아니었다.

레이지는 예선과 같은 몸 상태를 딱 한 번 본 적 있었다. 꺼져 가는 생명을 힘으로 바꾸어 먼 곳으로 가버린 데릭의 경우였다.

"쿨럭!"

기침 소리와 함께 프레드릭의 입술 사이로 피가 주르륵 흘러내렸다.

"나에겐 어차피 남은 시간이… 그리 많지 않았어. 그러니 내 선택을 원망하진…… 말아줘."

"너, 몸이… 언제 그렇게……."

레이지는 제이워드였을 때의 실수를 다시 반복했다는 죄책감에 고개를 숙였다. 미약하게 발산되는 프레드릭의 생명력은 오랜 시간 동안 그의 몸이 병마에 갉아먹혔다는 걸 의미했다.

"마법진은… 어떻게 되었지?"

"모두 파괴했어!"

"다행이로… 군."

자신의 역할이 헛되지 않았음을 알게 되자 프레드릭의 입가에 옅은 미소가 자리 잡았다.

"이 정도면 내 역할은 충분히 한… 셈이지?"

"아니야! 네 역할은 끝까지 함께하는 거라고!"

레이지는 당장에라도 터져 나올 것 같은 눈물을 억지로 참으며 그를 일으켜 세웠다. 하지만 힘이 남아 있지 않는 그의 몸은 간신히 검자루를 움켜쥐고 서 있기에도 벅찼다.

"나의 마지막 선물을… 받아주길 바래."

대륙 전쟁 당시, 그는 제이워드의 곁을 떠나던 엘레노어에게 한 가지 부탁을 했다.

그것은 엘레노어가 익혔던, 남에게 자신의 힘을 건네주는 마법이었다. 진심으로 상대에게 힘을 넘기고자 하는 마음이 있어야 성공할 수 있는 마법으로, 죽음을 대가로 구현되는 마법이면서 서클에 관계없이 익힐 수 있었다.

"내가 유일하게 익힌⋯ 마법이거든. 이거라면 죽어가는 나보다 더 큰 힘이 될 거다."

"너, 처음부터 이럴 생각으로 나를 도와준 거야?"

"그래."

프레드릭은 오른손을 뻗어 레이지에게 내밀었지만, 레이지는 거칠게 밀쳐내며 고개를 가로저었다.

"이딴 힘 따위 필요하지 않아. 내가 바라는 건 단 하나야! 네가 죽지 않고 끝까지 내 곁에 있어주는 것뿐이야!"

"미안⋯ 하다."

프레드릭은 레이지의 거부에도 아랑곳하지 않고 오른손을 내밀었다.

결국 레이지는 그의 손을 강하게 움켜쥐었다. 서서히 꺼져가는 촛불처럼 사라지는 프레드릭의 마지막 부탁을 차마 거절할 수 없었다.

그러자 빛이 두 남자기 맞잡은 손을 휘감았다. 프레드릭이 지닌 오러가 레이지의 손을 타고 온몸으로 퍼져 나갔다.

"제이워드⋯ 엘레노어님을 부탁⋯⋯ 한다."

그는 행복한 표정으로 천천히 두 눈을 감았다.

하지만 그를 둘러싼 이들의 표정은 침통할 따름이었다.

"데릭 경, 이제야 당신을 만나러… 가는군요."

그 말을 끝으로 프레드릭의 고개가 아래로 천천히 내려갔다. 끝까지 울음을 참던 레이지의 두 눈 아래로 눈물이 흘러내렸다.

"프레드릭─!"

6

레이지는 프레드릭의 시신 앞에 눈물을 흘리며 서 있었다.

제이워드일 때도, 레이지로 다시 태어난 이후에도 같은 식으로 소중한 전우를 떠나보내야 하는 운명 앞에 그저 슬퍼할 수밖에 없었다.

"레이지……."

마리에타는 레이지에게 다가가 두 팔을 벌려 등을 안았다. 그녀 역시 프레드릭의 죽음이 헤어나오기 힘들 정도로 슬펐지만, 오랜 시간 동안 그와 함께한 레이지에 비하면 아무것도 아니라고 생각했다.

'당신은 정말로 그분을 아꼈군요. 남들 앞에 눈물 한 방울도 쉽게 보여주지 않았던 당신이 이렇게 오열하다니…….'

그녀가 할 수 있는 일은 슬픔에 빠져 있는 레이지를 위로하는 것뿐이었다.

"…지금 그대의 어린 양이 당신의 품에 안기오니……."

쉐스는 성호를 그으며 프레드릭을 위한 기도를 올렸다.

모두 슬픔에 잠겨 있는 사이 두 사람이 천천히 걸어왔다.

친오빠 팰컨 왕자를 쓰러뜨리고 도착한 트레이지아 공주와 와이번에 몸을 싣고 급히 달려왔지만 결국 프레드릭의 죽음을 막지 못한 가르시아였다. 그들 역시 말없이 프레드릭을 추모하며 레이지가 슬픔에서 벗어나기를 기다렸다.

그렇게 10여 분이 흐르자 계속 프레드릭 앞에 서 있던 레이지가 대성당을 향해 몸을 돌렸다.

"쉐스, 아까 세리타님의 장례식을 마쳤지?"

"네."

"이젠 프레드릭의 장례식을 치를 차례다."

대성당 쪽을 바라보는 레이지의 눈은 그 어느 때보다 분노로 가득 차 있었다.

Chapter 83
희생이 아닌, 모두를 살리는 길로

1

완전히 박살 나버린 흔적만 남아 있는 대성당.

그 아래로 통하는 계단을 내려가고 있는 레이지의 발걸음은 그 어느 때보다 무거웠다.

이전의 시간대엔 그 대신 스승 샤를로트가 이곳을 통해 내려갔다. 안드레아에게 살해된 제이워드의 복수를 위해 동료들을 이끌고 지하 강당으로 들어갔고, 복수에 실패했다.

레이지는 가르시아를 통해 돌온 스승의 마지막 모습을 반복해 뇌리에 각인시켰다.

"이 사실을…… 잊지 않고 기억해야 해…… 다시 그 아이가 죽는 과거로 돌아가고 싶지 않아……."

　그녀의 마지막 소원대로 교황의 음모는 레이지를 비롯한 많은 이들에게 알려졌다. 제이워드는 죽었지만 레이지로 다시 되살아나 그녀의 제자가 사라지는 비극은 피할 수 있었다.
　하지만 그 대신 샤를로트가 죽은 미래를 맞이해야 했다. 이제는 다시 되돌릴 수도 없는, 레이지의 가슴속에 절대 지워지지 않는 비극으로 남아버렸다.
　'스승님, 못난 제자가 여기까지 왔습니다.'
　레이지는 그녀가 남겨준 펜던트를 오른손에 쥐었다.
　'저세상에서 지켜봐 주십시오.'
　계단을 내려오자 거대한 문이 레이지의 앞을 가로막았다.
　"그러면 열겠습니다."
　끼이익…….
　문이 열리면서 넓은 지하 강당이 모습을 드러냈다.
　바로 그때 스승에게 건네받은 펜던트가 빛을 발하기 시작했다.
　"……!"
　레이지는 이제까지 단 한 번도 본 적이 없는 펜던트의 빛에 살짝 놀랐지만, 이내 평정심을 찾고 두 눈을 감았다 떴다.
　'그래, 스승님도 느끼신 걸지도 몰라. 내가 이곳까지 왔다는 사실을.'

레이지는 펜던트를 한 번 어루만진 뒤 프로스트 엣지를 뽑아 들었다. 스승에 대한 그리움에 빠지기엔 아직 쓰러뜨려야 할 대상이 하나 남아 있었기에.

"왔는가?"

마나 코어 앞에 서 있는 교황의 뒷모습을 보는 것만으로도 레이지의 분노는 불타올랐다.

'분노하되 이성을 잃지 말자. 단 한 순간만 증오에 모든 걸 맡기는 거야.'

그는 베이그란트의 서에 적힌 '최후의 마법'을 떠올리며 주먹을 움켜쥐었다.

교황은 느긋한 걸음으로 레이지를 향해 몸을 돌렸다. 가장 먼저 시선을 향한 쪽은 디바인세이버를 들고 있는 가르시아였다.

"그대는 '이번에도' 나의 앞을 가로막으려 하는군."

교황은 레이지 일행이 자신의 진정한 목적에 대해 모르고 있다고 생각하면서도, 일부러 이번이라는 수식어를 붙였다.

"호오? 그대의 오러는… 어느새 그랜드 마스터에 도달했군. 대단해, 정말로 훌륭해."

교황은 홀로 박수를 치며 레이지의 기량에 감탄했다. 지난 시간대에 오러와 마법, 두 분야에 극에 달한 이는 자신 혼자뿐이었기에 레이지를 바라보는 눈빛은 남달랐다.

"구태의연한 대사일지 모르겠지만, 어떤가? 나와 손을 잡는다면 이 세상의 반을 그대들에게 주도록 하지."

레이지에겐 대꾸할 이유조차 없는 제안이었다.

"아마도 저 배교자의 말에 혹해서 나와 맞서는 것 같은데, 지금이라도 다시 생각해 보는 게 좋을 걸세."

하지만 교황에게 돌아오는 건 차가운 시선뿐이었다.

레이지가 억누르고 있는 분노를 감지한 교황은 더 이상의 설득을 포기하고 천천히 앞으로 걸어나왔다.

"이렇게 어두칙칙한 곳은 성스러운 전장과는 거리가 멀지 않은가?"

쿠르릉!

천장이 무너져 내림과 동시에 바닥이 크게 요동치며 위로 상승하기 시작했다. 갈라진 천장 사이로 빛이 들어오면서 좁았던 시야가 탁 트였다.

지독한 흔들림 속에서도 레이지와 교황은 서로를 마주보며 똑바로 서 있었다.

흔들림이 멈추자 그들이 서 있는 장소는 지하 강당 위에 있던 대성당이었다.

"이런이런, 성스러운 장소가 이렇게 황폐화되다니……."

교황이 오른손을 슬쩍 들어 올리자 부서졌던 파편들이 하나둘씩 공중으로 떠오르더니, 원래 있던 자리로 돌아가 조립되었다. 오러 캐넌에 완전히 박살 났던 대성당은 어느새 원래 모습을 되찾았다.

"어떤가? 배교자를 심판하기 위한 자리로 적합하지 않나?"

스테인드글라스 사이로 들어오는 빛이 성당 안을 아름답게 비췄다. 하지만 이후 이곳에서 펼쳐질 전투는 그 어떤 전투보다 필사적이고 처절하게 진행될 것임이 분명했다.

"자, 마음껏 덤벼라! 배교자들이여!"

2

"……라 바스(불타올라라)!"

"……페 바스(휘몰아쳐라)!"

레이지와 마리에타가 구현한 화염과 돌풍이 교황을 향해 날아갔다.

"흐음!"

기합 소리와 함께 교황이 오른손을 내밀자 마나의 장벽이 펼쳐지며 둘의 마법을 한꺼번에 막아냈다.

"하아앗!"

핏빛으로 물든 가르시아의 디바인세이버가 잔상을 남기며 교황의 가슴을 노리고 파고들었다. 그러자 교황은 왼손을 옆으로 내밀며 디바인세이버를 맨손으로 움켜쥐었다.

"확실히 그대는 유능한 성당기사였지."

오러에 감싸인 교황의 왼손에는 상처 하나 나지 않았다.

"하지만 현명하진 못했어. 지금이나 그때나."

교황은 디바인세이버를 크게 휘둘러 가르시아를 멀리 날려 버렸다.

쿠웅!

큰 소리와 함께 가르시아가 벽에 처박혔고 옆에 있던 스테인드글라스에 금이 쫙 이어졌다.

쉐스는 신성력으로 그의 몸을 감싸 재빨리 치료했다. 그 사이 레이지는 프로스트 엣지에 오러를 담아 아래에서 위로 크게 휘둘렀다.

"호오!"

마나의 장벽을 박살 나며 자신의 어깨에 닿은 레이지의 오러에 교황은 감탄사를 내뱉었다. 잘려 나간 법의 안쪽에 피가 흘러나왔지만 곧바로 연기가 피어오르며 사라졌다.

레이지는 교황에 최대한 접근해 오러와 마법으로 연이은 공격을 퍼부었다. 화염이 연달아 교황을 휘감았고, 밝게 빛나는 오러가 그의 법의를 뚫고 안으로 파고들었다.

"……!"

레이지는 마나를 모으던 왼손을 급히 뒤로 빼내며 블링크로 후퇴했다. 잽싸게 피하지 못했다면 그의 가슴은 피투성이가 되었을지도 몰랐다.

"역시 그대의 실력은 너무 아까워. 과연 대마법사의 제자란 말인가?"

전투가 시작된 지 벌써 1시간이 지났음에도 교황은 여유를 잃지 않고 레이지 일행을 평가하기에 이르렀다.

반면 레이지는 교황의 공격 하나하나에 눈을 떼지 않고 머릿속에 각인시켰다. 상대는 역사상 유례가 없는 트리플 클래스, 그것도 각각 극에 달한 실력을 지닌 최강의 적이다.

'수가 많다고 무작정 달려들기만 하면 의미없는 죽음만 나올 뿐이야. 어떻게 해서든 틈을 찾아서 노려야 해.'

비공정을 지키고 있는 인원을 제외한, 트레이지아의 부하들은 대성당 위에 높이 떠서 상공을 맴돌고 있었다. 마음 같아서는 공격에 참여하고 싶었지만, 무모한 희생은 피해야 한다는 트레이지아의 명령 때문에 대기 중이었다.

'좀 더 기다려야 하나?'

교황을 공격할 때마다 치밀어 오르는 분노는 레이지를 조급하게 만들었다. 허리에 찬 베이그란트의 서에 몇 번이나 왼손을 가져가며 망설이기를 반복했다.

"이번에도 버틸 수 있을까?"

성당 안이 크게 흔들리면서 교황을 중심으로 빛이 뿜어져 나왔다. 이전 시간대의, 교황이 아닌 세이지일 때의 안드레아가 사용했던 침묵과 압박 마법이었다.

'이전의 스승님은 이 공격을 이겨내지 못하셨지. 하지만!'

쉐스의 신성력이 성당 안을 가득 메우며 교황의 신성력과 맞섰다. 가르시아가 바닥을 흥건하게 적신 피를 폭발시키자 모두를 짓누르던 압박감이 서서히 사라졌다.

쨍그랑!

스테인드글라스가 박살 나며 성당 바닥에 흩뿌려졌다. 그와 동시에 와이번을 타고 날아온 트레이지아의 랜스가 교황을 향해 돌진했다.

하지만 교황은 블링크로 여유롭게 공격을 피하고 주문을 외우기 시작했다. 다시 한 번 성당 안을 짓누르는 압박감에 레이지의 몸이 비틀거렸지만 이내 견뎌내고선 교황을 향해 검을 찔러 넣었다. 와이번에서 내린 트레이지아의 스피어가 레이지의 반대편에서 교황을 노렸다.

카앙!

하지만 둘 사이에 있던 교황은 다시 한 번 블링크로 제단 위로 올라갔다. 레이지와 트레이지아의 무기가 부딪치는 소리만이 허망하게 울려 퍼졌다.

"침묵과 압박에서 계속 벗어날 수 있다니, 정말 대단하군."

레이지를 위시한 다섯 명은 이전에 안드레아가 상대했던 네 명과는 확연히 다른 실력을 보여주었다.

하지만 안드레아 역시 이전의 시간대와 달리 오러라는 힘을 손아귀에 쥐었다. 그에게 있어서 앞의 1시간은 여흥에 불과했다.

그 사이 마리에타는 조심스럽게 레이지에게 다가갔다. 그녀가 페일에서 부탁한 '새로운 마법'을 사용하도록 레이지를 설득할 타이밍이라 생각했기 때문이다.

"레이지! 당신에게 할 말이……."

"엎드리십시오!"

휘이잉!

날카로운 바람이 두 남녀의 머리 위를 눈 깜짝할 사이에 지나갔다.

"뭉쳐 있으면 곤란합니다!"

레이지는 마리에타 오른편으로 재빨리 이동하면서 간격을 넓혔다. 교황에게는 여유로운 전투일지 몰라도 레이지에겐 단 1초라도 방심하면 어떻게 될지 모르는 긴장감의 연속이었다.

"재빠르군. 역시 훌륭해."

교황은 길게 자란 수염을 쓰다듬으며 레이지 일행을 둘러보았다.

그에게 더 이상의 여흥은 필요하지 않았다.

남은 것은 절망으로 일그러진 적들의 얼굴을 보는 일뿐이었다.

"이몸이 그대들을 얕봤음을 순순히 인정하도록 하지."

실제로 그는 세 가지 힘 중 두 가지만을 조합할 경우 나오는 능력만을 발휘했다. 세이지의 특기인 빠른 속도의 마나 회복, 성당기사단원들이 지닌 재생 능력, 그리고 아직 보여주지 않았지만 맘만 먹는다면 워락의 융합과 침식까지 보여줄 수 있었다.

"그래서 보여주겠다. 진정한 강함이 무엇인지를……."

그는 온몸의 마나를 심장에 집중시켰다.

그러자 그가 지닌 세 가지의 힘이 한데 뭉치더니 이내 뒤섞이면서 검은색으로 변하기 시작했다.

우르릉.

성당 안이 흔들리면서 레이지는 균형을 잃고 쓰러질 뻔했다. 다른 이들 역시 언제 닥칠지 모르는 공격에 안간힘을 쓰며 자세를 유지하기에 바빴다.

교황이 걸치고 있던 흰색 법의가 아래에서 위로 검게 물들기 시작했다. 나이를 나타내는 얼굴의 주름이 사라지더니, 연약한 노인의 육체는 어느새 젊음을 상징하는 근육으로 뒤덮이기 시작했다.

백발이 흑발로 변하면서 그의 외모는 20대 초반으로 돌아갔다. 아래로 처졌던 눈매가 위로 올라가며 날카로운 인상으로 바뀌었다.

"나의… 인간을 벗어난 성스러운 힘을!"

3

추모를 뜻하는 것이 아닌 순수한 죽음을 의미하는 검은색.

젊은 육체 안에 머물고 있는 각기 다른 세 가지 힘.

그동안 뒤집어쓴 교황이라는 가면이 벗겨지며 드러난 야심가의 얼굴.

이 모두 교황 안드레아가 아닌, 인간을 벗어난 힘의 소유자임을 드러냈다.

「어떤가?」

낮게 깔린 목소리가 넓게 퍼지며 울려 퍼졌다.

「신에 도달하기 전의 육체로 너무나 잘 어울리지 않는가?」

교황… 아니, 더 이상은 교황이라 볼 수 없는 '안드레아'는 두 팔을 크게 휘둘렀다. 그러자 손에서 뻗어 나온 오러가 남은 천장을 모조리 부숴 버렸다.

동료들은 물론이거니와 레이지마저 안드레아가 뿜어내는 압도적인 기세에 몸을 움직일 수 없었다.

'이 느낌은, 그래… 페르디어스 왕국에서 느꼈던 것과 같아.'

겉모습은 인간임이 분명했지만 오러, 마법, 신성력 모두를 가진 유일한 생명체 드래곤과 필적할 정도의 압도감을 주위에 퍼뜨리고 있었다.

하지만 당시의 드래곤은 불완전한 상태로 소환되어 원래의 힘을 제대로 보여주지 못했다. 반면 지금 레이지 앞에 웅장하게 서 있는 안드레아는 진정으로 세 개의 힘을 지닌 자다웠다. 비록 형상은 드래곤이 아닌, 인간의 형상을 지니고 있었지만.

「후우우…….」

안드레아는 심호흡을 하며 앞으로 내민 오른손을 천천히 펼쳤다. 그러자 손바닥을 향해 강렬한 바람이 몰아쳤다. 레이지는 프로스트 엣지를 대리석 바닥에 꽂아 넣고서 끌려가지 않기 위해 버텼다.

「받아라! 모든 것을 불태우는 정화의 불길을!」

화르르륵!

레이지의 시야 전체가 불길에 휩싸이더니 뜨거운 열기가 성당을 뚫고 넓게 퍼져 나갔다.

"으윽!"

레이지는 마나의 장벽을 펼쳐 정화의 불길을 막아냈다.

하지만 장벽 표면에 금이 쫙쫙 이어지며 앞으로 내민 레이지의 팔이 열기에 휩싸였다. 레이지는 고통을 참아내며 블링크를 시전에 가까스로 불바다에서 벗어났다.

하지만 안드레아가 내민 손바닥에선 정화의 불길이 계속해서 뿜어져 나왔다. 성당 양쪽 벽을 제외한 바닥은 시커멓게 타버린 지 오래였고, 여전히 불길 안에서 버티고 있는 네 명의 표정은 고통으로 일그러졌다.

"하아앗!"

레이지는 부채꼴 형태로 뿜어져 나온 불길 바깥쪽으로 달려나가며 프로스트 엣지를 휘둘렀다. 지면을 타고 앞으로 뻗어 나간 얼음 기둥이 정화의 불길을 막아서자 동료들은 잔뜩 땀에 젖은 채 넓게 흩어졌다.

목제 의자와 성물들이 불타오르며 짙은 연기를 뿜어냈다. 천장이 박살 나고 정문이 불타 사라진 대성당은 스테인드글라스가 설치된 옆모습만이 앙상하게 남아 있었다.

"잠시만 시간을 벌어줘!"

레이지는 더 이상 망설일 시간이 없었다.

그는 허리에 찬 베이그란트의 서를 펼쳐 들고 그 위에 손을 가져갔다. 그러자 엘레노어가 직접 써놓은 룬 문자들이 하나씩 빛을 발하며 순서대로 떠올랐다.

가르시아는 안드레아를 향해 달려가더니 높이 뛰어오르며 그의 가슴을 노렸다. 나머지 일행들 역시 안드레아의 시선을 끌기 위해 공격을 준비했다.

「그대들에게 신의 목소리를!」

순간 안드레아의 몸이 신성력으로 빛나면서 강한 진동이 삽시간에 성당을 덮쳤다.

"크윽……."

레이지의 코와 입에서 흘러나온 피가 가슴을 타고 아래로 흘러내렸다. 하지만 집중력을 계속 유지하며 마법의 진행을 계속 유지했다. 페이지가 넘어가는 속도가 점점 빨라지기 시작했다.

'이것은?'

페이지가 모두 넘어가자 반투명하게 빛나는 사슬들이 베이그란트의 서에서 튀어나오더니 레이지의 몸 전체를 휘감았다.

그중 하나는 레이지의 가슴에 박혔다. 순간 반사적으로 눈을 찡그렸지만 고통은 느껴지지 않았다.

'그래, 이 힘이야!'

손에 움켜쥔 프로스트 엣지에서 뿜어져 나온 빛이 그의 시야를 하얗게 뒤덮었다. 아크메이지가 되었을 때에도, 프레드릭의 오러를 받아들여 그랜드 마스터급의 오러를 지녔을 때에도 느껴보지 못했던 강렬함이 몸 전체를 사로잡았다.

레이지는 시야가 천천히 회복되기를 기다리며 프로스트 엣지에 힘을 주입시켰다.

기회는 단 한 번.

지금까지 가슴속에 묻어두었던 분노와 합쳐서 안드레아를 일격에 해치워야 한다는 사명감이 그를 지배했다.

레이지의 귀에는 주문을 읊는 목소리와 뭔가 부서지는 소리, 그리고 폭발음이 연이어 들렸다.

"……!"

시야가 완전히 회복된 레이지의 표정은 순간 굳어져 버렸다.

「신에게 선택받았다고?」

안드레아의 오른손이 쉐스의 가슴 한가운데를 꿰뚫고 등 뒤에서 모습을 드러냈다.

4

우드득.

"으아아악!"

갈비뼈가 으스러지며 쉐스의 입에서 비명이 울려 퍼졌다.

그는 신성력으로 몸을 감싸 망가진 몸을 재빨리 치료했지만, 기다렸다는 듯이 회복이 끝나자마자 안드레아는 가슴 안에 파고든 손을 쥐었다 폈다를 반복하며 희롱했다.

「누가 신이냐! 신은 다름 아닌 바로 나다! 나 자신만이 나를 선택하고 받아들일 수 있단 말이다!」

"으, 으윽……."

빛이 점차 약해지면서 쉐스의 목소리에 힘이 빠지기 시작했다. 가르시아와 마리에타, 그리고 트레이지아가 허공에 떠 있는 쉐스를 구하기 위해 공격을 퍼부었지만 안드레아가 주위에 펼친 마나의 장벽은 공격이 닿는 것조차 거부했다.

"쉐스!"

레이지는 높이 뛰어오르며 안드레아의 오른팔을 향해 달려들었다. 그러자 안드레아는 쉐스를 레이지를 향해 강하게 던져 버렸다.

퍼억!

미처 블링크를 쓸 겨를도 없이 레이지와 쉐스가 서로 뒤엉켜 성당 벽에 처박히더니 아래로 떨어졌다. 레이지는 고통을 참아내며 쓰러진 쉐스를 붙잡고 흔들었다.

"쉐스! 괜찮아?"

하지만 대답은 없었다.

피투성이가 된 쉐스의 목은 힘없이 옆으로 뉘어져 있었다.

"이럴 수가……."

갑작스러운 쉐스의 죽음에 레이지는 망연자실했다.

그 사이 와이번을 타고 높이 솟아오른 트레이지아는 부하들을 이끌고 안드레아를 향해 돌진했다. 그녀를 포함한 10여 기의 와이번 라이더가 대각선 아래로 긴 직선을 그리며 빠른 속도로 날아왔다.

「죽고 싶은가?」

안드레아의 등 뒤에서 발사된 빛의 화살들이 직선을 그리며 날아갔다. 전혀 예상 못한 공격에 트레이지아는 산개를 명령했지만 이미 늦었다.

"까아악!"

머리 위에서 쏟아진 핏물에 마리에타는 비명을 지르며 털썩 주저앉았다. 트레이지아는 급하게 방향을 틀어 빛의 화살을 피할 수 있었지만, 나머지 인원은 치명상을 입고 성당 주변에 추락해 버렸다.

「다음은… 그래, 네가 좋겠군.」

안드레아의 눈동자가 마리에타를 응시했다.

가르시아가 그녀의 앞을 가로막았지만, 안드레아는 오른팔을 휘둘러 가볍게 밀쳐냈다.

퍼억!

벽에 처박힌 가르시아의 몸은 굳어버린 듯 움직이지 않았다.

"아아……"

마리에타는 뒷걸음치며 물러섰다.

안드레아는 여유롭게 한 발씩 천천히 걸음을 옮기며 그녀에게 다가갔다.

「뒤인가?」

안드레아는 뒤돌아보지 않고 오른팔을 등 뒤로 크게 휘둘렀다. 순간 블링크를 써서 이동한 레이지의 잔상을 오러에 휘감긴 팔이 훑고 지나갔다.

「여기?」

이번에는 안드레아의 왼팔이 아래를 향해 크게 휘둘러졌다. 그것만으로도 강풍이 일어나 마리에타를 뒤로 밀어냈다.

"여기다!"

「흐음?」

연달아 블링크를 쓴 레이지가 마지막으로 이동한 장소는 처음 나타났던 등 뒤였다.

"끝이다!"

레이지는 프로스트 엣지를 양손으로 쥐고서 안드레아의 왼쪽 어깨를 찔렀다.

「그깟 공격이 나에게 통할 것…….」

순간 레이지의 몸을 휘감은 사슬이 강렬하게 빛나기 시작했다. 그와 동시에 프로스트 엣지를 통해 레이지의 오러와 마나가 안드레아의 육체 안으로 파고들었다.

「으으… 으윽?」

그 어떤 공격에도 상처 하나 입지 않았던 안드레아의 표정이 일순간 경직되었다. 레이지를 휘감은 빛이 프로스트 엣지가 꽂힌 왼팔을 통해 천천히 퍼져 나갔다.

'으윽…… 온몸의 기운이 빠져나가는 기분이야.'

이제까지 단 한 번도 경험해 본 적 없는 감각에 레이지의 표정 역시 일그러져 있었다.

'하지만 뒤늦게나마 이걸로… 끝나겠지?'

자신이 지닌 오러와 마법, 그리고 생명을 대가로 펼친 일격이 통하자 레이지의 입가에 미소가 자리 잡았다.

'좀 더 일찍 썼다면 다른 이들의 죽음을 막을 수 있었을 텐데, 아쉬워.'

레이지는 자신의 망설임으로 죽어버린 쉐스와 와이번 라이더를 떠올리며 눈을 질끈 감았다. 그에게 남은 일은 이대로 자신의 모든 힘을 쏟아붓는 것뿐이었다.

「네 이놈!」

"……!"

안드레아는 고함을 지르더니 오른팔로 자신의 왼쪽 어깨 아래를 붙들었다. 그리고 통째로 뜯어내 버렸다.

「감히 나에게 상처를 입히다니!」

안드레아는 뜯어낸 왼팔을 강하게 아래로 내팽개쳤다. 그 반동으로 튀어오른 레이지의 머리를 오른손으로 움켜쥐었다.

"아… 안 돼!"

레이지는 자신의 육체를 뜯어내면서까지 버텨낸 안드레아의 투지에 절망해 버렸다. 공격이 통했음에도 방심한 탓에 일을 그르쳤다는 괴로움에 사로잡혔다.

「난 절대 죽지 않는다…….」

잘려 나간 안드레아의 왼팔 아래로 살점이 꾸물꾸물 튀어
나오더니 금세 원상복구되어 버렸다.

「이대로 죽여주겠다. 서서히, 그리고 고통스럽게!」

"으아악!"

뼈가 으스러지는 소리와 함께 레이지의 입에서 비명이 터
져 나왔다.

하지만 안드레아는 손의 힘을 살짝 빼고선 레이지를 얼굴
가까이 가져갔다.

「넌… 아무래도 그냥 죽이기엔 뭔가 아쉽군.」

샤를로트, 제이워드, 그리고 레이지.

이전 시간대에서도, 그리고 지금의 덧씌워진 시간대에서
도 안드레아를 항상 방해하던 이들이었다. 안드레아에게 쌓
인 그들에 대한 분노는 이런 식으로 풀기엔 너무나 컸다.

「너에겐 나보다 더 잘 어울리는 상대를 소개해 주도록 하
지.」

안드레아는 왼손을 천천히 들어 올리더니 손가락을 내밀
어 허공에 대고 아래로 죽 내렸다.

그러자 공간이 찢어지면서 검은색 원이 떠올랐다. 이전 레
이지 일행을 방해했던 이계 소환 마법이었다.

「자, 지옥을 마음껏 즐겨라! 그곳에서 죽어도, 운 좋게 살아
서 돌아오더라도 너에게 희망이란 단어는 존재하지 않을 것

이다!」

"으윽, 나… 나는!"

레이지는 안드레아의 손아귀에 벗어나기 위해 발버둥 쳤다.

하지만 방금 전 실패한 마법으로 인해 오러는 물론이거니와 마법조차 쓸 수 없었다.

「울부짖어라, 그리고 절망해라!」

안드레아는 레이지를 검은 원 안에 집어넣고 손을 빼냈다.

레이지가 사라진 걸 확인한 안드레아의 입에서 웃음소리가 울려 퍼졌다.

「크하하하하하!」

5

안드레아가 보낸 세상은 말 그대로 지옥이나 다름없었다.

햇빛이 들지 않은 어두컴컴한 공간을 밝히는 빛은 몬스터들의 안광뿐이었다.

"헉헉……."

레이지는 거친 숨을 내쉬며 자신을 둘러싼 몬스터들의 눈동자를 응시했다.

만신창이가 된 몸은 가만히 서 있는 것만으로도 끔찍한 고통을 안겨주었다. 살아 있다는 감각은 오히려 그에게 깊은 절망감만을 선사했다.

"물러나!"

그럼에도 그는 프로스트 엣지를 움켜쥐고 몬스터들을 향해 휘둘렀다. 오러도 마법도 구사할 수 없게 된 레이지의 유일한 무기는 그와 마찬가지로 만신창이가 되어버린 프로스트 엣지 하나뿐이었다.

어둠과 몬스터들만이 공존하는 이 공간 속에서 레이지는 이대로 죽을 수 없다는 신념 하나만으로 버티는 중이었다.

"오지 마! 난… 어떻게 해서든 살아야 해!"

모든 걸 걸고 구사한 마법을 시전할 때만 하더라도 죽음 따위 두렵지 않았다. 그러나 지금은 다르다.

이 순간에도 안드레아와 혈투를 벌이고 있을 동료들을 떠올리며 레이지는 이를 악물었다.

"헉헉… 나에게… 오면…….."

계속 검을 휘두르던 레이지의 시야에 몬스터들의 안광은 더 이상 보이지 않았다.

하지만 안심할 수 없었다. 조금 시간이 흐르면 언제 쓰러뜨렸냐는 듯이 붉은색 안광이 다시 모습을 드러내며 자신을 포위할 것이 뻔했기 때문이다.

레이지는 거칠어진 숨을 고르며 생각에 잠겼다.

'난… 왜 아직도 살아 있는 것이지?'

레이지가 엘레노어에게 부탁했던 그대로 마법이 완성되었다면, 한번 사용한 이상 생명을 포함한 레이지의 모든 힘을 앗아가야 한다.

레이지는 주먹을 움켜쥐며 주문을 읊어봤다. 하지만 그의 몸에는 주문에 반응할 마나가 남아 있지 않았다. 오러 역시 구현되지 않았다.

"……!"

레이지는 갑자기 뒤를 돌아보며 몬스터가 있나 확인했다.

안광은 보이지 않았다. 하지만 그가 이제까지 눈치채지 못한, 등에서 뻗어 나간 사슬 하나가 뒤로 길게 이어져 있었다.

"이건 도대체……."

레이지가 사슬에 손을 대자, 붉게 변하더니 이내 녹아내리며 모습을 감추었다.

"알 수 없어. 난 왜 살아 있고, 아까 그 사슬은……."

아무리 궁리를 해봐도 결론은 나오지 않았다.

"그래, 어차피 난 이곳에서 죽게 될 거야."

그를 지탱하던 의지가 꺾이면서 절망이 대신 자리 잡았다.

힘이 빠진 손에서 프로스트 엣지가 바닥에 툭 떨어졌다.

바닥에 누운 레이지는 모든 걸 포기하고 이대로 몬스터들이 자신의 꺼져 가는 생명을 가져가기만을 기다렸다.

그러나 더 이상 그를 노리는 안광은 나타나지 않았다.

시간이 흐르자 감았던 두 눈에서 눈물이 흘러내리기 시작했다.

너무나 분했다.

그 어떤 일이 있어도 그 마법을 성공시켜야 했다. 절망감 대신 자기 자신에 대한 분노가 마음속 깊은 곳에서 피어오르기 시작했다.

"레이…… 지."

순간 레이지는 자신의 귀를 의심했다.

자신과 어둠, 몬스터 말고 존재할 리 없는 공간에 누군가가 그를 부를 리 없었다.

"레이지… 제발…… 살아 있다면 대답을…….."

"……!"

환청이 아니었다.

레이지는 몸을 천천히 일으켰다. 골절된 부위에서 미칠 듯한 고통이 느껴졌지만 두 눈을 질끈 감으며 버텨냈다. 그리고 절룩거리는 걸음으로 목소리가 들린 방향으로 걸어갔다.

6

"당신… 살아 있었군요."

"마, 마리에타?"

"정말 다행…… 이예요."

마리에타는 레이지를 보자마자 힘을 잃고 쓰러졌다.

레이지는 두 무릎을 꿇고 그녀의 상체를 안아 일으켰다. 순간 그녀의 몸에서 흘러나온 피가 레이지의 팔을 적셨다.

"저, 아까 하려던 말을 계속해도…… 될까요?"

"이대로 가만히 있으십시오! 출혈이 계속된다면 당신은!"

하지만 레이지는 말을 멈췄다. 지금의 자신은 마리에타를 구해줄 그 어떤 힘도 가지지 못했다는 분함에 입술 아래를 강하게 깨물었다.

"레이지… 그 마법에 걸린 제약은 당신의 생명이 아니었어요. 당신 대신…… 스승님께서……."

"……!"

레이지는 멍한 얼굴로 고개를 천천히 들어 올렸다.

아무런 생각도 들지 않았다.

시간이 흐르자 굳게 다문 레이지의 입술이 부르르 떨렸다. 프레드릭의 죽음 이후 엘레노어까지 다른 세상으로 떠났다는 사실에 레이지는 극도의 절망감이 느껴졌다.

"왜 그걸 말하지 않았습니까! 왜! 희생은 저 하나만으로 족했……."

레이지는 입을 다물고 두 눈을 지그시 감았다.

비난해야 할 대상은 다름 아닌 레이지 자신이었다.

"죄송합니다. 정말로……. 전 추한 모습만 보여주었군요."

앞만 보고 달려가느라 뒤따라오던 동료들에게 짊어지게 한 부담감을 무시한 결과였다. 결국 희생된 자들은 레이지가 아닌 동료들이었다.

"전…… 그런 스승님을 보고만 있을 수 없었어요."

그녀의 말은 뚝뚝 끊기며 간신히 이어졌지만, 얼굴엔 미소가 자리 잡고 있었다.

"처음에는 스승님 대신 제 목숨을 대가로 걸려고 했어요. 하지만 당신에게 평생 뽑히지 않을 못을 가슴에 박고 떠날 거 같아서… 대신……."

마리에타는 또 하나의 베이그란트의 서를 꺼내 레이지에게 건넸다.

"누군가 죽는 모습은 보고 싶지 않았… 어요. 그래서 저와 스승님의 마나와 쉐스님의 신성력을 당신의 오러와 마나와 함께 제약으로 걸기로 했어요. 생명을 건 것보다 약하겠지만……."

"마리에타……."

만약 이런 상황에 치닫을 거라 예상했다면 레이지는 마리에타가 새롭게 구성한 '마법'을 받아들였을 것이다.

"하지만 이젠 너무 늦었습니다."

"후훗, 아니에요."

마리에타는 부들부들 떠는 손으로 베이그란트의 서를 펼쳤다. 그리고 맨 앞 페이지를 가리켰다.

"시간 회귀 마법."

"……!"

"전 저 나름대로 한 가지 가정을… 해봤어요. 이미 한 번 시간을 되돌리면서 위기에 빠져나갔던 인간이라면… 비공정을 이끌고 쳐들어오는 우리들을 단지 강한 힘만 지녔다고 자신만만하게…… 상대할 리 없다고 생각했어요."

'그래, 이 방법이 있었어. 난 왜 이리 어리석은 걸까?'

교황이 거리낌없이 레이지와 직접 맞서 싸운 이유는 단지 자신이 강하다는 자신감의 발로일지도 모른다. 하지만 달리 생각하면 일이 잘못되더라도 빠져나갈 수 있는 '탈출구'를 얻었기 때문일 수도 있다.

마리에타는 그 점을 반대로 적용해, 지금처럼 최악의 상황에 도달했을 경우 우리 쪽에서도 사용할 수 있다고 발상을 전환한 것이다.

"마리에타, 당신이 있어서 정말 다행입니다."

"그 말, 정말로… 듣고 싶었어요."

레이지는 무려 세 개의 힘을 동시에 지닌 최강이자 최악의 상대와 싸워야 한다는 강박관념에 사로잡혀 쉽게 도출 가능한 변수를 떠올리지 못했다.

"제가 온 방향에… 교황의 말이 맞다면…… 원래 세상으로 통하는 원이 열려 있을… 거예요."

"반드시 성공시키겠습니다."

"믿겠… 어요. 당신은… 불멸이잖아요? 그러니……."

그 말을 끝으로 마리에타의 고개가 힘없이 아래로 축 처졌다.

레이지는 마리에타의 시신을 두 팔로 안아 올렸다. 그리고 마리에타가 가리킨 방향으로 몸을 돌렸다.

7

"오, 이제 왔나?"

안드레아는 젊은 남자가 아닌, 예전 교황의 모습으로 레이지를 맞이했다.

"아무래도 자네가 사라지니 말이야, 너무 싱거운 승부였어."

날개가 갈가리 찢긴 채 쓰러진 와이번 옆에는 피로 범벅이 된 트레이지아의 시체가 자리 잡고 있었다. 가르시아 혼자만이 거친 숨을 몰아쉬며 교황 안드레아와 맞서고 있었다.

"뒤를… 부탁합니다."

그 말을 끝으로 가르시아는 두 무릎을 꿇고 앞으로 쓰러졌다.

레이지는 치밀어 오르는 분노를 억제하며 주변을 살폈다.

'지금은 우선 감정을 가라앉히고 냉정하게 판단하자. 저들이 아무런 의미 없이 쓰러졌을 리 없어.'

그렇게 말없이 부서진 성당 안을 둘러보던 도중, 교황의 눈 아래 자리 잡은 상처를 발견했다.

'교황의 재생 능력이라면 저 정도 상처는 진작 아물었을 텐데…… 여유인가? 아니면 고쳐지지 않는 것일까? 아니, 이와 비슷한 경우가 분명히 있었어.'

드래곤과의 전투.

와이번 라이더 부대의 활약.

그리고 바르가스와의 전투.

이 세 가지 요소에서 레이지는 하나의 가정을 도출해 봤다.

'혹시 포스의 힘이라면 세 가지 힘을 지닌 안드레아라 하여도 타격을 입힐 수 있다는 이야기일까? 그 마법이 아니더라도.'

레이지는 교황이 유독 트레이지아의 공격만큼은 막지 않고 피했던 기억을 되살렸다.

'그래서 가르시아보다 트레이지아를 먼저 해치웠겠고……'

패배만큼 많은 것을 배울 수 있는 기회는 드물다.

게다가 지금 레이지에겐 패배조차 되돌릴 수 있는 가능성마저 쥐고 있다.

'이제 남은 건 마리에타의 가정이 맞기를 바라는 것뿐인데……'

레이지는 마리에타의 시신을 옆에 내려놓고, 그녀에게 받은 베이그란트의 서를 펼쳐 들었다.

"이제 와서 그걸 쓴다고 바뀌는 건 없을 텐데?"

교황의 비아냥에도 레이지는 표정 하나 바꾸지 않고 페이지를 넘겨 시간 회귀 마법이 적혀 있는 페이지를 발견했다.

'만약 가정이 맞지 않는다면, 나의 운명은 여기까지겠지.'

비록 대부분의 마나를 상실하긴 했지만, 마법에 대한 지식마저 사라진 건 아니었다.

레이지는 페이지에 손가락을 가져간 후, 슥 옆으로 그었다. 그러자 베이그란트의 서에 충전되어 있던 마나가 빛을 발하면서 주문을 하나씩 완성시키기 시작했다.

'마리에타, 당신 덕분에 난 절망에서 빠져나올 수 있었어. 정말로 고마워……'

레이지는 모든 것을 얻은 듯한 표정의 교황을 똑바로 바라보았다.

"내 스승님 앞에서 그런 표정을 지었겠지?"

"네 스승?"

돌연 자신과 단 한 번도 만나본 적 없는 제이워드가 언급되자 교황은 의아해했다.

"그래, 넌 모르고 있었다 이거로군. 좋아."

함께하던 동료들이 모두 죽고, 자신의 모든 힘을 잃었음에도 레이지의 얼굴엔 절망을 찾아볼 수 없었다. 교황이 기대했던 패배자의 얼굴이 아니었다.

"서클 0의 마법을 너 혼자 썼다고 착각하지 마."

순간 교황은 일그러진 표정을 급하게 원래대로 되돌렸지만, 레이지의 시야에 들어온 후였다.

"아니, 그게 무슨……."

"네가 수십 년이라는 시간을 거슬러 내려가 새로운 미래를 만든 것처럼, 난 새로운 육체로 태어날 수 있었지. 서클 0의 마법으로!"

죽었다고 생각했던 제이워드가 다름 아닌 레이지였다니.

교황은 더 이상 미소를 띨 수 없었다.

"그래?"

대신 비웃음으로 바뀌었다.

"그래서 달라지는 게 뭐가 있나? 대부분의 힘을 잃은 네가 할 수 있는 일이 뭐가 있지?"

레이지는 베이그란트의 서를 한번 훑어보고선, 가동까지 얼마 안 남았음을 확인했다.

"내가 실수를 하기 전의…… 시간대로 돌아가는 것 정도는 가능해!"

"뭣이?"

"아쉽게도 난 영혼 전이 마법을 써서 되살아난 터라, 다시는 서클 0의 마법을 내 손으로 직접 구현할 수는 없어. 대신 남이 만들어놓은 걸 구동시키는 거야 가능하지. 너나 나나 같은 카드를 가지고 있다는 걸 너무 뒤늦게 깨달은 거 아냐? 그렇다면… 먼저 내미는 쪽이 승자야!"

"네 이놈!"

"유감스럽게도, 내 카드는 이미 뒤집은 지 오래야."

레이지를 향해 달려들던 교황의 몸이 더 이상 나가지 못하고 멈췄다.

베이그란트의 서를 휘감은 빛이 점점 커져 나가며 레이지와 교황의 시야를 뒤덮었다. 입꼬리가 올라간 레이지의 표정과 대조적으로 교황의 표정은 절망에 빠져 있었다.

"안 돼에에!"

Chapter Final
불멸의 대마법사

1

「안 돼에에!」

「당신은… 불멸이잖아요?」

「제발… 살아 있다면 대답을…….」

「울부짖어라, 그리고 절망해라!」

「나의… 인간을 벗어난 성스러운 힘을!」

……

"……!"

레이지의 시야 한가운데에 검은 법의를 걸친 안드레아가

들어왔다.

「어떤가?」

이전 과거에서 봤던 장면과 말이 그대로 이어졌다.

「신에 도달하기 전의 육체로 너무나 잘 어울리지 않는가?」

이전과 똑같이, 인간의 모습임에도 드래곤에 필적하는 압도감을 지닌 안드레아에게 동료들은 위축되었다. 하지만 레이지는 이후 일어날 일을 떠올리며 머릿속의 생각을 재빠르게 정리했다.

'그 다음 이어질 공격은 정화의 불길이었어!'

「후우우…….」

안드레아가 심호흡을 시작하며 정화의 불길을 준비했다.

하지만 레이지는 트리플 캐스팅으로 마나의 장벽을 세 겹으로 단단하게 시전해 안드레아의 정면을 가로막았다.

"마리에타! 마나의 장벽을 추가로!"

화르르륵!

이전에는 갑작스럽게 성당 안을 뒤덮은 열기에 모두 당황했지만, 레이지가 먼저 막아내자 마리에타의 마나의 장벽이 또 하나의 방어벽을 이루며 불길을 좌우 멀리 밀려 보냈다.

'정말로 난… 이전 시간대에서 지금으로 되돌아온 거야!'

지난 과거에서 들었던 말이 역순으로 반복되면서 레이지는 시간을 거슬러 내려갔다. 계속 뒤로 돌아가던 시간은 교황이 진정한 모습을 드러냈을 당시에서 멈추더니 다시 앞으로 나가기 시작했다.

'모두 살아 있어! 정말로 시간이 되돌아가다니……'

온몸이 으스러진 채 죽음을 맞이한 쉐스.

자신에게 마지막 희망을 안겨주고 눈을 감은 마리에타.

피투성이가 된 채 싸늘하게 식어버린 트레이지아.

뒤를 맡긴다는 말과 함께 쓰러진 가르시아.

레이지는 울컥하는 마음에 하마터면 눈물을 터뜨릴 뻔했다. 하지만 약한 모습을 보이기엔 아직 일렀다.

레이지는 마리에타의 옆에 다가가 손을 내밀었다.

"마리에타, 그걸 주십시오."

"네?"

"엘레노어를 희생시킬 수야 없지 않습니까? 기껏 다시 돌아왔는데 말이죠."

"레이지, 당신 설마……."

마나의 장벽을 구현 중이던 마리에타의 눈에 눈물이 주르륵 흘러내렸다.

"조심하십시오!"

레이지는 마리에타 대신 양팔을 펼쳐 마나의 장벽을 복구했다.

"다시는 당신을 죽게 놔두지 않겠습니다. 물론 다른 이들도 마찬가지입니다!"

"네!"

마리에타는 손등으로 재빨리 눈물을 훔치고선 주문을 읊었다. 그 사이 레이지는 마리에타의 허리에 매달려 있던 '또 하나의 베이그란트의 서'를 낚아챘다.

"……디 카스(얼어붙어라)!"

마나의 장벽 너머에서 솟아오른 얼음기둥이 계단처럼 올라가며 안드레아의 불길에 맞섰다.

「제법이로군!」

안드레아의 가라앉은 목소리와 함께 그의 오른팔이 얼음기둥을 박살 냈다. 얼음 파편이 여기저기 흩어지며 일행의 시야를 뒤덮었고, 그 사이 안드레아는 왼손을 쉐스를 향해 뻗었다.

'가장 먼저 쉐스를 노렸지!'

하지만 이전 시간대의 비극을 기억한 레이지는 블링크로 쉐스의 옆에 나타난 뒤, 그의 손을 붙들고 다시 한 번 블링크를 시전했다.

안드레아와 두 사람 사이의 간격이 벌어지자 가르시아가 디바인 세이버를 휘두르며 맞섰다.

"쉐스! 넌 최대한 안드레아와의 거리를 벌려! 절대 사로잡히지 마!"

"아, 알겠습니다."

그는 평소답지 않게 흥분한 어투로 말하는 레이지가 낯설게 느껴졌다.

'너의 죽음을 기점으로 균형이 급속도로 기울었어. 절대 다시 반복되어서는 안 돼!'

2

다시 한 번 반복된 안드레아와의 혈투는 이전과 확실히 다른 방향으로 전개되었다.

「이놈들이!」

안드레아의 등 뒤에서 빛의 화살이 발사되었다. 뚫린 성당 천당을 통해 연달아 스피어를 발사하는 와이번 라이더들은 그의 성미를 건드리고도 남았다.

하지만 하늘로 뻗어 나간 빛의 화살은 생각보다 그리 멀리 나가지 못했다. 사정거리 밖으로 잽싸게 산개한 그들은 다시 빛의 화살이 닿을락말락한 거리로 다가와 스피어를 투척했다.

와이번 라이더들의 공격은 안드레아에게 통하지 않았다. 하지만 그의 시선을 분산시키기엔 충분했다.

「그대들에게 신의 목소리를!」

안드레아의 말이 끝나기 무섭게 강력한 진동이 울려 퍼졌다.

'같은 수에 또 당하진 않아!'

레이지는 마나의 장벽이 아닌, 소리를 차단하는 마법을 전개해 그의 괴성을 막아냈다.

'좀 더 예전의 시간으로 되돌아갈 수 있었다면, 미리 비공정에 연락해 두는 거였는데…….'

레이지는 이전에 겪은 안드레아의 공격 방식에 대응하면서 비공정이 있는 서쪽을 응시했다.

현재 트레이지아는 전투에 참여하지 않고 레이지의 전언을 전하기 위해 비공정으로 날아간 상태였다.

'그 마법을 사용하기 위해선 먼저 안드레아가 반항할 수 없는 상태로 만들어야 해. 그런 의미에서 트레이지아 공주는 절대 살아남아야 하고…….'

오러, 마법, 신성력이란 세 가지 힘에 절대적인 상성을 지닌 포스라면 교황에게 일격을 가하진 못해도 적중만 한다면 타격을 입힐 수 있다. 하지만 그것보다 더 강한 힘을 레이지는 이미 소유하고 있었다.

오러 캐넌.

만약을 위해 단 한 번의 사용기회를 남겨놓은 고대의 유산이라면 충분히 가능하다. 이미 드래곤을 상대로 위력을 선보인 바 있기에 이전 시간대에서도 기회를 잡아 써보려고 했다.

휘이잉.

바람을 가르는 소리와 함께 트레이지아가 탄 와이번이 레이지 옆에 착지했다.

"준비되었답니다!"

트레이지아는 말을 마치자마자 와이번을 다시 이륙시켰다.

만반의 준비를 갖춘 레이지는 예전에 쓰던 베이그란트의 서 대신 새로 건네받은 것을 허리에 찼다.

레이지는 시간을 되돌리기 전 마지막 시간대를 떠올렸다.

정확한 시간은 알 수 없었지만 저녁이었음은 분명했다.

'저녁 이후까지 버틴다면 시간 회귀를 다시 쓰는 방법도 있어. 하지만 안드레아 역시 같은 방법으로 도망칠 수 있지.'

시간 회귀를 통해 벗어난 시간대는 그에게 지옥이나 마찬가지였다. 안드레아에게 있어서 시간 회귀는 욕망의 충족일지 몰라도 레이지에겐 슬픔 그 자체였다.

'그 문제를 제외하더라도 장기전은 결코 우리에게 유리하지 않아. 안드레아의 힘 자체는 조금도 약해지지 않았어.'

모두를 압도하는 힘을 계속해서 발휘했음에도 안드레아의 마나는 전혀 줄지 않았다. 반대로 레이지는 물론 마리에타의 마나는 점점 바닥을 향해 다가가는 중이었다.

'역시, 트레이지아의 공격만큼은 여전히 피하고 있어.'

와이번 라이더 부대와 함께 공중에서 공격을 퍼붓고 있는 트레이지아는 안드레아를 계속 이동시키게 만들었다. 덕분에 긴장감 속에서도 레이지가 여러 가지 방법을 고안하도록 시간을 벌어주었다.

레이지는 자신의 남은 마나량으로 쓸 수 있는 마법을 떠올렸다. 단 한 번 전용 마법 피닉스의 구현이 겨우 가능할 정도였다.

"…불이란 모든 것을 소멸시킴과 동시에 시작을 알리는 상징, 그 힘을 지금 나는 원하노라……."

레이지의 주문이 시작되자 동료들은 긴장하며 조금씩 그와의 거리를 벌렸다.

"모든 것을 불태워 정화시키는 불사조, 피닉스여!"

딱!

손가락을 튕기는 소리와 함께 레이지의 머리 위에 거대한 불길이 솟구쳤다. 새의 형상으로 변한 화염이 날갯짓을 하며 안드레아를 향해 날아갔다.

「그 정도 마법으로 날 이길 수 있다고 생각하느냐!」

그는 자신만만한 어조로 자신을 향해 날아오는 피닉스를 피하지 않았다. 오러에 감싸인 두 손을 앞으로 내밀더니 거대한 불새를 붙잡아 멈추었다.

「나의 법의조차 태우지 못하는 미약한 불길로…….」

그러나 그의 비아냥을 들어줄 레이지는 안드레아의 시야 밖으로 사라진 지 오래였다.

대신 불사조 뒤에서 다가오는 강렬한 오러에 안드레아의 안색이 확 바뀌었다.

「서, 설마… 으아악!」

3

콰콰쾅!

고막이 찢어질 듯한 굉음과 폭발이 대성당을 그대로 관통했다.

'제가 피닉스를 사용한 직후에 발사하십시오.'

레이지가 트레이지아를 통해 비공정에 지시한 내용은 단지 이것뿐이었다. 조금이라도 타이밍이 엇나간다면 안드레아가 아닌 레이지마저 휘말릴 수 있는 위험한 도박이었다.

하지만 레이지는 교만에 찬 안드레아가 고작 '전용 마법'을 앞에 두고 도망치리라 생각하지 않았다. 오히려 정면으로 막아낼 거라 예상했고, 그 뒤 그를 덮칠 오러 캐넌의 강렬한 오러를 미리 눈치채지 못할 거라는 계산까지 포함되었다.

"그렇다면……."

레이지는 흔들리는 지면 위에 홀로 서서 허리에 찬 '두 번째' 베이그란트의 서에 왼손을 가져갔다. 이전 시간대에서 첫 번째 베이그란트의 서에 손을 얹을 때와는 다른 느낌이었다.

자신 혼자의 희생으로 복수를 실천하겠다는 결의에서 더이상 그 누구도 희생시킬 수 없다는 사명감이 그의 마음속에서 떠올랐다.

베이그란트에서 뻗어 나온, 반투명하게 빛나는 사슬들이

이전처럼 레이지의 몸을 휘감고 그중 하나는 그의 가슴에 꽂혔다.

하지만 세 개의 사슬이 각기 다른 방향으로 뻗어 나갔다.

레이지 옆에 서 있는 마리에타와 쉐스, 그리고 멀리 떨어진 비공정에 있는 엘레노어의 가슴에 하나씩 박혔다.

'이 느낌은?'

이전과 달리 사슬로 연결된 세 명의 남녀가 어떤 마음을 품고 있는지 레이지에게 고스란히 전해졌다.

제이워드를 사랑한 여성.

레이지를 바라보며 항상 곁에 있어준 소녀.

그리고 소중한 사람을 잃고 그와 같은 애절함을 안고 싸운 소년.

이 세 명의 감정이 레이지의 마음속으로 흘러 들어왔다.

왠지 모르게 레이지의 입가에 미소가 자리 잡았다.

「나, 나에게 잘도…….」

피어오르는 연기와 먼지 속에서 안드레아가 모습을 드러냈다.

「하지만 난 죽지 않는다! 신에 근접한 나는 절대 죽지 않아!」

안드레아의 왼쪽팔과 얼굴 반쪽이 사라졌지만, 살점이 돋아나며 빠른 속도로 회복되는 중이었다.

「네, 네놈만은 반드시 내 손으로…….」

"그래?"

하지만 회복에 치중한 탓인지 자신을 향해 달려오는 레이지를 보고만 있어야 했다. 둘 사이의 거리가 좁혀지면서 안드레아의 왼팔은 손목 위까지 회복되었고, 날아가 버린 왼쪽 눈이 거의 아물었다.

퍼억!

빛에 휩싸인 레이지의 프로스트 엣지와 안드레아의 오른팔이 동시에 상대를 찔렀다.

"가슴이 아닌 눈을 노렸나?"

안드레아의 오른손이 레이지의 왼쪽 눈을 찌르고 파고들었다. 빛으로 가득 찼던 레이지의 시야 왼쪽이 붉은색으로 뒤덮였다.

"내가 이까짓 고통 때문에 검을 움켜쥔 손을 거두고… 물러설 거라 생각했다면 오산이야!"

「이, 이 느낌은…… 뭐지?」

심장을 관통한 레이지의 검에서 뿜어져 나온 빛이 안드레아의 육체에 퍼져 나가기 시작했다. 신에 가까운 육체가 된 이후 절대 느껴보지 못했던 '고통'이라는 감각이 안드레아를 지배하기 시작했다.

「가… 감히 나에게 상처를 입히다니!」

"그 말, 이전과 다른 상황에서 내뱉는군!"

레이지의 등 뒤에서 뻗어 나온 세 개의 사슬을 통해 세 명의 힘이 레이지에게 전달되었다. 그리고 프로스트 엣지를 거쳐 안드레아의 몸을 파고들었다.

「으아아아!」

고통을 이기지 못하고 이성을 잃어버린 안드레아는 두 팔을 들어 올려 레이지의 옆구리를 찌르려 했다.

퍼억!

「으악!」

하지만 멀리서 날아온 스피어가 안드레아의 오른 손바닥에 꽂혔다. 그들을 하늘 위에서 지켜보고 있던 트레이지아는 오른팔을 앞으로 내민 채 길게 숨을 내쉬었다.

"안드레아-!"

진홍빛으로 둘러싸인 검날이 안드레아를 훑고 지나갔다.

가르시아의 디바인세이버에 잘려 나간 안드레아의 왼손이 아래로 툭 떨어졌다.

「으아아아악! 나는…… 나는 신이다! 인간 따위에 비교할 수 없는 신성한 존재란 말이다!」

그의 외침과는 반대로 검게 물들었던 법의가 원래의 흰색으로 돌아가기 시작했다. 젊음을 되찾았던 얼굴에는 다시 주름살이 자리 잡기 시작했고, 굳건한 근육이 사라지며 노인의 초라한 몸이 드러났다.

레이지와 안드레아 모두 예전의 힘을 서서히 잃어가는 중이었다. 하지만 승리의 미소를 짓고 있는 레이지와 달리 안드레아의 표정은 절망 그 자체였다.

"이렇게… 된 이상!"

안드레아는 마지막으로 남겨두었던 카드를 꺼내기로 작정했다.

법의로 감싸인 안드레아의 등에 룬 문자가 빛을 발하며 하나씩 떠올랐다. 최악의 경우를 상정하고 등에 직접 새겨 넣은 '시간 회귀 마법'이었다.

"다음 번에는 가장 먼저 너부터! 너부터 해치우겠다!"

"다음 번?"

레이지는 고개를 가로저으며 프로스트 엣지를 움켜쥔 손에 더욱 힘을 주었다.

"시간 회귀 마법으로 나는 다시 널…… 널?"

절반 정도 떠오른 룬 문자는 이내 빛을 잃더니 허공 속에 사라져 버렸다.

"왜 시간이… 멈추지 않는 것이냐!"

일부러 이전에 그가 직접 되돌렸던 1394년 11월 6일 이후까지 버텼건만, 다시 시도한 시간 회귀는 도중에 중단되었다.

"이전 시간대에도 넌 똑같은 표정을 지었지."

"이전? 이전이라니… 설마!"

"같은 말이지만, 또 한 번 말해주지. 너나 나나 같은 카드를 가지고 있다는 걸 너무 뒤늦게 깨달은 거 아냐? 그렇다면… 먼저 내미는 쪽이 승자야!"

레이지는 있는 힘껏 고함을 지르며 프로스트 엣지를 더욱 깊숙이 찔러 넣었다. 찬란하게 퍼지는 빛 속에서 안드레아의 몸은 희미해져 갔다.

"이럴 수 없어⋯⋯. 베르시아님이시여! 어린 양을⋯ 이 어린 양을 구해주소서!"

하지만 그의 외침에 신은 반응하지 않았다.

오만하게 신이 되길 원했던 인간에게 기적은 찾아오지 않았다.

"어린 양을⋯ 제⋯ 발⋯⋯!"

안드레아는 채 말을 끝내지 못하고 빛의 입자가 되어 공중으로 흩어졌다.

"스승⋯ 님⋯⋯ 저는 드디어⋯ 당신이 못다 이룬⋯⋯."

안드레아가 사라진 걸 확인한 레이지의 시야가 흐려지기 시작했다. 멀어지는 의식 속에서 자신을 부르는 목소리가 들려왔지만, 대답하지 못하고 깊은 잠 속에 빠져들었다.

4

'제이워드.'

'⋯⋯.'

'눈을 뜨렴, 제이워드.'

전혀 낯설지 않은 목소리가 귓가에서 속삭였다.

오직 어둠만이 그의 시야를 지배했다.

하지만 두려움이나 절망은 조금도 느껴지지 않았다. 오히려 오랫동안 잃어버리고 있던 포근하면서 따스한 무언가가 그의 가슴속에 파고들었다.

'넌 여전히 잠꾸러기구나.'

목소리가 들린 쪽으로 고개를 돌리자 그는 자신의 두 눈을 의심했다.

10년도 채 안 되는 시간 동안 봐왔지만, 그보다 몇 배나 되는 세월을 살아오면서 단 한 번도 잊어본 적이 없는 얼굴이 미소로 그를 반기고 있었다.

'스승… 님?'

마지막으로 봤던 얼굴 그대로, 무뚝뚝하지만 그 어떤 여성보다 따스함이 뭔지 가르쳐 주었던 스승 샤를로트가 인자한 표정으로 그를 바라보았다.

'어느새 키가 훌쩍 커버렸구나.'

그녀는 자신의 머리 위에 손바닥을 갖다대더니 그대로 앞으로 내밀었다. 손바닥은 그의 콧잔등에 닿을 정도의 높이였다.

'저… 저를 알아보시겠어요?'

'네가 제이워드가 아닌 레이지라 하여도 나의 단 하나뿐인 제자라는 사실에는 변함이 없단다.'

'스승님, 저는… 저는!'

그는 두 무릎을 꿇고서 고개를 숙였다.

참았던 눈물이 무릎 위에 뚝뚝 떨어졌다. 그토록 보고 싶었던 스승을 다시 만나게 된 기쁨보단, 그녀의 죽음을 막지 못한 자신에 대한 죄책감이 가슴을 무겁게 짓눌렀다.

'울지 마렴, 나의 사랑스러운 제이워드.'

그녀는 몸을 숙이더니 두 팔을 벌려 제자를 따스하게 안아주었다.

'그동안 못난 스승을 위해 너무나 고생만 해왔구나. 정말로 미안하단다.'

'아니에요. 스승님께 받은 거에 비하면 제가 한 일은 아무것도 아니에요.'

그토록 안기고 싶었던 스승의 포근한 품이었지만, 눈물은 멈추지 않고 계속 흘러내리기만 했다.

'난 말이지… 네가 거쳐 온 길을 머나먼 곳에서 바라만 봐야 했단다. 난 너무나 부족한 스승이란다. 지난 시간대엔 널 죽게 놔두었고…….'

'아니에요! 저야말로 스승님을…….'

계속 울먹이는 그를 그녀는 말없이 꼭 안아주었다.

두 번에 걸쳐 그녀는 그를 만났다.

두 번 모두 그는 그녀의 제자로 자랐고, 그녀에게 그는 그 어떤 이보다 소중한 존재로 자리 잡았다.

하지만 그녀는 그의 죽음을 가슴에 품고 평생을 복수에 매달렸다.

　그 다음에는 그가 그녀의 죽음을 잊지 않고 평생을 살아갔다. 다른 육체로 되살아나면서까지.

　결국 그와 그녀는 서로 헤어져야 하는 운명에서 벗어날 수 없었다. 그것을 알고 있기에 그는 그녀의 품에서 벗어나기 싫었다.

　'제이워드.'

　그녀는 그의 얼굴을 두 손으로 감싸고서 천천히 들어 올렸다.

　'내 마지막 부탁을 들어주지 않겠니?'

　'마지막… 부탁인가요? 다시는 만날 수 없나요?'

　'너는 아직 내가 있는 곳으로 오면 안 된단다. 우리들이 만난 게 운명이었던 것과 마찬가지로…….'

　그는 더 이상 눈물을 흘리지 않았다.

　슬픔 대신 그녀를 짧게나마 다시 만난 기쁨을 가슴에 품기로 했다.

　'그것은 말이지…….'

5

"…레이지?"

"……."

어둠이 사라지며 스승의 모습 역시 더 이상 보이지 않았다.

두 눈을 깜박거리자 희미했던 시야가 선명해지면서 두 여성의 얼굴이 떠올랐다.

"레이지!"

"마리에타⋯⋯."

레이지가 머쓱한 웃음을 짓자 마리에타는 그의 품에 안겨 엉엉 울기 시작했다.

"전 당신이 영영 깨어나지 않는 줄 알았다고요! 정말로⋯⋯."

"전 죽지 않습니다. 불멸이지⋯ 않습니까?"

"흐흑⋯⋯."

레이지는 흐느끼는 마리에타의 등을 자상하게 쓰다듬어 주었다.

그런 그를 애절한 눈빛으로 바라보는 여성이 있었다.

"엘레노어. 정말로 고생 많았어."

"제이워드, 난⋯⋯."

레이지는 손을 내밀며 엘레노어의 말을 도중에 끊었다.

"사과의 말이라면 내 쪽에서 거절하겠어. 사과는 네가 아닌 내가 해야 해. 그 어떤 말을 한다 한들 네가 겪었던 고통에 비하겠냐만, 정말로 미안해."

엘레노어는 레이지 옆에 앉더니 그의 오른손을 꼭 붙들고 선 얼굴에 가져갔다. 서로의 피부를 통해 전해지는 체온은 죽지 않고 살아 있음을 실감케 했다.

레이지는 고개를 들어 주위를 살펴보았다.

비공정이 저 멀리 시야 끝자락에 자리 잡고 있었고 그의 옆에는 오를레앙과 가르시아, 그리고 베아트리체와 트레이지아가 레이지를 내려다보고 있었다. 쉐스는 세리타의 유품인 로자리오를 손에 쥐고 대성당 쪽을 바라보고 있었다.

"모두들 정말로 고맙습니다. 이 말 외엔 떠오르는 게 없군요. 제가 말솜씨가 워낙 없어서……."

레이지가 뒤통수를 긁적이며 부끄러워하자 오를레앙의 눈이 크게 떠졌다.

"저, 여태껏 레이지님이 그렇게 부끄러워하는 모습 처음 봅니다? 하긴 지금 상황이 부끄럽지 않으면 남자로서 이상하겠죠."

오를레앙은 아랫입술을 살짝 내밀더니 씨익 미소를 지었다.

레이지는 웃음으로 대꾸하며 두 눈을 감았다.

"엘레노어. 나, 스승님을 만나고 왔어."

"정말로?"

"이 펜던트가 날 스승님께 인도한 거 같아."

그는 목에 걸린 펜던트를 어루만지며 샤를로트의 얼굴을 떠올렸다.

"나에게 부탁을 하나 하셨지. 그런데 이게 쉬운 건지 어려운 건지 종잡기 힘들어."

레이지는 아직도 귓가에 아련하게 남아 있는 그녀의 목소리를 떠올렸다.

"행복해지렴. 더 이상 슬퍼하지 말고……."

Epilogue
마리에타의 편지

1

할아버지께.

석 달 만에 보내는 편지로군요. 여전히 마법 수련에 힘쓰고 계신가
요?

언제 본가로 돌아올 거냐며 푸념하실 할아버지의 얼굴이 문득 떠오
르네요. 분명히 편지 봉투를 뜯자마자 그러실 것 같아서 저도 모르게
웃음이 나오네요.

너무 걱정하진 마세요. 레이지, 그리고 스승님과 함께한 여행도 어
느덧 끝을 향해 가고 있으니까요.

생각해 보니 그때로부터 어느새 2년이나 흘러갔네요.

기쁨과 슬픔, 희망과 좌절…… 짧았다면 짧을 수도, 길다면 길 수도 있는 시간 동안 전 많은 걸 겪은 것 같아요.

여행이 막바지에 다다르니 그때 일이 편지를 쓰는 지금도 떠오르네요. 각자 일로 바빠서 예전처럼 함께하긴 힘들겠지만, 언젠가 기회를 내서 만나보고 싶어요.

우선은 오를레앙 전하와 카트린느, 마리안느를 만나고 싶네요. 그분들이 어떻게 지내는지 할아버지는 혹시 아시나요?

＊　　　＊　　　＊

"아아~ 좋아~ 이 느낌이야!"

호화로운 소파에 등을 기댄 오를레앙은 양옆에 여성을 한 명씩 끼고 함박웃음을 짓고 있었다.

"정말 오래간만이야. 역시 난 성에 틀어박혀 있기보단 이런 곳이 어울린다니까! 어이! 1360년산 와인 하나 더!"

"호호호! 역시 전하는 호탕하세요!"

여인의 간드러지는 웃음소리에 오를레앙은 몇 달 전부터 기르기 시작한 콧수염을 슬쩍 어루만졌다.

"당연하지! 난 세상을 구한 비공정 콜드란세호의 부함장이었다고! 이 정도는 기본이지!"

'바르디아의 추락'으로부터 2년이 지나갔다.

비공정 콜드란세호의 일원으로 참가했던 오를레앙은 황폐화된 발렌시아 왕국을 재건하기 위해 프란시스 성으로 돌아갔다..

국왕 줄리앙과 그 휘하 신하들의 노력으로 조금씩이지만 발렌시아 왕국은 예전의 모습을 되찾기 시작했다. 하지만 그와 별개로 오를레앙의 마음속 한구석은 허망하게 비워진 채로 메워지질 않았다.

아버지 줄리앙에게 어릴 적 들었던, 대륙 전쟁 당시의 모험담에 매혹되어서 레이지를 따라 떠났던 2년간의 여정은 오를레앙에게 잊을 수 없는 추억으로 자리 잡았다.

덕분에 성에 틀어박힌 삶은 그에게 지루함만 선사했다. 그래서 남들의 눈을 피해 이렇게 술집에 죽치며 모험담을 늘어놓는 것이 유일한 낙이 되어버렸다.

물론 약간의 '과장'을 추가해서.

"아아~ 정말 대단했지! 레이지님과 함께하는 치열한 전투! 그리고 그 속에서 피어나는 사랑과 우정! 정말 잊을 수가 없어."

"그런데 레이지란 분이 그렇게 대단하셨나요?"

"그럼! 난 그분의 활약상을 바로 옆에서 봤다고."

"전하께서 그분이라 칭할 정도면 그 수많은 영웅담이 사실이었군요! 그렇다면 그분은 마리에타님과 엘레노어님 두 분 중 어느 쪽을 택했나요?"

사모하던 대마법사의 제자에게 연민을 느낀 중년의 여성과 어린 나이에 높은 경지에 오른 소녀 사이에 낀 레이지의 이야기는 호가사들의 좋은 이야깃거리였다.

"그건 모르겠지만, 만약 나라면 절대 갈등하지 않고 이렇게……."

오를레앙은 슬그머니 양팔을 뻗어 두 여성의 허리를 붙들었다.

"둘 다 택하겠어! 아름답고 총명한 두 명의 여성 중 하나만 고르는 건 내 미학에 어긋나! 으하하하하!"

오를레앙은 또 다시 웃음을 터뜨리며 풍류를 만끽했다.

하지만 돌연 그 앞에 드리워진 두 개의 그림자를 느끼곤 등골이 오싹해졌다.

"역시 내 말대로네."

"어쩐지 콜드란세가 왜 이런 곳에 주차되어 있다 싶더니만……."

붉은색 드레스를 걸친 카트린느와 마리안느가 도끼눈을 뜨고 오를레앙을 노려보았다.

그녀들의 기세에 눌린 두 여성은 슬그머니 자리를 피했다.

"어, 어이! 부인들! 여긴 유부녀가 올 곳이 못 돼!"

"그러면 유부남은 괜찮은 줄 아시나요?"

1년 전, 오를레앙은 자신의 부하였던 카트린느와 마리안느 둘을 동시에 부인으로 맞이했다. 하지만 어떤 이유에서인지 어느 쪽이 본처인지는 정하지 않았다. 예전부터 친했던 두 여성은 전혀 개의치 않았지만, 이렇게 틈만 나면 성을 빠져나가

유흥을 즐기려는 남편으로 골머리를 썩는 중이었다.

"아, 아직 시킨 술도 안 나왔는데……."

"지금 국민들의 세금으로 뭔 짓입니까?"

"아냐! 난 내 사비로만 마신다고! 이래 봬도 난 한 나라의 왕자잖아!"

하지만 지금 그를 제대로 된 '왕자'로 보는 이들은 술집 내에 아무도 없었다.

"자, 끌고 가도록."

그녀들 뒤에 대기 중이던 경비병들이 오를레앙의 양 겨드랑이 사이로 팔을 넣더니, 그대로 들어 올렸다.

"하아~"

오를레앙은 언제나처럼 부인들에게 끌려 나가며 길게 한숨을 내쉬었다.

'다시 한 번 레이지님과 떠나고 싶은데……. 언제 그날이 올까?'

2

그러고 보니 그분이 돌아 가신지도 어느덧 2년이 다 되어가는군요.

전 지금도 그 장면을 잊을 수 없답니다. 남들 앞에서 단 한 번도 눈물을 쉽게 보이지 않았던 그가, 진심으로 슬퍼하며 눈물을 보였을 땐,

저 역시 슬픔을 참기 힘들었어요.

만약 제가 가지고 있었던 베이그란트의 서에 마나가 더 있었다면, 그분이 죽기 전의 시간으로 되돌아갔을지도 몰라요. 그렇다면 그분을 살려낼 수 있었을까요?

사실 이런 식으로 예전에 레이지에게 말해본 적이 있어요. 하지만 고개를 저으며 두 눈을 감더군요. 대답 대신 고개를 하늘로 향하면서……

*　　　*　　　*

졸다크 왕국 외곽에 위치한 작은 언덕을 한 여성이 올라가고 있었다.

검은색 상복과 면사포가 드리워진 모자를 쓴 알렉시나는 홀로 자리한 비석 앞에 멈춰 섰다.

스승과 제자, 모두에게 영웅이었던 전우 여기서 잠들다.

프레드릭과 함께 교황과 맞서 싸운 레이지가 비석에 직접 새긴 문구였다.

"프레드릭 경, 오래간만이에요."

견급기사 시절 프레드릭에게 지도받았던 알렉시나는 그 이후로 줄곧 그를 사모했다.

그러나 자신이 섬기던 레스톤 왕자의 음모가 프레드릭을 구국의 영웅에서 졸지에 배신자로 떨어뜨렸다. 그럼에도 프레드릭은 자신을 버린 조국을 끝까지 잊지 않았다.

"졸다크 왕국은 현재 다시 일어서고 있답니다. 비록 예전의 명성은 누리지 못하겠지만, 성에 다시 사람들이 모여들고 있어요. 당신이 지키고자 했던 그곳으로요……."

자신의 죽음을 예견한 프레드릭은 유언장을 남겼다. 만약 자신이 죽게 된다면 모국 땅에 묻어달라는, 짧막하면서도 그가 어떤 인물인지 상징하는 내용이었다.

"더 이상 프레드릭 경을 배신자라 욕하는 사람들은 없어요. 그러니 제발… 돌아와 주세요."

두 번에 걸친 대륙의 위기를 목숨을 바쳐 구한 프레드릭은 신생 졸다크 왕국을 위한 구심점이 되었다.

수도에는 그의 동상이 다시 세워졌고, 많은 이들이 그의 묘지에 참배를 왔다. 비석 주변에 놓여 있는 꽃다발들은 그가 죽어서도 많은 이들에게 사랑받고 있다는 걸 의미했다.

하지만 그녀가 원한 것은 영웅으로 칭송받는 '죽은 프레드릭'이 아니었다. 예전, 서투르게 검을 휘두르던 자신에게 다가와 무뚝뚝하면서도 진지하게 지도해 주던 프레드릭의 모습이었다.

'프레드릭 경, 제발… 다시 돌아와 주세요.'

3

예전에 제가 레이지를 쫓아 무작정 가출한 적이 있었죠?

그때에도 지금처럼 할아버지께 편지를 종종 드린 기억이 나네요. 당시엔 철없이 제 속내를 마구 드러낸 것 같아서 돌이킬 때마다 부끄러울 따름이랍니다.

엘번 섬에서 보냈던 시간을 떠올리면 왠지 모르게 즐거워져요. 레이지와 함께했다는 점도 있지만, 호탕한 웃음과 함께 크라켄을 사냥하던 그분이 떠오르거든요.

만약 다시 엘번 섬을 가게 된다면 크라켄 사냥에 다시 한 번 동참하고 싶어요. 두 남자가 투닥거리는 모습도 볼 겸 해서요.

*　　　*　　　*

본격적인 여름을 맞이한 엘번 섬에 뜨거운 태양빛이 내리쬐었다.

"어이~ 케인즈! 짐 좀 받으러 나와!"

돛단배를 타고 해안가로 다가오는 남자의 입에서 고함이 터졌다. 탄탄한 근육과 살짝 벌린 입술 사이로 보이는 새하얀 치아는 그을린 피부와 함께 건강미를 상징했다.

크라켄 사냥을 마치고 돌아온 크루제이커는 햇빛에 반짝

이는 머리를 쓱 쓰다듬은 뒤 갓 잘라온 크라켄 다리를 모래사장 위로 휙휙 내던졌다.

"오늘은 오래간만에 몸보신하겠군."

느긋한 걸음걸이로 모래사장에 나타난 케인즈는 입맛을 다시며 크라켄 다리를 두 팔에 하나씩 안아 올렸다.

"제수씨는?"

"네가 내 형이냐?"

"특제 양념은 잘 준비하셨겠지?"

크루제이커는 케인즈의 질문을 회피하며 크라켄 다리를 어깨에 걸쳤다.

"1년 다 되어가지? 네가 제수씨와 함께 이곳에 온 지."

"끝까지 제수씨라고……. 에잉, 그래, 1년 넘었다."

케인즈는 한숨을 내쉬며 모래사장을 둘러보았다.

한때 길레터 왕국군 총사령관 자리까지 오른 케인즈는 왕국과 교단의 비밀 협약에 의해 감금되었다.

하지만 교황의 사망 소식과 함께 레이지의 활약상이 알려지면서 케인즈는 언제 그랬냐는 듯이 풀려났고, 이내 그의 비위를 맞추기 위한 사람들이 몰려들었다.

오랜 시간 동안 국가를 위해 일했긴만, 얼토당토않은 이유로 수감되었다는 사실은 조국에 대해 일할 마음을 완전히 날려 버렸다.

결국 그는 아들 케이지와 함께 길레터 왕국을 떠나 발렌시아 왕국에 귀화해 버렸다. 하지만 막상 발렌시아 왕국을 위해 일하는 것 역시 꺼려한 탓에 낙향하고 엘번 섬에 머무르게 되었다.

"케인즈. 그나저나, 며칠 남았지?"

"뭐가?"

"네 장남 결혼식 말이다. 슬슬 준비해야 하는 거 아냐?"

"야, 아직 두 달 넘게 남았어. 네 아들도 아닌데 벌써부터 호들갑이냐?"

오랜 기간 동안 약혼 상태였던 케이지와 안젤라는 두 달 후 발렌시아 왕국의 수도 프란디스 성에서 왕 쥴리앙의 주례 아래 성대한 결혼식을 치를 예정이다.

"좀 있으면 손자도 보겠네?"

"손자 따위…… 자식 따위 키워봤자 연락 하나 안 하는 걸. 케이지야 종종 찾아온다 쳐도 레이지 그 자식은…… 에휴."

"원래 성격이 그렇잖냐. 악의가 있어서 그런 건 아냐."

크루제이커는 짧은 기간이나마 자신에게 오러를 배운 레이지를 대견스럽게 여겼다.

실력도 실력이거니와 그가 존경해 마지않던 제이워드의 숨겨진 제자라는 사실에 가슴이 뿌듯했다.

"뭐, 녀석도 사람이니 형 결혼식에는 오겠지?"

크루제이커는 레이지가 있을 대륙 쪽을 바라보며 살짝 윙크했다.

'다시 한 번, 크라켄 사냥 해야지?'

4

처음 쉐스님을 만났을 땐, 차갑고 말이 없어서 솔직히 대하기 힘들었어요. 따지고 보면 엘레노어 스승님과 같은 제자 사이인데도 그렇게 친한 편은 아니었죠.

하지만 당시 어려운 부탁을 토 하나 달지 않고 받아들여 주셨을 땐 많이 놀랐어요. 덕분에 레이지를 도울 수 있었고, 지금도 종종 연락하는 사이가 되었지요.

그분의 검은색 법의를 볼 때마다 세리타님의 죽음이 떠올라 안타까울 따름이에요. 얼마나 많은 시간이 흘러야 쉐스님은 행복한 미소를 짓게 될까요?

*　　*　　*

"와아아~"

해맑은 웃음을 지으며 잔디밭을 달려가는 아이들의 모습을 지켜보는 이가 있었다.

검은색 법의를 걸친 쉐스는 고아들의 천진난만한 얼굴을 바라보며 목에 걸친 로자리오를 어루만졌다.

그는 세리타가 숨을 거둔 페르디어스 왕국으로 와 고아원을 설립했다. 바르디아의 추락 이후 다른 성직자의 권유에도 불구하고 자신에게 배정된 추기경 자리를 포기했다.

그 어떤 지위도, 명예도 그에게는 부질없었다. 그가 평생 지키기로 결심한 추모를 죽는 순간까지 이어가는 것밖에 없었다.

"아, 오셨군요."

"늦어서 미안해요, 쉐스."

그는 오래간만에 맞이한 반가운 얼굴에 가볍게 고개를 숙였다.

가르시아와 함께 온 베아트리체는 1년 만에 만난 쉐스에게 성호를 그으며 축복의 기도를 올렸다.

"아이들 표정이 참 좋군요."

"처음에는 저 애들을 위해 고아원을 지었지만, 막상 제가 구원받는 기분입니다."

좀처럼 미소를 보이지 않던 쉐스의 얼굴이 부드럽게 변했다.

"애들아! 조심해야지!"

"알았어요~ 선생님!"

"에구구, 옷이 이게 다 뭐냐. 잠시만 가만히 있어봐라. 옳지."

고아들에게 다가간 다른 성직자들은 혹시라도 상처가 있

지 않나 진흙투성이가 된 아이들의 무릎을 조심스럽게 살폈다.

그들은 '바르디아의 추락' 당시 쉐스가 구해준 성당기사단원들이었다.

비공정을 타고 무사히 지상으로 내려온 그들은 그동안 교황이 저지른 악행을 폭로하고 널리 알렸다. 물론 '진정한' 교황의 야망은 알지 못했기에 바르디아의 힘으로 세상을 지배하려는 교황의 야망을 레이지가 저지했다고 말할 수밖에 없었다.

하지만 쉐스는 군이 '진실'이 알려질 필요가 없다고 생각했다. 만약 그로 인해 서클 0의 존재가 널리 알려진다면 대륙은 다시 한 번 혼란의 도가니에 빠질 것이 분명했기 때문이다.

"부족하지만… 받아주세요."

베아트리체는 금화가 담긴 주머니를 꺼내 쉐스에게 건넸다. 처음엔 너무 많은 금액이라며 거절했지만, 받을 때까지 포기하지 않았기에 이젠 자연스럽게 받아 들었다.

"덕분에 더 많은 애들을 보살필 수 있게 되었습니다. 다른 분들의 도움도 꽤 큰 편이죠."

쉐스가 건설한 고아원에는 많은 이들의 기부와 지원이 남몰래 이뤄졌다.

예전 비공정에 함께했던 일원은 물론이거니와, 벨라와 재

혼한 마키스도 종종 이곳을 방문했다. 발렌시아 왕국의 근위
대장에 임명된 퓨리언은 정체를 숨기고 찾아오곤 했다.

"혹시 트레이지아 공주님… 아니, 곧 있으면 여왕이 되시
겠군요. 그분의 대관식에 참여하실 예정입니까?"

"그것도 겸해서 이곳으로 왔답니다."

"그렇다면 오래간만에 담소나 나누어 보도록 하죠. 베아트
리체님, 그리고 가르시아 경. 제가 직접 재배한 차가 있는데
맛보시지 않겠습니까?"

쉐스는 고아원 건물을 향해 손을 내밀며 그들을 안내했다.

"꺄하하하!"

"이 녀석들! 맨발로 뛰면 안 돼!"

아이들을 쫓아가는 성직자들의 다급한 걸음걸이에 쉐스는
뒤를 돌아보았다. 그녀가 죽은 장소는 슬픔 대신 어린 아이들
의 웃음꽃이 활짝 피는 화원으로 다시 태어났다.

'세리타, 널 영원히 잊지 않을게.'

5

아! 그러고 보니 또 한 명의 스승님은 잘 계신가요?

사실 할아버지 때문에 전 곤란한 처지랍니다.

비록 저의 정식 스승은 엘레노어 스승님이지만, 그분에게도 많은

것을 배웠으니 스승이나 마찬가지잖아요?

그런데 갑자기 할아버지께서 그분의 제자를 자청하고 나오셨으
니⋯⋯.

그래도 할아버지께서 배움에 전념하시는 모습, 전 보기 좋아요. 전
더 이상 마법을 쓸 수 없는 몸이 되어버렸으니 어쩔 수 없지요. 반드
시 아크메이지가 되실 거라 믿겠어요.

그러면 이만 줄일게요. 항상 건강하시고, 안젤라 언니 결혼식 때 뵙
도록 해요.

할아버지를 사랑하는 손녀 마리에타가.

*　　　*　　　*

펑!

"어이쿠!"

폭발음과 함께 마법 시료가 놓인 탁자 위는 난장판이 되어
버렸다. 의지 뒤로 쓰러진 펠튼의 얼굴 위로 혀를 차는 소리
가 들려왔다.

"그러니까! 마나 조절에 좀 더 신경 쓰시라고 말하지 않았
습니까?"

"그⋯ 아무래도 말이야, 나이가 들다 보면 어쩔 수 없다네."

"나 원 참, 그래서 제가 죽기 전까지 아크메이지가 될 수 있

겠습니까?"

실제 나이로 치면 스무 살, 하지만 되살아난 나이를 기점으로 따지면 서른 살 가까이 펠튼보다 젊은 페일은 노제자의 실수에 못마땅한 표정을 지었다.

"아무리 길어봤자 기한은 3년입니다! 솔직히 제가 아직까지 살아 있는 것만 해도 용하다고요!"

그는 투덜거리며 바닥에 널브러진 마법 시료들을 하나씩 챙겼다. 하지만 펠튼이 벌떡 일어나며 그를 제지했다.

"어허! 제자를 놔두고 스승이 이런 일을 하면 안 되지!"

"그 스승에게 말을 놓는 제자는 뭡니까?"

"그야 나이 때문에 어쩔 수 없지 않은가! 게다가 부담되니 나이대로 대하라고 한 쪽은 자네 아닌가?"

펠튼은 역성을 내며 바닥에 떨어진 시료들을 후다닥 주워 담았다.

어이가 없어진 페일은 창가로 걸어가 여송연을 입에 물었다. 손가락에 불꽃이 솟아오르며 연기가 창문 밖으로 피어올랐다.

"휴우…… 내가 왜 이런 고생을 해야 하는지."

바르디아의 추락 이후, 펠튼은 갑자기 엘레노어에게 넙죽 큰 절을 하면서 자신을 제자로 삼아달라고 애원했다.

70을 넘은 나이임에도 마법에 대한 열정만큼은 젊을 때와 변함없는 펠튼은 아크메이지가 되고 싶다며 난처해하는 엘레노어 앞에서 한사코 물러서지 않았다.

　결국 엘레노어는 자신의 스승 페일을 추천했다. 마법을 가르치는 것에 한해서는 자신은 물론이거니와 '죽은' 제이워드보다 훨씬 낫다는 말에 펠튼의 번뜩이는 눈빛은 타깃을 바꾸었다.

　"그러고 보니…… 역시 그 녀석, '그'가 맞겠지?"

　페일은 예전 마리에타에게 두 가지 마법을 베이그란트에 전수할 당시를 떠올렸다.

　시간 회귀 마법은 원칙적으로 아크메이지가 아닌 이상 작성 자체가 힘든 터라 의도를 숨기고 엘레노어의 도움을 받았다.

　그리고 베이그란트의 서에 작성하려는 바로 그때 마리에타는 상당히 까다로운 제약을 제시했다.

　그것은 시간 회귀 마법으로 시간이 되돌려질 경우, 이전의 기억을 가지고 돌아가는 자를 레이지로 지정해 달라는 이야기였다.

　어차피 아크메이지인 레이지가 마법을 구동한다면 자연스레 기억을 가지고 실행될 터, 굳이 그런 제약을 넣을 필요가 있냐고 물어봤다. 하지만 마리에타는 입을 굳게 다문 채 대답하지 않았다.

　결국 그녀의 요청대로 작성해 주었지만 뭔가 숨기는 게 분명했다.

'서클 0의 마법, 그중 영혼 전이 마법을 시전한 자는 그 어떤 서클 0의 마법을 다시는 직접 구현할 수 없지. 분명히 그런 이유에서 까다로운 제약을 걸어달라고 부탁했을 거야.'

그렇다면 누가 레이지로 되살아났냐는 물음은 쉽게 해결된다. 단 2년 만에 아크메이지가 될 수 있는 소질은 역사상에 단 한 번도 기록된 적이 없다. 예전에 아크메이지였던 자였다면 모를까.

'내가 그 사실을 알게 되면 그 녀석에게 복수할까 그랬던 거겠지. 솔직히 이해돼. 당장 그 녀석 자체가 수십 년간 복수 하나에 매달려 온 인간이었으니까.'

페일은 여송연을 깊게 빨아들인 뒤 연기를 내뿜었다.

본의가 아닌 타의로 되살아난 그에게 가장 큰 복수 상대는 아버지 바르가스였다. 자식에 대한 사랑이 아닌, 그저 자기만족과 과시를 위해 아들을 되살려낸 아버지는 결코 용납될 수 없었다. 만약 바르가스가 이전의 경우와 마찬가지로 페일을 꼭두각시로 만들었을 가능성도 높았기에.

'하지만 말이야, 난 그 녀석이 진짜 제이워드라 해도 복수할 마음은 없다고. 어차피 얼마 남지 않은 인생, 성공할지 아닐지 모르는 복수에 매달리긴 싫거든.'

자신을 죽인 장본인과 함께 영웅이 되어버린 현실이 페일의 심정을 복잡하게 만들었다. 그는 여전히 자신이 모르고 있을 거라 여기는 '레이지'를 떠올리며 피식 웃음을 터뜨렸다.

'짧고 굵게. 그게 내 신조야. 복수는 나에게 너무 길어.'

6

비석들이 빽빽이 들어찬 묘지터에 한 청년이 모습을 드러냈다.

갓 스무 살을 넘긴 그는 이전과 다른 이름과 육체를 지니고 스승의 비석 앞에 무릎을 꿇었다.

샤를로트 M. 만델(1338~1364)

그는 비석에 천천히 손을 가져갔다.

"스승님, 너무 늦게 뵈어서 죄송합니다."

레이지가 아닌 제이워드로 이곳에 있었을 땐 비가 주룩주룩 내리고 있었다.

하지만 지금은 따사로운 햇살이 스승과 제자의 만남을 축복했다.

"스승님이 이루고자 했던 염원, 너무 오래 걸리긴 했지만 완수했습니다. 칭찬은 바라지 않겠어요."

그의 스승은 엄격했다.

좋은 성과를 내도 칭찬이 그리 후하지 않았다. 오히려 자만에 빠질까 두려워 혹독하게 그를 수련시켰다.

하지만 이는 모두 그녀의 사랑에서 우러나온 것이라고 믿고 따랐다. 그리고 그가 지쳐 잠들었을 때 조심스럽게 다가가 머리카락을 매만져 주곤 했다.

"이제 저는 스승님의 마지막 부탁을 따르기 위해 살아가겠습니다."

그의 등 뒤로 두 명의 여성이 나란히 걸어왔다.

"반드시… 지키겠습니다."

'반드시 행복해지겠습니다. 그리고 영원히 당신을 잊지 않을 겁니다.'

『불멸의 대마법사』 완결

불멸의 대마법사를 마치며

　언제부터인지 마지막 권을 끝낼 때면 항상 창문 사이로 새벽을 맞이했습니다. 이번 불멸의 대마법사 역시, 찬바람과 함께 나타난 새벽 해를 보며 끝나게 되었더군요.

　스스로 말하기 부끄럽지만, 전 글쟁이로서 아직도 미흡한 부분이 많다고 생각합니다. 그럼에도 예상보다 많은 분들이 제 글을 읽어주시고, 사랑해 주시고, 따끔한 충고를 해주셨다는 점에 깊이 감사드립니다. 여러분들의 응원과 호된 꾸지람 모두 저에게 큰 도움이 되었습니다.

　앞으로 더 재미있고 더 좋은 글로 독자 여러분들과 다시 만날 것을 약속드립니다.

글쟁이 이성현

Special Thanks to

청어람
담당자 박우진님
Fancug 소속 동료 작가 분들
아버님, 어머님, 그리고 여동생
Caffe Tiamo 방화점
던전&파이터 카인 서버 FANCUG 길드
GSL
Hot6ix
영웅전설 6(FC, SC, TC) OST
외사촌동생 김우현

신풍기협 神氣俠

FANTASTIC ORIENTAL HEROES

윤신현 新무협 판타지 소설

「수라검제」,「태양전기」의 작가 윤신현
우직한 남자의 향기와 함께 돌아오다!

사부와 함께 떠났던 고향.
기다리는 친구들 곁으로 돌아온 강진혁은
사부의 유언을 지키기 위해 강호로 나선다.
반드시 돌아오겠다는 약속을 남기고.

"믿어라. 난 결코 허언을 하지 않는다."

무인으로 살 것인가, 무림인으로 살 것인가.
고민을 안고 나아가는 강진혁의 강호행!

신의 바람이 불어와 무림에 닿을 때,
천하는 또 하나의 전설을 보게 되리라!

Book Publishing CHUNGEORAM

유행이 아닌 자유추구 -
WWW.chungeoram.com

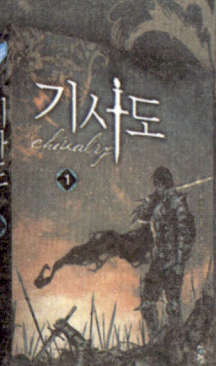

기사도
chivalry

요람 판타지 장편 소설
FANTASY FRONTIER SPIRIT

2012년, 『제국의 군인』의 요람,
그의 새로운 이야기가 시작된다!

같은 세계, 또 다른 이야기!

몰락해 가는 체르니 왕국으로 바람이 분다.
전쟁과 약탈에 살아남은 네 남매는 스승을 만나고
인연은 그들을 끌어올려 초인의 길에 세운다.
그렇게 그들은 기사가 되었고
운명을 따라 흥성을 가진 루는 자신의 기사도를 세운다!

명왕기사(明王騎士) 루.

그가 세우는 기사도의 길에 악이란 없다!

Book Publishing CHUNGEORAM

유행이 아닌 자유추구 -
WWW.chungeoram.com

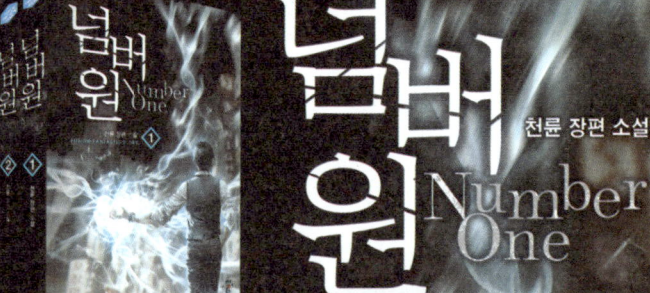

FUSION FANTASTIC STORY

천륜 장편 소설

**'슈퍼스타K', '위대한 탄생' 은 가라.
진정한 신의 목소리를 가진 자가 나타났다!**

동방 나이트클럽의 웨이터 유동현!
현실은 비천하나 꿈만은 원대하다!

"동방 나이트 웨이터 막둥이를 찾아주세요!"

그에게 찾아온 마법사 유.그.아.니.과의 인연이
잠자고 있던 재능을 일깨우고,
포기하고 있던 가수로서의 길을 연다.

**시작은 기연이나 이루는 것은 노력일지니.
그대여, 이 위대한 가수의 탄생을 지켜보라!**

Book Publishing CHUNGEORAM

유행이 아닌 자유추구 ~
WWW.chungeoram.com

FUSION FANTASTIC STORY

백수,
재벌 되다

텀블러 장편 소설

현대물이라고 다 같은 현대물이 아니다!
전 세계적으로 활약하는 사내가 온다!

"초 거대기업 DY그룹의 회장이 내 아버지라고?!"

백수에서 초 거대기업의 후계자로,
답 없는 절망에서 희망으로!

"이제 아무것도 참지 않는다!"

세계를 뒤흔드는 한 남자의 신화를 보라!

Book Publishing CHUNGEORAM

유행이 아닌 자유추구
WWW.chungeoram.com